閱讀經典　013

艾瑪

Emma

珍・奧斯汀

閱讀經典　013

艾瑪

Emma

作　　者：珍．奧斯汀(Jane Austen)
譯　　者：許怡貞
總 編 輯：林秀禎
編　　輯：鄭淑慧
出 版 者：英屬維京群島商高寶國際有限公司台灣分公司
　　　　　Global Group Holdings,Ltd.
地　　址：台北市內湖區洲子街88號3樓
網　　址：gobooks.com.tw
E - mail ：readers@gobooks.com.tw（讀者服務部）
　　　　　pr@gobooks.com.tw（公關諮詢部）
電　　話：(02)27992788
電　　傳：出版部 (02)27990909　　行銷部 27993088
郵政劃撥：19394552
戶　　名：英屬維京群島商高寶國際有限公司台灣分公司
香港總經銷：全力圖書有限公司
地址：香港新界葵涌打磚坪街58-76號和豐工業中心1樓8室
電話：（852）2494-7282
傳真：（852）2494-7609
初版日期：2006年12月
發　　行：高寶書版集團發行 / Printed in Taiwan

國家圖書館出版品預行編目資料

艾瑪 / 珍．奧斯汀(Jane Austen)作；許怡貞譯
-- 初版 --. 臺北市：高寶國際, 2006[民95]
面；　公分.（閱讀經典 ； 13)

譯自：Emma
ISBN　978-986-185-016-0(平裝)

873.57　　　　　　　　　　95022933

閱讀經典的理由

小時候，我們每個人都愛聽故事，也愛看故事書，並從中得到了寧靜與喜悅，發現了自己的小天地。但現代人多半忙忙於公事案牘、碌碌於魚米柴薪，沒有空閒更沒有精力靜下心來閱讀，從而與這項最單純的快樂越離越遠。所以，若想要重新體會這分感動，又苦於好書太多，而時間太少，那麼，閱讀經典文學該是最有效率的方式了。

爲什麼說閱讀經典是最有效率的方式呢？要知道，經典之所以被稱爲經典，在於它們的內容經過悠悠歲月與千百讀者的試煉後，其地位依然屹立不搖，其價值歷久不墜，因此值得人們一看再看，並隨著時代的變革賦予新的意義。

閱讀經典系列將各國經典文學重新迻譯，文字雅潔流暢，是最適合時下青年學子閱讀的經典文本。而入選閱讀經典系列的每本書，無一不是深刻雋永，無一不是文壇大家嘔心瀝血之作。盼望熱愛文學的讀者知音們，能夠盡情徜徉在每本書的奇妙世界之中。

導讀

珍・奧斯汀的奇蹟

謝瑤玲

二〇〇六年的奧斯卡頒獎典禮上，珍・奧斯汀的名字再次透過電視轉播而響遍世界，因為她的名著《傲慢與偏見》又一次被搬上大銀幕，而飾演女主角伊莉莎白的綺拉・奈特利因此得到奧斯卡獎最佳女主角的提名。

奧斯汀的小說被拍成電影當然不是第一次；《傲慢與偏見》從黑白電影到電視影集不知有多少部不同的製作，而她的其他本小說，包括《理性與感性》、《曼斯菲爾莊園》、《艾瑪》、《諾桑卡修道院》、和《勸服》都曾數次被改編為電視劇和電影，其中我們最熟知的應該是由艾瑪・湯普遜改編劇本且由李安導演的電影《理性與感性》。《艾瑪》這部小說則不但曾被好萊塢改編為青少年現代版的「獨領風騷」（Clueless），將場景由十八世紀英國的海勃里換到現代的美國洛杉磯，捧紅了飾演女主角的愛莉西亞・席維史東，更在九〇年代時原版重現，由葛妮絲・派特洛飾演艾瑪；劇中的派特洛清新動人，令人印象深刻，而此片也奠定了她在電影界的玉女地位。

珍・奧斯汀到底是誰呢？為什麼她的小說可以超越時空吸引世世代代的讀者，在全世界各地更有千千萬萬人對她的小說世界著迷呢？綜觀她的六部小說，每一本都是關於十八世紀時英國鄉紳階級的生活和這些人所關切的問題，如維護其社會地位、尋求適當的婚配、和繼承遺產等。這是因為珍・奧斯汀是一個時尚小說家，而所謂「時尚小說」（**the novel of manners**），簡單的說，便是以嘲諷和喜劇的手法，對當代社會某些階層的行為和道德觀提出批判而寫出的小說。因此，任何一本時尚小說的背景和人物都限定在作者所處並熟知的時代和生活範疇中。奇特的是，這麼狹窄的範圍和主題，到現在竟依舊吸引二十一世紀的讀者，尤其是當我們知道在奧斯汀的六部小說中一共只有十六個吻，而其中沒有一個是屬於戀人之間的熱吻時，就更令對情慾氾濫早已見怪不怪的我們嘖嘖稱奇了。到底奧斯汀的小說有什麼魅力和獨到的長處呢？讓我們先從作者的生平來看吧。

珍・奧斯汀於一七七五年十二月十六日生於英國的史帝文頓，在八個兄弟姊妹中，她排行第七。她父親喬治・奧斯汀是當地的牧師，因此她和姊姊卡珊德拉幼時得以到修道學校唸書，後來又可以在牧師宅的圖書館裡閱讀，這是當時一般女性難得的際遇，也因此啟發她對寫作的熱愛。她很早就執筆寫故事，而她的姊姊成為她的第一位讀者，給她很多鼓勵，她父親也特別買了一張書桌讓她盡情寫作，她的兄長們更是努力為她安排小說出版事宜；可以說，家人的支持率先造就了這位小說家。

奧斯汀所生長的年代是文學史上從新古典主義過度到浪漫主義的時期。新古典主義講求秩序，階級分明，重視理性與中庸之道，克制熱情和個人的抒發。浪漫主義恰好相反，反對過度的理性和節制，強調情感的奔放和自我追尋，重視個人的權益。奧斯汀的小說融合了兩個時代的特質，一方面小說中的背景仍是階級分明的舊世紀，另一方面小說人物卻獨立自主，勇敢地追求所愛。然而，正因她的筆法寫實且理性，口吻幽默而嘲諷，所以當代的許多批評家說她是個道德學家，並拿她與新古典主義也是理性主義時代的大詩人波普（Alexander Pope）以及約翰遜博士（Dr. Samuel Johnson）相比。雖然浪漫詩人沃茲華斯（Wordsworth）說她的小說的確真實地反映人生，但他對此類作品並不感興趣，可是另兩位浪漫時期的大詩人，柯利芝（Colleridge）和騷賽（Southy），對她卻相當讚賞。與她同時代且頗受歡迎的歷史小說家華特・史考特爵士（Sir Walter Scott）讚美她善於刻劃細節及細膩地探討各角色之間的關係，有別於他自己盛氣凌人的作風。但比她晚生了四十年的夏綠蒂・布朗提（Charlotte Bronte）卻批評她「凡是有熱情的，凡是溫暖的，凡是尖銳的、動心的（在她的小說中）都找不到……她不懂『情慾』二字，也不談姊妹結義的道理……但凡是使人激動的事，使人心跳的事，使人熱血奔騰的事，雖然是屬於內心裡的情緒……在奧斯汀小姐的小說裡都不涉及。」（摘自華特・艾倫所著之《英國小說》）然而，又過了一百年後，史考特已被視為一個「會說故事」的「古代小說家」，布朗提被標名為擅於寫「女家庭教師小說」（the governess novel）的「浪漫小說家」，而奧斯汀卻被譽為超越時代的「現代小說家」。

《艾瑪》是奧斯汀的第四本小說，作者於一八一四年一月動筆，一八一五年三月完成，同年年底出版，第一刷是兩千本，銷售成績差強人意。當時的奧斯汀已三十九歲，再過兩年她便會因病而辭世。在本書之後，她再寫的新小說只有一本，《勸服》，而《諾桑卡修道院》則是從她最早的一本小說手稿《蘇珊》改寫的。最後這兩本著作，都是在她去世之後，於一八一八年合本出版。

《艾瑪》是一部莫里耶式的喜劇，描述一個自以為是的女孩自錯誤中學習和成長。當奧斯汀著手寫《艾瑪》時，她說：「我將要以一個除了我之外，可能沒有人會喜歡的女孩為主角。」於是這個「美麗大方、開朗活潑」卻「任性又自以為是」的艾瑪誕生了。她在書中試圖扮演上帝的角色，操縱她手中的木偶，前後六次交織在她幻覺中的網，猶如喬太守亂點鴛鴦譜。然而因為她是出於善意，且終能謙卑優雅地認錯，因此讀者也不忍對她苛責。相較於奧斯汀其他部小說中的女主角，例如《理性與感性》中言行與作者觀點一致的愛蓮娜，《曼斯菲爾莊園》中從不會犯錯的芬妮．普萊斯，和《勸服》中成熟穩重、近乎完美的安．艾略特，自以為是又雞婆多事的艾瑪的確不討人喜歡。無怪乎在奧斯汀的時代，本書並不是她最受歡迎的小說。不過，用現代的觀點來看，雖然本書的敘事風格採取作者一貫的超然和反諷的角度，但因作者給予艾瑪許多同情，使敘事觀點與女主角接近而近乎第一人稱敘述法，令人易於認同艾瑪，覺得她的愚蠢非但不討人厭，甚至還有些可愛，因為她比那些完美道德化身的女主角更真實，也更接近我們。她犯的錯是我們在成長中都可能做出的錯誤判斷，而她的勇於認錯更使她慢慢驅於成熟，建立自我的主體性，最後終能做出正確的抉擇和決定，得到適當的報償。

在海勃里生活圈中最迷人的人物無疑是奈特先生。他「大約三十七、八歲，是個相當成熟又有智慧的男人」，富有，儀態無懈可擊，且自艾瑪小時就認識她。奈特（Knightley）人如其名地扮演一位正義騎士。他堅毅、穩固，猶如盤石，就連倔強的艾瑪也必須仰賴他，聽從他的引導和指正。他永遠是對的，一如艾瑪永遠是錯的，但他並不驕矜自視，所以不會引人反感；而他對另一男性角色法蘭．邱契爾的忌妒使他具有人性的弱點，不至於僅是個完美而不實際的小說人物，也比較容易引起讀者的共鳴。或許我們可以說，他可能是作者當時心目中成熟的男性典型吧，因此奧斯汀慣用的諷刺手法沒有一次是針對奈特先生而寫的。

不過小說中寫得最傳神的，應是兩位被稱為「英國文學中最偉大的喜劇創作」的配角：艾瑪的父親伍德先生和已故老牧師的女兒貝斯小姐。伍德先生是個富裕、溫和的老先生，除了對健康和飲食極度關注之外，對什麼都渾然不知，所以奈特先生才得以取代他扮演艾瑪的父兄角色。貝斯小姐被形容為「心地善良，待人誠懇」，「人緣很好，生性單純，樂觀知足，很能自得其樂」，可是她有個小缺點，就是喜歡聊天，而且一打開話匣子就關不起來。不過，她不說人長短，而小說的許多情節也必須藉著她的多話鋪陳。例如，在本書第四十七章的「柏克斯山之旅」中，艾瑪因與法蘭逢場作戲地調情而自覺無趣時，突然對喋喋不休的貝斯小姐開刀，對她說：「…你一次只能說三句，不能說個沒完沒了。」後來她受到奈特先生的責怪和開導，滿心苦惱，但也因此理清了自己對奈特的情感。

書中重要人物還有被艾瑪幻想為名門之後、而實則是一商人之私生女的海莉，代表新興中產階級卻極討人厭的愛爾敦太太，美麗能幹但貧窮且與作者同名的珍．斐爾，以及和珍訂婚卻仍與他人調情的法蘭．邱契爾。這些人物之間的交往，在奧斯汀的筆下如精雕細琢的象牙盒子般層層相套，展示作者完美嵌接的高超技藝，直到卷末讀者才恍然意識到，原來每個小細節和每段小對話對全篇小說的開展都具有無比的重要性！

羅勃．李鐸（Robert Liddel）教授說珍．奧斯汀寫的是「純小說」。寫純小說的人不製造大場面或創造許多角色，而是注重寫作形式的素質，並探討書中各個角色之間的關係。純小說家的目標是完美，但不因重視技巧而犧牲內容或人物的品質。奧斯汀活在一個小說家尚未被公認為藝術家的時代，沒有一套小說理論作為寫小說的依據，但她以執著於完美的方式寫出了六本小說。她不受當時感傷主義的侵擾，從未表現過柔情與懦弱；她也不受浪漫運動的影響，一味講求感性而忽略理性。事實上，在奧斯汀的小說世界裡，善良幾乎與自我發現的力量同等重要。我想，這應該就是她的作品所以能普世認同的原因吧。

人常在摸索中成長，也常自以為是而不自覺，但如同艾瑪一樣，只有在自我發現的痛苦過程中覺醒，改正缺失，體會人生的真貌，才能達到更成熟、美善的人格。

一八二一年時，華特里大主教（Archbishop Whately）率先將奧斯汀與莎士比亞相提並論，一八三四年邁考利（Thomas Babington Macaulay）對她也有同樣的評價。一八四三年劉易士（G. H. Lewes）指出，奧斯汀的文字間流露著「扣人心弦的戲劇張力」，直追莎士比亞，家。莎士比亞的學者或許不願接受這個說法，因為莎翁多采多姿的文學才華和天才橫溢的大量創作，的確是古今中外的唯一一人。但是莎士比亞是否真有其人，無人確知。而珍・奧斯汀的一生雖鮮為人知，但她是真實存在的。事實上，她雖一生未婚且除了家庭與親友相聚的場合外也甚少社交，但卻能頻藉其敏銳的觀察力和鋒利的筆法把她週遭的社會百態寫得晶瑩透徹，在她那個仍是以父權為主而女人祇能在婚姻中展現妻母才能的時代，她的確稱得上是個奇女子，而她僅憑藉六本小說卻能在每個時代引起騷動，誰又能說她創造的奇蹟比不上莎士比亞所留下的奇蹟呢？

1

艾瑪・伍德可以說是天之嬌女。她美麗大方，開朗活潑。在她過去二十一歲的生命中，每天都是無憂無慮。

父親伍德先生，對她是言聽計從，百依百順，尤其是姐姐依莎出嫁後，她就儼然成為家中的小霸王。由於母親早逝，家庭老師泰勒小姐代替母職，一直照顧伍德家兩千金長大。

泰勒小姐到伍德家已經十六年了，她像是依莎和艾瑪的守護天使，完全沒有老師的架子，尤其寵愛艾瑪。艾瑪也十分尊重泰勒小姐，不過有時做起事來，還是只憑著她大小姐脾氣隨心所欲。所以，若硬要說艾瑪有什麼缺點，那就是她的任性和自以為是。但是到目前為止，她的這兩項缺點並未造成什麼嚴重的錯誤，所以也談不上是缺點了。

今天是艾瑪最悲傷的一天，雖然不至於要讓她放聲大哭，但也著實讓她難過好久，那就是泰勒小姐要結婚了。對一個富家千金來說，這是她第一次嚐到傷感的滋味。

當婚禮結束，新郎新娘返回新居。餐桌旁只剩下艾瑪和她父親，她破天荒第一次感到悶悶不樂，直到父親上床睡覺，她還在呆呆坐著，一副失魂落魄的樣子。

對泰勒小姐來說，結婚是件幸福的事。溫士頓先生相貌堂堂，氣度非凡，而且家境優渥。艾瑪為促成他們的婚事，居中穿針引線，幫了不少忙，而今泰勒小姐變成溫士頓太太，她卻得獨自領受寂寞之苦，想來真不是滋味。艾瑪從五歲起，泰勒小姐就扮演著良師慈母的角色，照料她，教導她，過去十六年來的點點滴滴，讓艾瑪永生難忘。

雖然溫士頓居所離她家不過半英里，但艾瑪心裡深深了解，溫士頓太太再也無法變成泰勒小姐了。儘管家裡還有父親，可是父親年事已高，健康狀況也不佳，脾氣雖然好，但總是有些囉唆，而且也無法理解一個女孩子的心事，更不是一個適合聊天的對象，想到這一點，艾瑪不由得一陣心煩，心中惆悵不已。

海柏里村莊地大物博，人口稠密，伍德家位在哈特區，是當地有名的望族。然而艾瑪覺得除了泰勒小姐外，她再也找不到一個可以推心置腹，無話不說的人了。

伍德先生是一個有些神經質、又多愁善感的人。一個平常熟悉的人要離開家裡，他總會難分難捨，非常不愉快。所以儘管大女兒依莎嫁到倫敦後，生活幸福快樂，他仍常常為她惋惜，替她可憐。

艾瑪為了讓爸爸寬心，裝得若無其事，還是談笑風生，一直到飯後點心時，伍德先生再也忍不住，再度提起那些話題。

「可憐的泰勒小姐，真希望她沒有嫁給溫士頓先生，真是……」伍德先生無奈地嘆了一口氣。

「爸爸，你別這樣想，溫士頓先生個性溫和，是個老好人，配上泰勒小姐，他們是郎才女貌，天作之合。你總不能叫她當個老處女：永遠窩在我們家，忍受我的怪脾氣吧！」

「唉，那個家有什麼好？我們家有那裡的三倍大，而且，寶貝，妳的脾氣也沒有什麼不好。」

「至少，我們可以常常去拜訪他們，他們也會來看我們的，大家見面機會多得是，你別瞎操心了。」

「我哪有辦法走去蘭特司，光是一半的路程，就會要了我的老命。」

「爸爸，誰要你走路去了，我們可以坐馬車去啊。」

「馬車?!這幾步路還要叫詹姆士準備馬車，他只會囉哩囉唆的，再說那匹可憐的馬，又要繫到哪裡？」

「就繫在溫士頓先生的馬廄裡。爸爸，別杞人憂天了，萬事包在我身上。還有，詹姆士那裡也不會有問題，他女兒漢娜在溫士頓家幫傭，他恨不得去蘭特司瞧瞧呢！」

「漢娜這姑娘懂事又嘴甜，可憐的泰勒小姐，嫁到一個完全陌生的地方，幸好還有漢娜陪著她，否則真是太可憐了。」

艾瑪見到父親的心情好些了，所以故意東拉西扯閒聊，希望能轉移他的注意力。他們決定玩四六棋，正當棋盤剛擺好，門鈴恰時響起。

原來是奈特先生來了。他大約三十七、八歲，是個相當成熟又有智慧的男人，與伍德家有著深厚交情，而且是依莎丈夫約翰的哥哥，所以又多了一層親戚關係。這一次他從依莎家回來，特別趕來報訊，說他們一家大小都平安快樂。伍德先生本來就喜歡個性開朗的奈特，這回問起「可憐的依莎」和外孫們的情況，奈特先生的回答更是讓他滿意。

最後伍德先生才感激地說：「謝謝你了，奈特先生，那麼晚了還來看我們，夜路不好走吧？」

「那倒不會，今晚的月色很美，非常適合散步。」

「路上一定又濕又髒，小心別感冒了。」

「一點兒也不髒，您看，鞋子上沒有半點污泥。」

「這就奇怪了，早上那場雨下得很大，差不多下了半個小時，我本來還想讓他們把婚禮往後延呢！」

「本來我還不太敢提起這件事，我想你們一定又悲又喜，所以不敢一進門時就直喊恭喜。不過我想婚禮一定很棒。有沒有人情緒失控，誰哭得最傷心啊？」

「唉！可憐的泰勒小姐，說到這件事，就讓人覺得心酸。」

「其實泰勒小姐倒是不可憐，我比較擔心的是你們兩個，因為你們已經對她長久依賴慣了。但對泰勒小姐來說，照顧她丈夫一個人總比要照顧你們兩個人容易。」

「是啊！特別是這兩個人當中，還有個愛胡思亂想，愛製造麻煩的傢伙，」艾瑪開玩笑地說，「我知道你心裡肯定是這麼想的，要是我爸爸不在，你早就說出來了，是不是？」

「親愛的，妳說的一點兒也沒錯。」伍德先生嘆了一口氣。「我可能就是那個愛胡思亂想，愛製造麻煩的傢伙。」

「爸爸，你想到哪兒去了？怎麼會有這種想法，我是在說我自己。奈特先生最愛挑我的小毛病了，不過他也只是鬧著玩，你知道我們說話喜歡沒大沒小的。」

事實上，能發現艾瑪缺點的人不多，而又敢當她面前說的，大概也只有奈特先生了。

「艾瑪知道我從不愛說奉承的話，可是剛才我也不是這個意思。以往泰勒小姐要照顧兩個人，但現在她只需要照顧一個人，說不定還反而被細心呵護。」

艾瑪想打圓場，連忙說：「對了，你不是想問婚禮的情況嗎？我告訴你，我們表現得很好，沒有人遲到，也沒有人愁眉苦臉，大家都歡喜興奮。反正只有半英里遠，想見面隨時都可以。」

「無論什麼事，艾瑪都可以忍得住，我就沒有辦法像她這樣。唉！可憐的泰勒小姐走了。奈特先生你別看艾瑪現在好像不當一回事，其實她心裡可是難過得要命。」

艾瑪把頭轉過去，強忍住淚水，裝出一副笑臉來。

「一個朝夕相處的人要離去，不難過是不可能的。不過你們應該想開一點，泰勒小姐的這門親事，真是天賜良緣。她年紀不小了，能遇上溫士頓先生這樣事業有成的男人，過著舒服的日子，你們該為她高興。」

「是啊！還有另外一件事是我應該高興的。」艾瑪笑著說，「他們的婚事還是我從中牽線的。四年前人家都說溫士頓先生不會再娶，可是我卻將他們配對成功，當上了紅娘。想到這裡，我就覺得很有成就感。」

奈特先生對著她搖搖頭。但是她父親卻帶著寵溺的口吻說：「噢，親愛的，妳別再幹什麼牽紅線或是占卜的事，妳說的話雖準，但以後別再做那些事了。」

「爸爸，我可以答應你不為我自己牽線，但是為了別人總可以吧！這真是世界上最有意思的事情了。以前人家都說溫士頓先生不會再結婚，他太太死後，他的日子也很逍遙，不是到倫敦做生意，就是去朋友家玩，每天快快活活地。老實說，只要溫士頓先生願意，他打一輩子光棍也不會孤單。所以大家都認定溫士頓先生不會再婚，還有人說他在他太太臨終前發誓終身不娶，也有人說他兒子和大舅子不讓他再娶。有好的對象出現，我才不相信有誰不會動心？我記得四年前的某一天，我和泰勒小姐在羅德街遇見他，碰巧開始下雨，他馬上跑去借傘給我們，真是夠殷勤的。當時我就想，何不把他們湊成一對呢？爸爸，既然我這次當月下老人成功了，當然以後還要再接再厲。」

「我不明白妳說的『成功』的意思是什麼？」奈特先生說，「成功是需要努力得來的，就妳剛才的說法，妳不過是一時心血來潮，動了把他們湊成一對的念頭。只要溫士頓先生願意娶，泰勒小姐願意嫁，男大當婚女大當嫁，本來就很自然。妳的成功又是什麼？妳有什麼功勞？有什麼好愛現的？頂多說是被妳猜對了。」奈特先生說。

「欸，能猜中也不是一件容易的事，難道你從來沒有過這種經驗嗎？可憐！要能猜中也不是光憑運氣就可以的，沒有一點天份的人，想破頭也是想不到的。至於『成功』二字，我還不知道我沒有資格說。雖然我沒有一手包辦，但也不是全然沒有功勞，如果沒有我鼓勵溫士頓先生常常來玩，沒有在泰勒小姐面前替他美言幾句，哪能這麼容易成功！」

「溫士頓先生是個誠懇直爽的人，泰勒小姐既聰明又有主見，他們的事用不著別人操心，妳那麼起勁還不一定有幫助。」

伍德先生搞不清楚他們到底在說什麼，忙插嘴道：「艾瑪總是想幫助別人，從來沒有好好顧慮自己。不過，孩子，別再去當什麼紅娘了，妳看看，好端端的一個家都被拆散了。」

「我還要再做最後一次，我想幫忙愛爾敦先生。他來我們海柏里也整整一年了，連個配得上他的人都沒有。在泰勒小姐的婚禮上，我發現他似乎很期待自己也有那麼一天，我覺得我應該幫他這個忙。」

「愛爾敦先生年輕英俊，我也喜歡他，如果妳想幫他，以後常常請他來家裡吃飯。我想奈特先生也會很樂意來。」

「隨時奉陪。」奈特先生笑著回答。「艾瑪，妳爸爸的建議很好，妳只要請他來吃飯，用山珍海味來招待他，這樣就夠了，一個二十七、八歲的大男人會自己去找老婆的。」

2

溫士頓先生是道地的海柏里人，他們家在兩三代以前開始發跡。他受過良好的教育，頭腦靈活，個性爽朗，為人大方，所以朋友們都很喜歡他。

他不滿於普通的工作，於是加入本郡新編制的國民軍。在他的軍旅生涯中，幸運地認識了約克郡的名門邱契爾家的小姐，兩人很快地陷入熱戀。可是她的哥哥和嫂嫂自視甚高，根本看不起溫士頓先生，也不願承認這門婚事。

邱契爾小姐執意要結婚，於是帶著屬於她的一小部份財產嫁給溫士頓先生，而她的哥哥因此和他們斷絕往來。婚後，溫士頓先生為報答她的真心相愛，對她體貼入微，呵護備至。溫士頓太太雖有剛強的個性，但違抗兄長，導致決裂，還是讓她覺得有些遺憾。海柏里的生活雖然還不錯，但和她以前優渥的生活比較起來，仍是天壤之別。所以儘管她愛她的丈夫，她願意當溫士頓太太，但還是十分懷念千金小姐的日子。

很多人都覺得溫士頓先生高攀了，可是實際上，他沒有大家想像中那麼幸運。結婚不到三年，溫士頓太太就病逝了，還留下一個孩子，溫士頓先生比結婚前更窮困。後來，因為前妻的兄嫂邱契爾夫婦沒有子嗣，所以主動提出收養小法藍的要求。溫士頓先生雖然心有不甘，但為了孩子的前程著想，還是忍痛送孩子去邱契爾家。

接著他離開軍隊，開始經商。藉由幾位兄弟的資助，經營一家商行。近二十年來，他的經濟狀況大為改善，出手也闊氣了，於是把海柏里附近的一塊土地蘭特司買了下來。即使娶了沒有嫁妝的泰勒小姐，也依然能過著錦衣玉食的生活。

他喜歡泰勒小姐並不是一朝一夕的事，只是沒年輕時那麼衝動。他計劃先買下蘭特司，蓋好房子，再準備結婚，然後展開一個新的生活。他胸有成竹地認為，他會擁有比以前還要幸福的生活。而真正讓他滿足的是，他體會到擁有一位聰慧溫柔的太太是一件快樂的事。他並且悟出一個道理：與其被人挑選，不如能挑選別人；與其感謝別人，不如被人感謝。

對溫士頓先生來說，他可以依他的意願處理他所有的事。至於法藍，依據當初達成的協定，在他成年後，就正式改姓邱契爾，所以他不需要親生父親經濟上的援助。法蘭的舅媽是個善變又任性的女人，她雖然疼愛法藍，但不願他與父親時常見面。溫士頓先生卻相信骨肉之情不是任意就能斬斷，即使他一年只能去倫敦見法藍一次，他還是非常驕傲地對親朋好友描述法藍的風度翩翩，溫文有禮。而海柏里的人也都同樣感到幾分得意，大家都把法藍當成海柏里人，人人關心他。

雖然海柏里的人都誇讚法藍有多好，但除了溫士頓先生外，沒有人見過他。每年人們都猜想他會來探望親生父親，可是年年希望落空。

如今他父親結婚了，大家都期待他的大駕光臨。左鄰右舍在午茶時間，最愛談論此事，相信法蘭・邱契爾一定會來拜訪海柏里。後來他寫了一封信給他的繼母，好多天來，海柏里的人無時不談到那封動人的信。

那封信的確很珍貴，尤其對溫士頓太太來說，法藍的殷勤表態，是對她的一種尊重。她覺得自己很幸運能嫁給溫士頓先生，唯一遺憾的就是與艾瑪的別離，而她也能深刻了解艾瑪父女心中的不捨情感。

她一想起艾瑪與伍德先生一定時常思念她，就忍不住直落淚。可是她知道她親愛的艾瑪是一個意志堅強的女孩，大多數的女孩面對環境變化，只會無助地哭泣，但艾瑪不同，她果斷有毅力，樂觀有自信，對於小小的不幸，她有能力處之泰然。再說蘭特司距離海柏里不遠，即使是散步也可以走到，溫士頓先生又好客，一星期要聚三、四次不成問題。

每次談起溫士頓太太，艾瑪總是興高采烈，常說些感激的話。但是伍德先生則不然，他再三感嘆泰勒小姐可憐。不論是父女倆從蘭特司的幸福家庭走出來，還是溫士頓太太由她的好丈夫陪著，坐自己的馬車回去。伍德先生還是會在她臨走前，深深嘆一口氣：

「唉，可憐的泰勒小姐，她還是比較想和我們在一起。」

既然沒有辦法拯救泰勒小姐，只有在口頭上可憐她了。伍德先生一直唸了幾個星期，才不再那麼難過。左右鄰居的道賀聲減少了，沒有人再要求他為傷心事快樂，連那看了會觸景生情的結婚蛋糕也吃完了。他以為只要是他不合適的，別人也該不合適，他自己的胃腸消化不了山珍海味，他就認為人人都不該吃得太好。他苦口婆心勸人不要吃消化不良的結婚蛋糕，但總是勸說無效。他還特地去請教佩理醫生。佩理醫生儘管很為難，還是承認大多數的人都不適合吃太多結婚蛋糕。這話與他的見解相同，伍德先生又開始諄諄教誨，可是大家還是照吃不誤，一直到最後一塊蛋糕吃完了，他緊繃的神經才鬆懈下來。

有意思的是，當海柏里人流傳說，有人親眼看到佩理醫師家的小孩人手一大塊溫士頓太太的結婚蛋糕時，伍德先生總是不肯相信。

3

伍德先生以他的特殊方式與人交往，他只希望朋友到家裡來，而且是在他安排的時間才可以來。他不喜歡去拜訪人家，因為他不願意遲睡，也不喜歡人多的宴會。後來艾瑪勸他與人多接觸，他才開始邀請一些好朋友到家裡吃飯。於是一星期有幾個晚上，艾瑪都要為他安排飯局，並且擺好牌桌。

溫士頓夫婦和奈特先生常是座上嘉賓。愛爾敦先生目前是單身貴族，正嫌晚上在家無聊，所以一有牌局，他總會一馬當先。另外還有一群常客，是貝斯太太和貝斯小姐，還有柯達太太，只要伍德先生提出邀請，她們是每請必到，而且都是由伍德家的馬車接送。

貝斯太太是海柏里老牧師的寡婦，現在年紀大了，每天也只能喝喝茶，玩玩紙牌，和她女兒貝斯小姐過著並不富裕的生活，附近的人都很同情並且尊敬她。貝斯小姐年紀不小了，長得不出色，家裡又沒有財產，所以到了中年還沒有結婚，只能與老母親相依為命。由於她心地善良，待人誠懇，所以人緣很好，而且她生性單純，樂觀知足，很能自得其樂。她喜歡聊天，總是聊些日常生活的小事，也不會中傷或批評別人，所以伍德先生最愛聽她談天說地了。

柯達太太是一位校長，她在海柏里開辦了一間女子寄宿學校。她要求學生多讀書，多充實學問，避免養成浮華虛榮的習慣。她也重視學生們運動和飲食的均衡，對待學生有如慈母照顧孩子般，所以柯達太太的學校名聲很大，學生也不少。伍德先生一直很敬重她，有空就請她到家裡坐坐。這三位女賓，往往是艾瑪一請就到，只要她父親高興，艾瑪都很樂意去做。只是她對這三位婆婆媽媽一點兒興趣也沒有，沒有人比得上溫士頓太太在她心中的地位。

有一天早上，艾瑪正想著該如何打發無聊的一天，柯達太太派人送來一封信，很誠懇地要求可否帶海莉．史密斯小姐一起去玩。艾瑪一看，非常開心，她見過海莉幾次，是個年輕又漂亮的女孩，她馬上提筆回信，表示熱烈歡迎之意。

海莉．史密斯是個私生女，幾年前她被送到柯達太太的學校就讀，最近又有人使她從一個普通學生變成享有特殊優待學生，還住進了校長家。沒有人知道她真正的背景，除了學校裡的同學外，她似乎也沒有別的親戚或朋友了。

海莉長得很漂亮，正是艾瑪欣賞的那一種：個子不太高，身材豐滿，皮膚白嫩，金髮藍眼，長相甜美，艾瑪越看她越喜歡，決定以後要常邀請她來玩。

經過一晚的相處，艾瑪發現海莉並不是特別聰明慧黠的女孩，但這無損於她的可愛，她不會因為羞澀而不自然，反而是應對得體，懂得禮貌。艾瑪覺得她缺少的是一個可以栽培她的人，如果讓她只是混在海柏里的普通人中，那就白白糟蹋她那雙水汪汪的藍眼睛，還有那股與生俱來的嫵媚了。她前一陣子住在姓馬丁的農戶家裡，他們向奈特先生租了一大塊地。

艾瑪知道奈特先生很欣賞他們，可是他們終究是屬於生活品質比較粗糙的人，讓海莉這樣只要稍加培養就可以變成淑女的可造人才，整天與那些人生活在一起，實在可惜。艾瑪暗下定決心要好好栽培海莉，要幫助她進入上流社會，讓她變成一個高貴大方，君子好逑的窈窕淑女。艾瑪自信有這樣的能力。

她一邊欣賞海莉那雙湛藍的大眼睛，一邊閒聊，心裡還要勾勒培訓計劃。那晚，艾瑪覺得時間過得真快，才吃過晚飯，一下子又到了宵夜時間。她忙著熱心招待客人，不停地幫忙著夾烘雞丁和奶油牡蠣，表現出一副能幹女主人的模樣。

這時最慘的就是伍德先生，他不停地在內心掙扎。若依照他年輕時熱情好客的習慣，肯定會大肆鋪張，好好請客一番。可是現在年紀大了，他覺得吃宵夜有害健康，所以當他看到大家吃得津津有味時，心中反而有罪惡感，如果有人生病，似乎都是他的過錯。他不停地向女客們勸說吃一小碗粥的好處，但大家仍自顧自地大快朵頤，他只好說：

「貝斯太太，吃粒水煮蛋，很嫩的。我們家的蛋煮得是恰到好處，吃一個是不會脹氣的。貝斯小姐，讓艾瑪夾一塊水果餡餅給妳，那是蘋果餡，不會傷胃，奶油蛋糕還是少碰為妙。對了，柯達太太，來半杯酒怎麼樣？可以加到茶裡，不會讓妳喝醉的。」

艾瑪不管她爸爸到底在嘮叨些什麼，她很滿意而且很盡興地招待客人。她的態度讓海莉深受感動，在海柏里尊貴的艾瑪・伍德小姐，竟然對她這樣一個微不足道的女孩如此熱情，臨走前還與她握手道晚安，這是她到伍德家之前始料未及的一件事。

4

海莉與艾瑪很快就成為好朋友。自從泰勒小姐離開後，艾瑪不但少了聊天談心的伴，連散步也沒人陪。她父親只愛在小林子裡走兩圈，連大門也不願意踏出一步。所以泰勒小姐結婚後，她就很少出門了。有一次，她壯膽獨自走到溫士頓家，那滋味並不好受。現在有海莉為伴，她隨時想解悶或散步，都有人陪著，於是兩人的關係越加親密。

海莉雖然不是頂聰明，但溫柔善良，很有上進心。她不亂交朋友，知道什麼叫高貴文雅，也嚮往上流人家的生活。這讓艾瑪覺得可貴，她很樂意接納她，栽培她。對於溫士頓太太，艾瑪是感激敬重；而對海莉，她愛她憐她，更希望在她身上大展身手，期許能調教出一個小淑女。

首先艾瑪想查明她的家世背景，可是海莉一問三不知，怎麼也問不出個頭緒。艾瑪猜測半天，也拼湊不出所以然來。海莉所知道的，全是柯達太太告訴她的，她完全相信，也沒有追根究底的興趣。

海莉最常談的就是柯達太太及學校裡的老師、同學，還有比爾農莊的馬丁一家。馬丁小姐是她的同學，暑假時她在那裡住了兩個月。海莉常常眉飛色舞地談論農莊生活的趣聞，而艾瑪也聽得津津有味，一方面是她完全不曾觸及的生活層面，另一方面，她喜歡看海莉起勁又天真的模樣。

「馬丁太太有兩間很漂亮的客廳，有一間和柯達太太家的一樣大，有一個女管家，在他們家住了二十五年。還有八頭乳牛，其中有兩頭是歐爾德種，有一條威爾斯小乳牛，是馬丁太太的最愛。他們家的花園正在建造一座涼亭，明年全家人就可以去泡茶聊天了，聽說可以坐得下十二個人呢！」

聽了老半天，艾瑪突然警醒。本來她以為他們家只有母親，一個女兒，一個兒子及媳婦，後來才發現海莉口中那個熱心待客的馬丁先生還是個單身漢。艾瑪不禁起了疑心，覺得這家人對海莉的特別招待，可能別有企圖。

她故意問了有關馬丁先生的事，海莉毫不設防地說了許多。

「有一天晚上，他邀請我在月光下散步，那晚月色很美，他還稱讚我的脾氣很好。又有一次，我說我愛吃胡桃，他竟然二話不說就跑去買了，來回跑了三英里路呢！還有一天晚上，他特地找他家牧羊人的兒子唱歌給我聽，因為我說我愛唱歌。這些，他都記在心裡了。我想他的記憶力很好，而且又很聰明，什麼都懂。我住在那裡時，他的羊毛價錢賣得比別人都好，大家都說他是個好人，都很欣賞他。馬丁太太還跟我說，她的兒子既孝順又懂事，以後會是個好丈夫好爸爸。」海莉說著，不知為何臉突然紅了。「馬丁太太還說她不急著替兒子娶老婆，她說還早呢！」

艾瑪心想：「好哇，馬丁太太，妳在盤算什麼，自己心裡明白。」

「馬丁太太對我很好，我離開後，她還叫人送了一隻大肥鵝給柯達太太，柯達太太說從沒見過那麼肥的鵝呢！」

「嗯，馬丁先生除了當農夫外，他念書嗎？」

「唔，我想，有吧！不過，他看的書跟我們想的有些不一樣，他看《農業雜誌》和財經方面的書。有時候我們晚上還沒開始打牌，他會唸《文摘》裡的文章給我們聽。還有，他看過《偉克菲牧師傳奇》；但是他不知道《森林奇遇記》和《修道院的小孩》，那是我推薦給他的，他說要去買來看看。」

「他長得怎麼樣？」

「嗯，不算漂亮，也不算帥，不過看久了，也就順眼了。妳沒見過他嗎？他每個星期騎馬去京斯度，都會經過海柏里。」

「哦，也許見過。不過像他那種人，即使見了五十次，我還是記不得他是誰。比他們窮苦可憐的人，我會同情幫助，像他那樣能夠自給自足的普通農夫，我用不著費心，自然也不會去注意了。」

「沒錯，哦，妳不會注意他，不過他對妳很熟，我是指面熟。」

「哦。妳知道他幾歲了嗎？」

「快二十四了，他的生日是六月八號，我是二十三號，只差十五天，真巧。」

「才二十四歲啊！這個年紀結婚太早了，他媽媽當然不急。等他三十歲，財產也累積到一定數目，到時候要找個門當戶對的好女孩，就不太難了。像他這樣的人，他爸爸留下的遺產一定不多，全得靠自己的雙手打拼，如果夠勤快積極，或許將來會發財，不過現在要談成就還嫌太早。」

「妳說得沒錯，可是他們現在的日子就很不錯了，什麼都不缺，馬丁太太說明年再僱個男佣人，家裡的生活會更舒適。」

「海莉，他妹妹受過良好教育，我不擔心妳和她相處，可是不知道他會和什麼樣的人結婚，說不定是個沒有教養的鄉下女人，妳千萬不要自尋麻煩，礙著馬丁小姐的情面，和他太太有所牽連。妳要知道，妳出身不幸，和別人交往要更加小心謹慎，否則會被人笑話。」

「我懂，我會潔身自愛，不過，伍德小姐，妳對我好，大家都知道，我不怕有人欺負。」

「傻丫頭，妳能明白環境對人的影響很大，我很高興，但我雖想幫助妳在上流社會站穩住腳，這就要靠妳自己的能力。」

艾瑪一邊說一邊注意海莉的表情變化，她並沒有陷入正在熱戀中的模樣。艾瑪有把握，只要有妥善的安排，海莉會有更好的前程。

第二天，她們往唐威爾方向散步時，竟然遇到了馬丁先生。他先用充滿敬意的眼神看著艾瑪，然後喜上眉梢地瞧著海莉不放。艾瑪先走幾步讓他們說話，她敏銳的眼神掃射過馬丁先生幾眼，就把他看得清清楚楚了。他衣著簡潔，舉手投足也不像個笨頭笨腦的人，但就是土氣，缺乏上流社會的紳士風度。艾瑪等了一會兒，海莉一臉興奮地跑過來。艾瑪一見心中就氣，恨不得想當頭潑下一桶冷水。

「哎呀，好巧，他說他沒想到會遇上我們。上次去京斯度太忙了，他忘了買《森林奇遇記》，明天準備去買。怎麼樣，艾瑪小姐，妳覺得他如何？很普通吧！」

「當然，普通極了，而且完全沒有紳士風度，像個土里土氣的鄉巴佬，老實說，真出乎我意料，我還以為他會更斯文一點。」

「嗯，和真正的紳士比起來，他的確是差多了。」海莉用一種克制壓抑的聲調說。

「我們認識以來，妳親眼所見的紳士應該不少，難道妳看不出來嗎？馬丁先生和他們比起來，既粗魯又缺乏品味。長相難看就算了，嗓門還那麼大，真是傷耳！」

「當然他比不上那些紳士，他再怎麼好，永遠也不能和奈特先生比。」

「除了奈特先生，妳覺得溫士頓先生和愛爾敦先生如何？妳應該看得出來不一樣吧?!」

「是不一樣，不過溫士頓先生年紀大，都四、五十歲了，不能和年輕人相比。」

「就是年紀大了，才要更注意風度。年輕人的缺點容易被忽略，但上了年紀的人，表情稍微彆扭，或是動作粗魯些，就會惹人厭。妳想，馬丁現在就這麼扭扭捏捏，以後老了，會成了什麼模樣？」

「我不知道。」海莉皺著眉，努力想像。

「還不容易，他就是一個農夫樣，粗俗、拜金，一身邋遢，只想到計較利害得失。」

「是嗎？那一定很惹人嫌！」

「而且妳看，他只記得賺錢的事，哪還記得妳叫他看的書？其實也不能全怪他，想發財的人都是一個樣，看不看書又如何，只要能變成大富翁，誰在乎識不識字？」

「我不知道他為什麼忘了買書。」海莉的聲音有些微惱。艾瑪心想不必再火上添油，沈默了好一會兒。

最後，艾瑪忍不住又開口：

「要說翩翩風度，愛爾敦先生可能要拔得頭籌了！溫士頓先生開朗坦白，脾氣好，大家都喜歡他，可是年輕人像他那樣，就顯得太沒個性了。奈特先生莊重沈穩，還有股威嚴，與他的地位和年紀相符合，別人模仿不來。而愛爾敦先生開朗又熱心，是年輕人的榜樣。最近我覺得他特別溫柔，海莉，我還不確定他是不是有心想討好妳，不過很有可能，前幾天他讚美妳的話，我不是告訴過妳嗎？」

接著，艾瑪又把從愛爾敦先生口中套出的話，再加以美化渲染，大大地誇讚海莉一頓。海莉羞怯地笑著，心中甜滋滋的。艾瑪認為這兩人非常適合，郎才女貌，只要她從中牽引，必定馬到成功。本來她還擔心別人也有此先見之明，後來一看，恐怕觀察敏銳的佼佼者，非她莫屬了。愛爾敦先生英俊瀟灑，收入可觀，雖然海柏里教區不大，但他有一筆豐厚的產業，肯定能讓海莉過著舒適的生活。

至於海莉，要是知道他看上她，一定不會不為所動。他長得一表人材，又熱心助人，海柏里人人稱羨，唯獨艾瑪例外，她覺得他缺少一種高雅。不過，海莉不同，馬丁為她買幾粒胡桃，就能讓她感動不已，愛爾敦先生肯定更能征服美人芳心。

5

「溫士頓太太，妳不覺得艾瑪與海莉・史密斯走得太近了嗎？我有些擔心。」奈特先生說。

「擔心？擔心什麼？」

「我覺得那對她們都不好。」

「哦，老天，奈特先生，你想太多了。艾瑪提供一個良好的環境給海莉，而海莉又可以跟艾瑪作伴，看她們親親熱熱地，我比誰都高興，我不懂為何你說她們在一起不好？」

「妳大概以為我是來找妳抬槓的吧！」

「昨天我還和我先生談過，我們都為艾瑪能夠有個好伙伴而高興。你是一個人生活慣了，不能體會生活上沒有個伴侶的難過。我知道你嫌海莉出身不好，沒有受過良好教育，不適合當艾瑪的朋友，可是你別忘了，艾瑪正是因為這樣，她想要調教海莉，讓海莉變成大家閨秀。既然艾瑪有這個心意，她自己就得多看書來充實自己，這樣一來，兩人一起讀書，不是挺好的嗎？」

「艾瑪從十二歲起就嚷著要多看書，不知說了多少次，還很認真地列了書單。書單上的書都很不錯，還按照字母順序排列。她十四歲時也列了一張，當時我以為她會很有計畫地把書看完，結果呢？妳我心知肚明，艾瑪根本定不下心來看書，要大費心力的事，她才懶得做呢，整天只愛想東想西。而且，我敢保證，妳溫士頓太太做不到的事，海莉‧史密斯更是無能為力。以前妳叫她看的書，好說歹說還是看不到一半，妳忘了嗎？」

溫士頓太太笑著說：「從前我的確會為這件事生氣，可是和艾瑪分手後，我就不記得她不聽話的事了！」

「那就別提了。」奈特先生略帶感慨地說，好一會才又答腔。「艾瑪總是被當做全家最聰明的人，所以被寵壞了。她十歲那年姊姊伊莎十七歲，好多時候伊莎不知道的事，艾瑪都能清楚回答，也難怪她小小年紀就被捧上天了，她媽媽去世後，再也沒人管得動她，連妳也得聽她的。」

「奈特先生，如果我要靠你推薦找工作，恐怕什麼工作也找不著哩！你對我簡直沒半句好話嘛！你一定認為我是個很糟糕的家庭教師。」

「是啊！」他笑著說，「妳不適合當家庭教師，不過當個妻子最適合了。妳在伍德家的這些年，被艾瑪訓練成百依百順的柔順個性，如果當初溫士頓先生問我娶誰當老婆最適合，我一定會向他大力推薦妳的。」

「謝謝你喔！」溫士頓太太打趣地回答。

「我不像艾瑪自認有未卜先知的預測能力，可是對於海莉‧史密斯，我的確有些擔心。她單純無知，以為艾瑪無所不知，無所不能，所以處處逢迎她。而她天真無邪的模樣，讓艾瑪更加自以為是。她們兩人越是親密，我越是覺得不妥。艾瑪的寵愛讓海莉・史密斯迷失自我，鍍上一層金色外衣。她會變得自命不凡，瞧不起那些與她身份地位相當的人。」

「不知道是我過分相信艾瑪的聰明，還是太同情她情緒的苦悶，反正她和海莉變成好朋友，我一點兒也不擔心，你也別想太多了，昨晚你又不是沒瞧見，艾瑪那興高采烈的模樣，美極了！」

「好吧，如果妳要談外貌而不是才智的話，我不否認她的確長得很出色。」

「出色！才出色嗎?!我覺得是舉世無雙。論容貌、論身材，我沒見過比艾瑪還美的姑娘，古今中外都沒有。」

「哦，也許是。」

「她那雙淡褐色，水汪汪的大眼睛，隨著目光流轉散發出嬌媚動人的神采。五官端正，身材穠纖合度，高矮適中。她聰明機智，才華洋溢，全身透著一種健康美的清新芬芳，像是墜入人間的天使。奈特先生，你說是吧！」

「嗯，妳說的我都同意，艾瑪的外貌的確是美得無話可說，更難得的是，她從不以她的美貌自負，也不會向人炫耀她的美麗，她的虛榮心表現在其他方面。不過，溫士頓太太，不管妳怎麼說，我還是覺得艾瑪和海莉走得太近，絕對是弊多於利。」

「哎呀，奈特先生，我還是覺得你太多慮了。我相信艾瑪，她是個孝順的女兒，忠實的朋友，她的缺點是微不足道的，我絕對信得過她的品德，她不會把誰帶壞，即使有小小的缺失，她也會改過。」

「好吧，好吧！在妳心中，艾瑪是天使的化身，這些不中聽的話，妳一句也聽不下去，我看等約翰和依莎回來過聖誕節時再說吧。他們對艾瑪的愛比較有分寸，不會過分溺愛她，他們一定會贊成我的看法。」

「我知道你們都是真心愛護她，但是請你別見怪，奈特先生，關於她和海莉‧史密斯交往的事，連伍德先生都很贊成，別人也只有隨她們去了。你知道的，我不比別人，有些話，只有艾瑪媽媽可以說的，我也可以說，但是，艾瑪和海莉‧史密斯交往，只要她高興，沒人管得動。奈特先生，今天說的這些話，希望你別介意。」

「妳太客氣了，」他大聲地說，「我該感謝妳，妳說得很有道理，這次我會聽妳的。」

「依莎是個容易大驚小怪的人，你若告訴她，她肯定會神經緊張的。」

他說：「妳放心好了，我會克制我的脾氣。妳也知道我是真的關心艾瑪，甚至超過她姊姊依莎。艾瑪真是讓人擔心，真不知道她以後會變成怎樣?!」

「我也是很替她擔心。」溫士頓太太的聲音放柔了。

「她總是說一輩子都不結婚，我想是因為她還沒有喜歡上哪一個男人。要是她真的看上了合適的人，戀愛或許會改變她。可是這附近似乎沒有什麼合適的人選，而且艾瑪也很少出去。」

「只要她現在過得很快樂，伍德先生也不希望她太早結婚。我相信艾瑪終有一天會成婚的，但目前我看還不用著急。」

溫士頓太太的這番話，其實是為了掩飾她和溫士頓先生對艾瑪婚事的安排，他們已經祕密計畫很久了。直到奈特先生終於把話題轉到其他問題，她才鬆了一口氣。

6

艾瑪有自信她已將海莉・史密斯改造成功，而且也提升了她的鑑賞能力，開始懂得欣賞愛爾敦先生舉手投足的翩翩風采。艾瑪也一面在旁猛敲邊鼓，增加海莉與愛爾敦先生相處的機會。她深深相信，愛爾敦先生若不是已墜入情網就是正要墜入其中，他喜歡談論海莉，並且常常讚美她，尤其稱讚她的進步。艾瑪認為，這表示他在乎海莉，而且心中已有她的存在了。

「妳給史密斯小姐幫了大忙，讓她的氣質優雅大方，她剛來時就很漂亮，但妳把她塑造地更完美了。」

「海莉本來就很漂亮，只是少個人指點，我也只是給她一些建議，把她的潛能激發出來而已。」

「我覺得全是妳的功勞。」愛爾敦先生獻殷勤地說。

「嗯，我只是讓她多了些果斷的性格。」

「啊！一點兒也沒錯，她不但做事果斷，而且反應也靈敏多了，妳真是有辦法。」

「像她這麼可愛的女孩，我還是第一次見過呢！」

「我也這麼覺得。」他說完還嘆了口氣，像是得了相思病。

一天，艾瑪心血來潮，嚷著要為海莉畫一張速描，愛爾敦先生一聽，顯得十分興奮。

海莉站在門口邊，正要走出去，聽了他們的話，用一種極為嬌媚的模樣回頭笑說：「哎呀，我從來沒被畫過呢？」

艾瑪大聲笑著說：「海莉，妳的畫像如果畫得成功，一定會是無價之寶，我真想試一試。二、三年前我常畫畫，幫好多位朋友畫過，大家都很喜歡。可是後來因為某個原因，我就不再畫了。現在我要破個例，幫海莉畫一張，只要海莉願意的話。」

「妳一定要試試，」愛爾敦先生以略顯興奮的口吻大聲說。「伍德小姐，妳一定得畫，我相信妳有這方面的才能，我可不是個瞎子，這房間裡的風景畫和花草畫，不都是妳的傑作嗎?還有溫士頓家的客廳裡，那幾張出色的人物畫像，不也都是出自妳的手筆嗎?」

艾瑪心中暗自發笑：「拜託你!愛爾敦先生，你只管讚美海莉的臉蛋就好了，扯那麼遠幹嘛!」接著她說：「謝謝你的誇獎，我一定會試一試的。海莉的五官長得美，眼睛和嘴型尤其特別，我怕不好畫呢!」

「妳觀察得真是細微，眼睛和嘴型的確與眾不同，我相信妳會畫得很好，正如妳說的，會是無價之寶。」愛爾敦高興地說著。

「我們說了一大堆還不知道海莉願不願意呢？」

海莉在兩人盛情的勸說下，欣然同意了。於是艾瑪馬上拿出她的畫來，裡面有各式各樣的習作，每張都是半成品。他們要討論出是半身像、全身像，鉛筆畫、蠟筆畫，還是水彩畫適合海莉。艾瑪就是這樣，什麼都喜歡嘗試，無論是美術或音樂，她只要一點就通，學起來毫不費力，但要她再持之以恆地學習，那比登天還難。所以她雖是樣樣通，卻樣樣不精，至於本事有多少，只有她自己知道，那些言過其實的讚揚，她只是聽過就算，很少放在心上。

每幅畫都很不錯，而且愈是簡單畫上幾筆的，愈是出色。艾瑪確是有過人的天份，不過她的畫不論是好是壞，她這兩位朋友都會表現出同樣的欽羨和歡喜。他們倆邊看邊讚嘆，彷彿只要是出自伍德．艾瑪小姐之手的作品，任何藝術大師也不值一提了。

「這些都是練習畫，畫來畫去都只有家人而已。瞧！這是我爸爸、這張也是，他每次只要聽到我要畫他，就緊張得不得了，因此我只有偷偷畫了，所以不是很像。這張是溫士頓太太，這也是，她最好了，只要我一要求，她一定答應讓我畫。這是我姊姊，畫得滿像的，如果她肯再多坐一會兒，一定會更好看，可惜她急著要我幫她那四個寶貝蛋畫。你們看，這是亨利、小約翰，還有貝拉，三、四歲的小孩的膚色和大人不同，很不好畫的。另外這一張是小喬治，我趁他在沙發上睡覺時畫的，你們瞧那帽子畫得像極了，我最喜歡這張畫像了，連沙發角落都畫得很像。這裡是最後一張，也是我的得意之作，我姊夫約翰•奈特先生。」

艾瑪拿出一張油彩全身小像，「這一張其實差一點點就完成了，當時我是竭盡心力想畫好，溫士頓太太也說畫得太好了，而且似乎畫得太英俊了。沒想到我姊姊竟然潑冷水，說：『是有那麼一點兒像，但是不應該這樣畫。』我一聽很不高興，就不想畫下去了，於是就封筆。不過現在我願意再度拿起畫筆，不但為我自己，也為海莉。」

她很快就決定好尺寸和種類，和她姊夫的一樣，是全身水彩畫，如果畫得滿意，艾瑪決定要掛在壁爐上方的明顯位置。

終於開始動手了。海莉面帶微笑，努力保持不變的姿勢，而艾瑪則聚精會神，仔細勾勒每一筆。愛爾敦先生左站站，右看看，大氣也不敢隨便哼一聲。艾瑪覺得他在身後有些煩，最後想到一個好法子，要他唸書給她們聽。

他一臉十分樂意的樣子。海莉因為有書可聽而不覺得無聊，而艾瑪則能專心作畫。不過她總會找個機會讓愛爾敦先生過來看一下，只要艾瑪一停筆，他就馬上跳起來看，而且是讚不絕口。艾瑪心裡覺得好笑，她知道他沒有什麼鑑賞能力，但他那恭維和痴情的樣子，卻讓艾瑪滿心歡喜。

她有完全的信心，認為這幅畫一定會成功，不但繪出海莉的美貌，還會展現作畫者的才能及兩人深刻的友誼，再加上愛爾敦先生的愛情，這畫作的價值更高了。

第二天，她還得繼續畫，愛爾敦先生自告奮勇要唸書給她們聽。很快地，艾瑪完成了。任何人見了都讚美不已，尤其是愛爾敦先生，一股喜悅勁兒沒完沒了，而且還不許人家挑這幅畫毛病。

溫士頓太太一邊欣賞一邊說道：「艾瑪把史密斯小姐畫得太完美了。眼神是像極了，只是——史密斯的眉毛不是這樣。」

「不，不，我不覺得這樣，我認為真是像極了，我從來沒見過比這還好的畫像，我們還得考慮臉部陰影的問題呀！」

「艾瑪，妳把海莉・史密斯畫得太高了。」奈特先生說。

艾瑪心知肚明，可是又不願承認。愛爾敦先生這時又在一旁幫腔：

「不會，一點兒也不會太高。我們要考慮坐著和站著的不同，這個比例要恰到好處才行，這幅畫讓人一眼望去就明白史密斯小姐的身高，真的畫得太好了。」

「畫得真是好極了，太棒了！」伍德先生也說。「可是，親愛的，史密斯小姐似乎是坐在屋外，身上只披著一條小絲巾，我看她準會傷風感冒。」

「爸爸，這畫上畫的是夏天，是一個暖和的夏日午后。你看這樹的顏色。」

「寶貝，坐在屋外會受風寒，總是不保險。」

「伍德先生，你說得不錯，不過史密斯小姐坐在屋外也沒什麼不好，你瞧瞧這樹，綠得這般可愛，襯托得史小姐的膚色更美了，這畫真讓人愛不釋手，忍不住想一看再看。」

接著說到要配像框，必須找個可靠的人把畫像帶去倫敦的畫店。以往都是麻煩依莎去辦，可是現在已經是十二月，伍德先生若是知道要他的寶貝大女兒在十二月的茫茫大霧中出門，他準會很心疼。愛爾敦先生知道這件事，馬上跑來伍德家，自告奮勇要去倫敦處理這件事。

「能夠為小姐們辦事，我求之不得。如果妳同意，我是十二萬分榮幸替妳跑一趟。」

「真是太感謝你了，不過，不好意思，讓你跑這麼遠。」

但愛爾敦先生十分堅持，並且一再懇求，艾瑪只好拜託他去辦了。

他接過畫像時，輕吁了一口氣，說：「這真是無價之寶。」

艾瑪心中有些嘀咕：「這個男人真奇怪，殷勤得太過份了。不過，說不定是因為墜入愛河的緣故。人家說戀愛中的男女，舉止會有些怪異，大概就是這樣。不過他老是長吁短嘆，又愛拍馬屁，把我捧上了天，真有些受不了，大概他是感謝我對海莉的照顧才會如此吧！」

7

就在愛爾敦先生前往倫敦那天，艾瑪又幫了她的好朋友一個大忙。

依照往例，海莉在吃過早餐後前往伍德家，玩耍一番後回學校，然後又回到伍德家吃晚餐。可是今天她回來得比平時還要早，一副大驚小怪的樣子，一直嚷著有重要的事要說。艾瑪好一會兒才弄清楚是什麼事。原來，海莉回到柯達太太家，就聽說馬丁先生來過，因見她不在，留下了他妹妹給海莉的一個小包包。她打開一看，除了她借給麗莎抄的二首歌外，還有一封信。這封信是馬丁先生寫的，而且竟然是一封求婚信！

「天啊！他向我求婚，我作夢也想不到的事竟然發生了；伍德小姐，我覺得他的信寫得真好，而且他好像很愛我，我該怎麼辦？妳快瞧瞧，幫我拿個主意。」

艾瑪見到海莉一臉興奮和猶豫，心中有些不高興，她不屑地說：「這年輕人這麼不自量力，還想求婚，簡直是高攀。」

「妳先看看信的內容，好不好？」海莉急了。「求求妳，先看看再說嘛！」

艾瑪不疾不徐地打開信來讀，才看了一眼，她就嚇了一跳。來信的內容不但行文流暢，每一字句的斟釀都像是出自有教養的人之手。遣詞用字雖然樸實自然，但流露出誠摯感人的真情。全文雖不長，卻展現出他的才學和見識及體貼細膩的情感。艾瑪看得出神，真是大出她的意料之外，沒想到馬丁先生頗有文采。海莉在一旁乾著急，最後忍不住才問：「怎麼樣，寫得好不好，是不是太短了？」

「信是寫得不錯，我實在挑不出什麼毛病。海莉，」艾瑪覺得吞口水變得有些困難。「可能是他妹妹幫他寫的，我不相信那天在街上看到的那個人，有能力寫出這樣的內容來。可是，這信又不像是女人的語氣，簡潔俐落又乾脆，一點兒也不婆婆媽媽。看來他倒是個聰明人，邏輯概念不差，歸納能力也很強，表情達意的功夫也不錯。我相信有些人就是有這種本事，海莉，這封信的確寫得情采洋溢。」

海莉仍期待艾瑪接下去的意見，說：「嗯，這樣子，那我該怎麼辦？」

「什麼怎麼辦？什麼意思，妳是指這封信嗎？」

「是啊！」

「傻瓜，那還用問，妳要回信。」

「要寫什麼呢？伍德小姐，我可是一點兒頭緒都沒有，妳快幫我想個點子。」

「海莉，這封信是寫給妳的，當然得由妳自己回，我相信妳可以自己完成。妳也知道該寫些什麼吧，我想妳不傻，妳的回答要很明確，不要讓對方有模稜兩可的感覺，但要用禮貌的語氣，感謝對方的好意，並且安慰他。不過，妳千萬別為了他的失望而寫了同情的話，知道嗎？」

海莉聽了，低下頭，小聲地說：「妳的意思，是要我拒絕他囉？」

「拒絕?!拜託，海莉，妳還在懷疑嗎?難道……妳該不會是要和我商量回信的內容吧，我以為妳要討論的只是回信的措辭。」

海莉沒有回答。

「妳該不會想給他一個他原本所要的答案吧?!」艾瑪試探性地問。

「才——才沒有呢!我的意思是……哎呀，伍德小姐，妳告訴我，我該怎麼做才好?」

「海莉，這事關妳的終身大事，我不能幫妳做決定。」

「真想不到馬丁先生是那麼喜歡我。」海莉說完，就盯著信發呆。

艾瑪一言不發，想讓她仔細想一想，可是又覺得不妥，萬一那些娓娓動人的詞句感動海莉的話，那就前功盡棄了，於是又連忙說：

「如果一個女人對男人的愛猶豫不決的話，那麼表示她就應該要拒絕他的求愛。海莉，愛情如果有所保留或懷疑，那肯定不是真愛。我是妳的好朋友，年紀又比妳大，這些話我必須要提醒妳，但我絕不是要妳照著我的意思去做。」

「我懂，我完全了解妳對我的好，只是，如果有什麼好方法可以……喔!算了，妳說得沒錯，我不能三心二意，這是終身大事。我想，我應該拒絕他，是不是?」

「我不能左右妳的想法，妳一生的幸福，最好是由妳自己決定，而且只有妳才清楚是不是真的喜歡馬丁先生，和他是不是相處得來。海莉，妳的臉怎麼紅了，是不是想起另外還有別的心上人?海莉，千萬不要因為同情憐憫而腦袋糊塗了。」

海莉沒有答腔，站在火爐前一副茫然失措的模樣，捏在手心的信，已皺得不成型了。艾瑪等得心急，但心中又有一線希望，她要海莉親口說出。過了好一會兒，海莉終於開口：「伍德小姐，妳不願意幫我決定，我只有靠自己了。我想，我應該拒絕馬丁先生。」

「哦，太好了！海莉，」艾瑪上前握住她的手。「妳這麼做很對，但這是妳的終身大事，我不願意隨便影響妳，而今妳已決定了，那麼我才可以表示我的贊同。海莉，我真是太高興了，如果妳選擇馬丁先生，那我就失去妳這個朋友了。妳知道嗎？我真的很不願意和妳分開，可是如果妳去當了馬丁太太，我是不可能再和妳來往的，妳明白嗎？不過現在可好了，我們永遠都會是好朋友。」

海莉根本沒想到還有「身份」這層利害關係，聽艾瑪一說，她臉色大變。

「什麼?!妳不能去看我？哦，天哪，妳當然不會去了，我好笨，怎麼都沒有想到，真是感謝老天爺，讓我做了正確的選擇。伍德小姐，我和妳在一起，不但能受到上流社會的薰陶，還能讓很多人羨慕，說什麼我也不要和妳分開。」

「是啊，我也捨不得和妳分開，妳千萬不要做得不償失的事。」

「如果要我永遠不能上伍德家，那我活著還有什麼意思？」

「妳若嫁到比爾農莊等於是下放田野了，這一輩子和那群毫無知識的鄉下人混在一起，那就真的完蛋了。我真不懂那個年輕人竟然有這種野心想娶妳，真是痴心妄想，」

海莉聽到艾瑪責備馬丁先生，心裡覺得有些過意不去，連忙說：「我想馬丁先生不算有野心，他的心地很好。我會永遠記著他，感謝他，不過這跟結婚是兩回事。妳也知道，他喜歡我，但那並不表示我就一定要……嗯，老實說，自從來這裡以後，我所看到的人，不是風度翩翩，就是溫文儒雅，雖然馬丁先生也有他的長處，可是，可是要我離開妳，說什麼我也不要。」

「那就好了，親愛的海莉，我們不會分開的。女人不能因為男人寫了封求婚信，就跟他結婚吧。」

「沒錯，而且他也寫得太短了。」

艾瑪察覺到海莉說出了稚氣的話，她不想去計較，只說：「如果嫁了一個俗不可耐的老公，每天見面就覺得噁心，怎麼一起生活？」

「噢，是啊，我寧可天天和妳一起生活。我下定決心要拒絕他了，只是我該怎麼拒絕？」

艾瑪叫她別心急，只要坦白告知即可。海莉又央求艾瑪幫忙，艾瑪口頭上說她自己就可完成，可是心中對每句話老早就盤算好了。

海莉在回信前，又把那封求婚信仔仔細細再讀過，一縷柔情夾雜著絲絲不捨。她很怕傷害了馬丁先生，也怕他母親及妹妹不諒解她，罵她是忘恩負義的人。看到海莉如此難以割捨的樣子，艾瑪心想，如果馬丁先生是當場求婚的話，那他肯定會成功的。

回信總算寫好了，艾瑪差人送去。海莉終於遠離這件棘手的事了，可是她整晚都無精打采。艾瑪一直陪她聊天，有時提到她們的深厚友誼，有時談到愛爾敦先生。

「比爾農莊的人不會再邀請我去玩了。」她語帶感傷。

「算了吧，海莉，他們想請妳去，還得先問問我呢！伍德家少不了妳的。」

「是啊，我才不要去，要我離開妳，簡直要我的命。」

不一會兒，海莉突然有些興奮。「要是柯達太太知道今天的事，保證她會嚇暈了。娜斯小姐也一樣，她的姊姊只嫁給一個麻布商人而已。」

「海莉，在學校教書的人通常都是目光如豆，娜斯小姐會羨慕妳嫁給馬丁那戶人家，在她看來，那是天大的福氣。至於還有更好的人在追求妳這件事，我看暫時還是別讓他們知道，目前大概只有我和妳能看透他的表情和心情。」

海莉的臉微微紅了，抿嘴一笑，一想到愛爾敦先生，她的心頭就甜甜地。可是沒有多久，她又記掛起被她拒絕的馬丁先生。

「他現在大概已經收到我的信了，不知道他們一家人會怎麼想，會不會恨死我了？唉，只要他心情不好，他們一定都要難過了。」她低聲說。

艾瑪大聲地說：「讓我們來想想那個為妳奔波的人吧，也許他正把畫像拿給他媽媽和姊姊欣賞，告訴她們妳本人比畫像還美，然後等她們問了五、六遍，他才吞吞吐吐地說出妳的芳名呢！」

「我的畫像，那……哎呀，那多不好意思。」

「傻瓜，有什麼好害羞的，妳放心，我想今晚那張畫像肯定會陪他入睡，他的家人也會明白他未來的計畫，他們一定會很期待，我真替妳高興。」

海莉笑了，開懷地笑了。

8

這天海莉在伍德家過夜，她在這裡有一間專屬臥室。這幾個星期以來，她大部分的時間都逗留在此，第二天早上，海莉回去柯達太太家，向她報備後，再回來伍德家。

她走後，奈特先生來了。伍德先生剛好要出去散步，奈特先生和艾瑪坐在客廳裡，他談到海莉，還說了許多讚美的話，讓艾瑪有些訝異。

「我不像妳，把她說得美若天仙，不過她的確是漂亮，個性也柔順體貼，這是近朱者赤的緣故。如果給她一個好環境，我想她會是人見人愛的姑娘。」奈特說。

「哇！要從你嘴裡聽到幾句好話，可真不容易。至於你說的好環境，那當然有囉。」

「妳就是喜歡聽人家誇獎。我承認，妳的確使海莉・史密斯改變不少，她原本有些不端莊的習氣已經不見了，妳的努力沒有白費。」

「謝謝，我是不會做白費力氣的事，要不是看準了海莉是塊璞玉，我也沒心去栽培她。不過，能聽見你的恭維，真是比登天還難。」

「我不過是說實話。喔，妳在等她嗎？」

「是啊，已經過了約定的時間了。」

「大概有客人耽擱了。」

「海柏里的人最討厭了，全是一堆長舌婦、長舌公。」

「妳認為他們討厭，妳的海莉恐怕不這麼認為。」

艾瑪承認這是事實，只有噤聲了。

過了一會兒，奈特先生笑著說：「我敢說，最近海莉會聽到一件讓她很快樂的事。」

「真的？什麼事，快說來聽聽。」

「一件大事，很重要的大事。」他仍是笑。

「大事?!該不會是誰愛上她了吧，是不是？誰向你透露的祕密？」

艾瑪心裡猜想是愛爾敦先生。奈特先生為人大方，朋友都以他馬首是瞻，愛爾敦也相當推崇他。

「我知道有個人想向海莉・史密斯小姐求婚，他叫羅伯特・馬丁，是個有為的年輕人，他是真心愛她，想和她結婚。」

「他的確是個還算有禮貌的人，文筆也不錯，」艾瑪心中有些不悅，「他能肯定海莉一定會答應他的求婚嗎？」

「嗯，只是求婚，總得試試看。前天晚上，馬丁先生特地找我商量這件事，他問我現在結婚會不會太早，還有海莉・史密斯會不會太年輕了。其實，他是想問會不會高攀了，特別是妳最近又在她身上下了不少功夫。我挺喜歡和羅伯特・馬丁聊天的，他是一個很有頭腦和計畫的年輕人，為人誠實正直。他告訴我他的經濟情況和家庭狀況——無論是作為兒子還是大哥，他都是一個稱職的角色，我想他也會是個好丈夫。海莉是個漂亮的女孩，我勸他要把握機會，還鼓勵他。相信這兩天他就會向海莉表白了，據說海莉對他的感覺還不壞。」

艾瑪一邊聽，一邊心中暗笑：「看來奈特先生還被蒙在鼓裡。」

「你告訴我那麼多，後續的故事就由我來說明吧！」她說。「馬丁先生昨天的確送來一封信，不過，被拒絕了。」

「什麼?!」完全出乎奈特先生的意料，他漲紅了臉站起來，怒氣沖沖地說：「她這個白痴，比我想像中的還笨，這傻丫頭心裡到底在想什麼，那麼好的男人她不要?」

艾瑪也提高了嗓門：「是嗎?難道女人必須答應每個男人的求婚，你們這些男人真是自以為是。」

「胡說八道，搞什麼鬼?海莉・史密斯竟然拒絕羅伯特・馬丁，她一定是瘋了，瘋了。」

「沒瘋，也沒錯，海莉的回信我看過了。」

「妳看過了?就是妳寫的吧，艾瑪。」他說得很大聲，「是妳幹的好事，是妳教她拒絕的。」

「我才不會做這種事，不過，即使做了也不後悔。馬丁先生雖然是個正直的人，但是他根本配不上海莉。我才想不通，他竟然有膽子寫這種高攀的求婚信。」

「配不上海莉?」奈特先生已經氣得吹鬍子瞪眼。過了好一會兒，他冷靜下來，說：

「沒錯，是不相配，是海莉配不上羅伯特•馬丁。論才情、論地位，她還遠遠不如他。艾瑪，妳太寵她了，這使妳變得有眼無珠。海莉•史密斯的出身和教養都差，根本配不上羅伯特•馬丁。她只是個來路不明的私生女，連父母是誰都不知道，更別談有什麼高貴的親戚了。她只是一個普通學校的寄宿生，既不聰明，見識又少，年輕幼稚，對生活更是無能為力，就算長相漂亮，個性溫和，那又如何？當初想促成這門親事時，我還擔心馬丁吃虧。他志向遠大，財力雄厚，以後一定會有一番作為；但他已墜入情網，目前勸他另覓良緣也是不可能了。我只好退一步想，海莉•史密斯雖然不能幫助馬丁，但也無損。攀上這門親事，人家只會說她飛上枝頭當鳳凰，我原本以為妳會很高興她攀上這門親事。」

「你對我簡直完全不了解。一個農夫想配我的知心朋友？門兒都沒有！馬丁先生即使有像你形容的那麼好，充其量還是個農夫。你竟然以為我會同意這婚事，差太多了，你也把海莉看扁了。或許馬丁先生比較有錢，可是海莉的社會地位比他高多了，她結交的人也比他高貴，嫁給他才倒楣。」

「一個有知識、有身份的農夫和一個無知無識的私生女結婚才叫倒楣！」

「說到出身，從法律上看，她低人一等；但一個有理智、有智慧的人是不會這樣看的，別人的過失不能由她來承擔。而且她父親是個有錢有地位的紳士，對她的教育費和撫養費從沒吝惜半毛。她是大家閨秀，她比那個羅伯特•馬丁強多了。」

「不管海莉•史密斯的生父母或撫養人是誰，他們肯定沒有打算讓她進入妳所謂的上流社會。她受了一點教育後，就被送到柯達太太家，將來，她頂多成為第二個柯達太太罷了。在還沒有和妳交往之前，她對周圍的人沒有反感，和誰都高高興興相處。暑假她在馬丁家玩，絲毫沒有半點優越感，如果現在她有了，那全是妳伍德小姐教壞的。妳根本是她的損友，我了解馬丁，他自尊心很強，沒有把握的事他不會去做，他若是知道海莉・史密斯對他沒有好感，他不會求婚。」

對於這篇強而有力的議論，艾瑪認為最聰明的辦法就是不要正面回答。

「你是馬丁先生的好朋友，自然幫他講話，可是你把海莉看得太扁了。她雖不算聰明，但也絕不像你所想得那麼沒大腦。先別談她的才智，她的美貌和溫柔也是你承認的。在美女面前，那些假道學先生，或是口頭上喜歡嚷嚷對女人『只重內涵不重外表』的男人，只要看到海莉，誰不是像螞蟻黏上蜜糖一樣？美麗正是她引以為傲的本錢，加上她的溫柔善良，體貼人意，你們男人不迷死才怪。」

「艾瑪，妳這些似是而非的理論，黑的也被妳說成白的了。」

「是嗎？」艾瑪頑皮地笑著說，「我能看透你們這些男人的心，像海莉這樣的女孩，甘心拜倒在她石榴裙下的男人，多如過江之鯽，可以讓她好好地挑。如果你想結婚，也可考慮追求海莉，她才十七歲，還是個可塑之材。」

「我一直認為妳們倆混在一起是錯誤的，果然，妳只會給海莉帶來不幸。妳讓她只想到自己有多漂亮，有多了不起。頭腦簡單的女人有了虛榮心，這才糟糕，不能腳踏實地，只想一步登天。她雖然漂亮，但是求婚的人不會接踵而來，聰明人不會想和一個來路不明的女孩結婚。妳現在讓她眼睛長在頭頂上，非得有權有勢的男人不嫁，將來恐怕當她變成老處女，或是走投無路時，隨便嫁給教書匠的兒子，那全都是妳害的。」

「奈特先生，既然我們看法不同，再爭辯下去也沒有意義，反正海莉已經拒絕馬丁先生了。不瞞你說，她的拒絕多少和我都有些關係。那個馬丁先生，舉止粗魯，長相愚蠢，過去因為海莉見識不多，或許對他有些好感。但現在海莉不同了，她知道什麼叫做有風度，有教養的紳士，她才不會想要嫁給馬丁先生。」

「胡說，簡直是胡說八道，馬丁先生是個有智慧，有道德，溫柔敦厚的好人，海莉根本配不上他。」

艾瑪不語，肚子裡全是火氣，恨不得馬上叫奈特先生滾蛋。她仍然認為自己沒有做錯，雖然他的觀察力和判斷力一向很準確，但是這一次，她相信自己是對的。兩人在客廳悶坐好一會兒，艾瑪想打破僵局，但奈特先生都沒有回應，一臉沈思的樣子。

終於，他開口：「其實羅伯特•馬丁也沒有什麼損失，說不定塞翁失馬，焉知非福。可是，妳對海莉有什麼打算妳自己心裡明白，妳想替她牽紅線也可以。但是如果對象是愛爾敦先生，我勸妳別白費心機了。」

艾瑪大笑，表示否認。

他又說：「我們走著瞧，愛爾敦精明得很，他在海柏里當個受人尊敬的牧師，他不會隨隨便便結婚。別看他講話時好像很多情有禮，要談到財產，他比誰都敏感。只有在男人的聚會時，他才會老老實實地說真心話。」

「謝謝你的好意，我還不急著把海莉嫁出去，當紅娘也不是那麼容易。」

「那麼再見，我走了。」奈特先生一說完，大步就往門外走。他心中氣惱，馬丁先生現在肯定是既傷心又失望，而他也要擔負一部分責任，因為他之前表示過贊同；可是最讓他感到憤慨的是艾瑪從中作梗。

艾瑪也很不高興，只是她說不出個道理來。她不像奈特先生那麼有信心，連離開的時候，仍是一副理直氣壯的模樣，比來時更充滿自信。艾瑪不氣餒，不管奈特先生的想法如何，她知道自己所做的一切都是為了海莉著想，是以她們真摯的友誼為出發點。

9

奈特先生有好一陣子都沒到伍德家。後來再度拜訪，見到艾瑪時的表情依然很嚴肅，表示他還沒有原諒艾瑪。艾瑪心中也很不悅，可是接下來一些事情的發展，證明了她的判斷是正確的，讓她很得意。

愛爾敦先生送回裱褙了精美畫框的畫像，還幫忙掛在壁爐上方，他一面欣賞，一面嘖嘖讚歎，海莉經過多日來的改變，她前幾日波動的情緒也慢慢穩定下來。她心中還有馬丁先生的印象，但那是為了和愛爾敦先生比較而存在的，這一點艾瑪覺得很滿意。

她計畫讓海莉多閱讀書籍，多交益友，可是進展頗慢。她們每日寧可聊天，推算命牌，都比鑽研書本，培養能力有趣。而海莉每日的必要功課，就是把知道的謎語謄寫在一本由艾瑪親自裝訂的精緻冊子上。

柯達太太學校裡最有才華的老師娜斯小姐有一本收錄了三百多條謎語的冊子，海莉心中暗自不服，希望藉由艾瑪的協助，能夠做出一本內容更豐富的謎語冊子。艾瑪也覺得很有意思，要做就是要做最好的，她不但自編、修訂，還多方打探，加上海莉的一手好字，這本冊子內容精彩，包裝漂亮，人見人羨。

伍德先生也拜託好友佩理醫生多留意，因為他交友廣闊，見識多聞。但艾瑪並不這麼認為，她只要求愛爾敦先生的幫忙。果然他十分熱心，而且非得是歌頌女性的好謎語，他才會拿出來。有一次，他語帶感情地唸了一個謎語，不料她們早已收錄，害他大失所望。

艾瑪說：「愛爾敦先生，以你的聰明才智，要編寫一些新奇有趣的謎語，相信並不困難。」

愛爾敦先生回答：「哦，我恐怕沒有這種本事。」

然而第二天，他送上一則謎語。他解釋地說，這一則謎語是他的一位朋友想送給他心裡愛慕的年輕小姐。話雖如此，但艾瑪從他的眼神中得知，那是他自己的創作。

愛爾敦先生說：「我不是想把它登錄在史密斯小姐的謎語冊，朋友的創作我沒有權利公開，但我想讓妳們看看應該無妨，或許妳們會有興趣。」

艾瑪曉得他是故意對她說的，而不是海莉。畢竟面對旁觀者要比面對當事者容易得多。愛爾敦先生說完，他就離開了。

過了一會兒，艾瑪把那張抄了謎語的紙張遞給海莉，笑著說：「諾，是給妳的。」

看著海莉的手正在發抖，沒辦法讀，而艾瑪由於好奇心的驅使，所以自己先看了那則謎語。

獻給某位小姐——

字謎

當我們初次邂逅，我坐擁數不盡的榮華富貴足以向世人誇耀，
我是陸上的君王，享有無盡的奢華與安逸；
再相遇時，你看到的是我的另一面，
瞧瞧我，我是海洋的霸主。
哦，如今風雲變色，逝者如斯！
男人最值得誇耀的權勢和自由，全都消杳無蹤；
曾經是陸地、海上的雄霸，如今卻卑屈似奴僕，
我的姑娘，我親愛、迷人的姑娘，妳才是我情感的依歸。

聰敏慧黠如妳，必定能猜透我深藏的情意，
祇願從妳溫柔的星眸中看到默許！

她想了一會兒就猜到了，又慎重仔細地玩味著字裡行間的深意。然後把它遞給海莉，笑嘻嘻地坐在一旁。只見海莉望著紙發呆。艾瑪心想：「愛爾敦先生，你的謎語實在太絕妙了，任何的謎語都要相顧失色。『求愛』（Courtship）這個謎底簡直是一語雙關，你分明想說：『親愛的史密斯小姐，請接受我的愛意吧！想信妳必定能夠了解這個謎語的弦外之音，

以及那份深藏胸臆的深情』。奈特先生，你輸了，一直以來，你未曾輸過，但這次恐怕是例外了。」

艾瑪正想得出神，海莉打斷了她的思緒。

「伍德小姐，我……我猜不出來，妳幫幫我。是『王國』嗎？但他寫『如今卻卑屈似奴僕』，或者答案是『女人』？但它又說『我是海洋的霸主』，還是『海神』？唔，我從來沒有遇過這麼難的謎題。」海莉有點著急。

「親愛的海莉，妳猜到哪裡去了，如果謎底只是這些無關緊要的東西，那一點意思也沒有。妳把謎題給我，妳聽著：

「『獻給某位小姐』是指這個謎題要獻給妳——海莉・史密斯小姐。『當我們初次邂逅，我坐擁數不盡的榮華富貴足以向世人誇耀』，這句是指『宮廷』（court）。『再相遇時，你看到的是我的另一面，瞧瞧我，我是海洋的霸主』指的是『船』（ship）；接下來的句子才是重點：『曾經是陸地、海上的雄霸，如今卻卑屈似奴僕』，這是對妳的恭維。接著便是請求，海莉，這些句字妳應該都能理解，妳仔細思索吧！這個謎語是愛爾敦先生要送給妳的，不用懷疑。」

艾瑪說得頭頭是道，海莉聽得心緒飄蕩，看了最後兩行，沉浸在幸福的想像中默默不語。

艾瑪見她不語，又說：「愛爾敦先生的意圖很明顯，他的確喜歡妳，很快妳就會明白。

太好了，海莉，這樣的發展和我先前的想法完全一致，我真是為妳感到高與，衷心祝福妳。哪個女人能贏得像愛爾敦先生這種人的愛都值得慶幸，她會對你細心呵護，妳也不用再寄人籬下，共築一個溫暖的家，而我們也可以常常見面，妳想，這多美好！」

海莉感動地緊緊擁抱著艾瑪，什麼話也說不出來，口中只是忍不住地喊著「親愛的伍德小姐，親愛的伍德小姐……」。

過了一會兒，海莉說：「聽妳這麼一說，我真的感到希望了。其實，若沒有妳這麼說，我根本不敢這樣想，他太完美了，而我……，嗯，這些詩句實在太美了，愛爾敦先生真了不起。『獻給某位小姐』，真的是指我嗎？」

「當然是指妳了，相信我的判斷，但這只是序幕，接下來更精彩的內容很快就會實現。」

「我相信這件事大概沒有人會想得到。一個月以前，我自己根本也沒想過這個問題，這世界真是無奇不有。」

「妳和愛爾敦先生的相識，的確令人驚訝。表面上看來行不通，還需要別人從中撮合，但沒想到事情的發展竟然如此順利。愛情本來就沒有規則可言，這是機緣巧合，妳們的結合可以和蘭德斯夫婦媲美。這樣看來，海柏里真是個不尋常的地方，它給予有情人正確方向，並使他們的愛情開花結果。看來莎士比亞『真愛的道路永遠顛躓多險』這句話，應該為它加上一段長長的註解。」

「愛爾敦先生真的愛上了我嗎？就在那麼多人之中？記得在米迦勒節時我還不認識他，他很英俊，而且他和奈特先生一樣有身份地位。很多人想與他結交為好友，可以說是人人歡迎。他也是最好的牧師，娜斯小姐說，他來到海柏里之後，他所講述的話她都記了下來；我第一次見到他的情景到現在印象還十分清晰。那天，艾伯持家的兩個孩子和我跑進了大廳，聽到他走過去的聲音，我們便透過窗簾的縫隙偷看。娜斯小姐過來把我們趕走，自己卻站在那裡，但她立刻又把我叫過去，畢竟她有一副好心腸。我們都認為他很英俊，他與科鄂先生正手挽著挽手。」

「不論妳的哪個朋友，只要他們稍具普通常識，相信他們都會贊同這件婚姻，但我們不需要把這些情節一一描述給別人聽。如果妳的朋友們希望妳能有個好的歸宿，那他們已得償所願。眼前的這個男人個性敦厚，為人體貼。看到妳能有如此的好運，相信他們也會為妳高興。」

「伍德小姐，妳真會說話，我最愛聽妳說話了。妳實在是無所不知，妳和愛爾敦先生都是聰明人，這個謎語就算讓我花一整年的時間研究，我也寫不出這麼絕妙的謎語。」

「雖然他昨天的態度推辭，但我認為他是想借此顯露本領。」

「我認為這個謎語真的很棒，我以前讀過的謎語中沒有一個能比得上這個。」

「我的確也未曾讀過這麼精彩的謎語。」

「而且它比我們過去所蒐集的都長。」

「我並不是考慮它的長度，像這種關於情愛的謎語一般而言都不會太短。」

海莉並沒有聽見，她只是痴痴地望著謎語，滿足地比較著，一股奮興的情緒在心中燃起。

過了一會兒，她說：「對於同一件事，」她突然雙頰泛紅，「每個人都有自己的表達方式。有些人沒有什麼創意，內心中雖有了感情，但只是坐下來簡短地寫了一封信，三言兩語就草草結束；而其他的人卻會藉著寫詩和謎語來傳情達意。」

聽到海莉對馬丁先生的微辭，艾瑪心裡感到非常高興。

「多麼甜美的詩句，」海莉又接著說，「特別是最後兩行。可是，他說我必定能夠猜透，但這叫我應該如何回答呢？哦，艾瑪小姐，我們該怎麼辦？」

「妳不用擔心，我敢說今天晚上他一定會來，他來了之後我把謎題還給他，再和他聊天，到時候妳什麼話都不用說，只要用溫柔的雙眼含情脈脈地望著他就好，相信我。」

「嗯，伍德小姐，這麼美的謎語不能抄到我的冊子裡，好可惜。我相信我現在有的都沒它一半好，」

「刪掉後面兩行，其他的我看不出有什麼理由妳不可以抄。」

「哦！但最後兩行是——」

「是全篇中最好的！但我們只要默記下來自己欣賞就好了。最後兩行自成一組，若把它刪除，意思不變，而且將它刪去之後，它的整體意義並沒有終止，而是一個非常絕妙的謎語，任何人都可以收錄。妳要了解，他不喜歡人家只注意他的熱情而不注重他的謎語。詩人對於愛情，若不是兩者並重，不然就是兩者都不去顧慮。把冊子給我，我把它寫下來，他不會對妳心存微辭。」

海莉順從了艾瑪的意思，雖然心中不忍將它分割，但她深信她的朋友寫下的已不是愛情宣言。她似乎認為這個謎語太珍貴了，無論如何都不能公開。

「我絕不讓這本冊子離開我的雙手。」她說。

「很好。」艾瑪回答。「有這種想法很自然，我很高興妳有這樣的想法。我爸爸來了，我想用這個謎語來取悅他，他很喜歡這類東西，對別是對女性的讚美，我想唸給他聽應該沒有關係吧！況且他聽了之後一定會很高興。他很疼我們，妳一定要讓我唸給他聽。」

海莉看起來有些不悅。

「親愛的海莉，不要把這個謎語看得那麼珍貴。如果妳不謹慎，無意間表現出已猜透這其中的含意，那麼妳的內心就會顯露無遺。對於別人在追求上這樣小小的殷勤不要太在意。如果他真想保密，就不會當著我的面給妳，所以，對於這件事妳千萬別太認真。」

「沒錯，我不能因為這個謎語而表現得太荒謬，請唸給伍德先生聽吧！」

伍德先生一進來，馬上就談起這個話題，他總是一開始就說：「親愛的，妳們的謎語收集得如何，有沒有什麼進展？」

「有的，爸爸，我唸給你聽，你絕對不曾聽過。今天一早我們看到桌上放了一張紙，不曉得是哪個精靈遺留下來的，上面還寫了一則謎語，我們剛剛把它抄了下來。」

艾瑪開始唸，並且依照他的要求，要唸得又慢又仔細，然後一一解釋。他聽了之後很高興，而且他也最喜歡最後那兩行讚美辭。

「嗯，文辭優美，的確很精彩。親愛的，我馬上能夠猜到是哪個精靈放在這裡的。像這麼好的作品，大概只有妳寫得出來。」

艾瑪沒說什麼，只是點頭微笑。他躊躇了一會兒，輕嘆一聲，說道：「要猜妳像誰並不難，妳媽媽生性聰慧，最喜歡這些東西。只可惜我的記性不好，連我常常唸的那個謎語其實有好幾段，但我卻偏偏只記得第一段。

凱蒂，我的冰山美人，
是妳點燃了我心中的情焰，轉瞬又教我失望。
這個被愛情所蒙蔽的男孩吶喊求援，
卻又擔憂情網深陷。

我只記得這一段，艾瑪，記得聽妳說過已經把它抄在冊子上了。」

「爸爸，我把它抄寫在第二頁。我們是在《文摘》那本書找到的，你知道那本書是出自蓋里克之手。」

「對，是他，但我就只記得這麼一點點。唉，『凱蒂』這個名字讓我想起了可憐的依莎，她的教名是依妳祖母的名字取的，叫凱薩琳。希望她下個星期會回來。親愛的，妳計畫好她還有孩子們要睡哪裡了嗎？」

「爸爸，就和以前一樣，不用再變了。」

「但是她很久沒回來了，上次復活節回來，只住了幾天。約翰是律師，本來就忙，不能說來就來。可憐的依莎，她傷心地從我們這裡被帶走。這次她回來，若是知道泰勒小姐也走了，她一定會感到難過。」

「爸爸，至少她不會感到驚訝。」

「那很難說，親愛的，當我聽說她要結婚時我就感到驚訝。」

「等依莎來了，我們一定要邀請溫士頓夫婦來家裡吃飯。」

「當然，只要有時間，不過——」他的聲音裡帶著些許的哀愁，「她只能住一個星期，只有這麼短短的時間根本做不了什麼事。」

「這也沒有辦法，約翰二十八日必須回到倫敦。但這次他們來會一直住在我們家，不去奈特先生家。奈特先生已經答應今年的聖誕節不邀請他們，所以和他比起來，他們與奈特先生分別的時間更長。」

「這的確很難，親愛的，但除了這裡，可憐的依莎哪裡也不去。」

伍德先生從不讓奈特先生邀請弟弟到他家去，也不讓別人邀請依莎，他們就只能住在伍德家。他想了一會兒，說：「艾瑪，我想我還是勸勸依莎這次留在家裡多住幾天，至於約翰，他就先回倫敦。她和孩子們住在這裡，應該會很快樂。」

「噢，爸爸，你每次都這麼說，但我看這次也是一樣，約翰不在，依莎不可能留下來。」

伍德先生深深嘆了一口氣，艾瑪看到父親因為女兒離不開女婿，因此難過起來，於是她趕緊轉移話題，想讓他高興起來。

「爸爸，姊姊她們來了以後，我想海莉也應該和我們住在一起，她一定也會喜歡那幾個寶貝孩子的。不知道她會覺哪個孩子長得最漂亮，是亨利呢，還是小約翰？」

「是啊，我也很好奇。我可憐的小寶貝，他們若來了不知道會有有多麼高興。海莉，他們很喜歡來海柏里。」

「伍德先生，我敢說他們一定很高興。」

「亨利是個可愛的男孩，小約翰像她媽媽。亨利是長子，和我同名；小約翰排第二，和他爸爸同名。我相信有人會覺得奇怪，為什麼不是長子和爸爸同名。其實這是依莎的意思，但她這個主意我也很贊成。這兩個孩子都很聰明，也討人喜歡，但我覺得約翰對他們的管教太嚴厲了。」

艾瑪說：「爸爸，是你太溺愛他們了。約翰是個好爸爸，他希望自己的孩子們活潑、聰明，只有在他們不聽話或調皮搗蛋時，他才會斥責他們。」

「奈特先生每次來，總是用可怕的方法把他們拋向天花板。」

「他們就喜歡這樣，兩個還常常吵著爭先。」

「哼，我就不了解。」

「我們都是一樣，爸爸，這世界上總是有一半的人不了解另一半人的快樂。」

接近中午時分，海莉原本要離開了，這個時候，愛爾敦先生來了。海莉轉過身，艾瑪則和平日一樣，對他笑了笑。艾瑪看見了他眼神裡的得意，她知道他來是想知道結果。然而，他卻開口問說伍德先生晚上的聚會他是否能夠缺席，因為科鄂先生已經邀請他好幾次了，實在盛情難卻，推辭不了。

艾瑪感謝他，但不願他為了他們而辜負了朋友的好意。就在他要離開時，她拿起了桌上那張紙還他。

「我們已經拜讀過這個謎題了，謝謝你。我們都很喜歡，但我擅自將它抄錄到海莉的冊子裡，我想你的朋友應該不介意吧?當然，我只抄錄了前面八行。」

聽了艾瑪的話，愛爾敦先生突然不知道該說什麼，於是只說了幾句「十分榮幸」的客套話，然後愣愣地看著她們兩人。他發現了桌子上的冊子，拿起來翻閱了一下。艾瑪看著他有點手足無措的模樣，笑著說：「請代我們向你的朋友致歉，這個謎語寫得實在太好了，不能只讓一兩個人欣賞。他一定是個浪漫的人，相信他在創作時就已經了解到女人看了一定會喜歡。」

愛爾敦先生猶豫了一會兒，才勉強開口說道：「我的朋友和我的想法應該一致，他若知道這個謎題受到如此重視，一定覺得受寵若驚，而且會感到相當榮幸，只可惜他不能親眼目睹。」他一邊說一邊盯著冊子，然後把它放回桌上。

愛爾敦先生一說完馬上轉身就走，他平時為人雖然落落大方，但這次卻是尷尬至極，艾瑪實在是忍俊不住，跑到一旁笑個痛快，讓海莉自己一個人去幻想著美夢。

10

雖然已是十二月中旬，天氣仍然清朗，艾瑪與海莉照常外出散步。有一天，艾瑪決定去探望海柏里一家貧戶，看看是否能夠提供幫助。

去那偏僻的地方要經過牧師巷，而愛爾敦先生的住宅就座落在此，雖然是一棟舊宅子，但由於主人的社交活動頻繁，也因往來賓客眾多而增光不少。

艾瑪笑了笑，意味深長地對海莉說：「總有一天，妳會帶著那本謎語上這兒來的。」

「真的嗎？我有點兒不敢相信。這房子真好，那扇黃色幕簾，好漂亮，是娜斯小姐最喜歡的類型。」

她們一邊走，艾瑪一邊說：「看來這條路我以後會常來，多走幾回，就會熟悉這裡的風景了。」

她發現海莉望著牧師府，眼中流露出羨慕的神情，於是又說：「要是我們能進去參觀就好了。我沒有什麼佣人的事要打聽，我爸爸也沒託我帶信，真是可惜。」

她絞盡腦汁，還是找不到藉口，於是兩人都沈默不語。後來海莉打破沈默：

「伍德小姐，妳又聰明又漂亮，為什麼還不結婚？」

「海莉，」艾瑪笑了，「我不會因為漂亮就結婚，總還要有讓我中意的人才可以吧。我不想結婚，現在不想，以後也不想。」

「真的嗎？我不信。」

「我要嫁一個能力很強的人，可惜目前還沒見到半個，至於愛爾敦先生，妳知道的，他不是我要的類型，而且我現在過得很逍遙自在，才不想結婚。」

「哎喲，別太早下定論。」

「我沒有結婚的理由，也沒有喜歡的人，又不需要財產和地位，而且我永遠也不能遇到一個人，能像我爸爸那樣疼我寵我的人。」

「可是，妳會像貝斯小姐一樣變成老姑婆。」

「別恐嚇我了，海莉。貝斯小姐頭腦簡單，不辨是非，又喜歡到處說長道短，只聽到一點兒小事，也要四處宣傳，我要真像她那樣，明天就立刻去結婚。」

「可是，妳還是會變老啊。」

「沒關係，妳知道的，我家的經濟狀況不錯，我即使老了，也不會是個窮老太婆。有些人沒結婚會被別人看不起，是因為又老又窮，心胸就變得狹窄，脾氣也就古怪了。不過貝斯小姐例外，她又老又窮，可是人人都喜歡她，因為她心腸好，待人大方。我相信，如果她只剩十塊錢，她也會拿出六塊錢分給比她可憐的人，這很不容易。」

「那妳老了怎麼辦，妳不怕無聊嗎？」

「海莉，妳還不了解我嗎？我有那麼多興趣，即使到了四、五十歲，我還是可以畫畫，彈琴唱歌，或是編織毯子，才不會無聊。其實不結婚的人最怕的就是感情沒有寄託，可是我不會，我姊姊有那麼多個可愛的孩子，我很喜歡他們，即使沒有自己的孩子，有他們作伴也就夠了。我想，我會帶一個外甥女一起生活。」

「對了，妳見過貝斯小姐的外甥女嗎？妳們熟嗎？」

「當然，每次她到海柏里，不熟也得熟。只要提到珍・斐爾的名字，我就一個頭兩個大。妳知道嗎？她的每封來信至少會被讀四十次以上，妳會在不同場合一遍又一遍聽到信的內容。要是她送給姨媽或外婆一件禮物，那妳這個月別想聽到別的話題了。我對珍沒有惡意，但提到她我就覺得煩。」

此刻她們已經到了那戶貧窮人家的小屋，兩人暫停了閒聊。艾瑪心地善良，樂善好施，窮苦人家有困難時，她會親自探望，慷慨解囊。這一戶人家是貧病交加，她十分同情，不但言語上安慰他們，實質上也給了不少幫助。離開後，她對海莉談起她的感受。

「唉，看看這些人，妳就會覺得自己太幸福了，所有的憂愁也不值得一提。我腦海中還是一直浮現著那些可憐的景象。」

「是啊，他們的確很可憐，誰看了都會忘不了。」

「唉！」

她們兩人覺得心情低落極了。才出巷口，轉了個彎，突然看到愛爾敦先生就在前方。

艾瑪在他走近前，說：「嗯，海莉，我們才說今天只會惦記著那戶人家，不會想別的事情，現在馬上自打嘴巴了。我們的同情能使他們得到安慰，這樣就夠了，我們沒有必要把他們的苦惱煩憂也一起扛下來，是吧，海莉。」

海莉才剛說「是的。」愛爾敦先生就走過來了。原來他也正要去拜訪那戶人家，當下只好改期。他們三人各陳已見，想辦法該如何幫助他們。之後，愛爾敦先生就陪著兩位小姐往回走。

艾瑪心裡盤算著：「這兩個人都是為做善事來的，一時感觸深了，心中的話也會不經意地說出來，或許會彼此示愛表白。看來我最好想個法子避開，不要當電燈泡。」

於是她故意走上路邊的小人行道，讓他們兩個人走大路，沒想到海莉已經跟習慣了，不到兩分鐘，她就自動追過來。艾瑪立即彎腰蹲下，藉口推托要綁鞋帶，要他們先走。一會兒，她發現那戶貧苦人家的女兒正提著鍋要去伍德家，艾瑪讓她去拿些雞湯。於是她和那女孩並肩聊天，而前面兩個人，也不便等她了。可惜事與願違，那女孩走得很快，轉眼間就要追上他們了。艾瑪見他們談得正愉快，愛爾敦比手畫腳，一副滔滔不絕的樣子，而海莉正溫婉地微笑聆聽。艾瑪叫那女孩先走，還想找個理由讓他們單獨相處，不料他們卻同時回頭看她，她只好迎頭走去。

愛爾敦正在描述某件事情，艾瑪一聽，差點沒暈了，原來他在說昨晚去科鄂家吃飯的情形。

她自我安慰地想：「唉，談戀愛的人總是覺得什麼都有趣，即使是雞毛蒜皮的事，也能說上老半天，看來，我還是要讓他們多一些單獨相處的時間。」

三人各懷心事地走著，不一會兒就經過牧師府的籬笆了。艾瑪突然靈機一動，她蹲下，迅速把鞋帶拉斷，丟進一邊的水溝裡。

「不好意思，我的鞋帶斷了，沒辦法走回家。愛爾敦先生，可不可以到你家休息一下，再跟管家要一條帶子，只要能繫住鞋子就可以了。」

愛爾敦一聽，笑得合不攏嘴，一臉求之不得的模樣。

他和海莉待在正廳，管家太太扶著艾瑪走到偏廳去，中間的房門並沒有關，她心中暗禱希望愛爾敦能關上，可惜沒能如願。她只好和女管家東扯西聊，希望隔壁的兩個有情人能互吐情衷，可惜她扯了十幾分鐘，似乎也沒什麼動靜，她只好綁好鞋帶走了出來。

兩個有情人站在窗邊聊天，艾瑪見了心中很高興，以為終於大功告成，沒想到愛爾敦先生還是在談些無聊的話題，說一些殷勤討好的話。

艾瑪有些發悶：「太謹慎了吧！那麼好的機會也不把握住，愛爾敦先生，你行事也未免太小心翼翼了。」

雖然她費盡苦心，任務還未完成，但她有信心，以今天的情況看來，總有一天會成功。

11

聖誕假期快到了，依莎一家人要回來度假，這是伍德家的大事。至於愛爾敦和海莉的事，艾瑪也只能偶爾幫忙，就算他們自己不主動，她相信大勢所趨，只是早晚的問題罷了。而且，世界上就是有這樣的人，你愈積極地幫助他們，他們就愈懶惰。

往年，如果有長假，依莎一家都會回到海柏里以及奈特先生家各住一段日子。可是今年，他們利用秋天的假期帶小孩去海水浴場玩，很久沒有回來了。伍德先生這次盼得望眼欲穿，心疼瘦弱可憐的依莎，又惱他們待的時間不夠長。

他既擔心他們旅途辛苦，又擔心他的馬和車夫勞累，他們要在半路接回依莎一家人。當然，他的擔心是多餘的，十六英里的路並不算太遠。約翰、依莎夫婦，五個孩子，還有好幾個保姆都平安抵達。一大群人熱熱鬧鬧地，又要問候，又要寒喧，要搬行李，要扶下車，各自忙得不可開交。要是在平常，伍德先生早就瘋掉了，今天因為太高興，也就忍耐下來。但依莎細心體貼，約束孩子別去吵外公，即使來做客，仍是遵守伍德家的日常作息。

依莎身材嬌小，典雅美麗，性情溫順，心中只有家人。對於丈夫，百依百順；對於孩子，寵愛有加；對於父親與妹妹，也有深厚情感。然而她不像艾瑪是個頭腦靈活，反應敏捷的人；她像父親，為人敦厚，就連體質也像，身體虛弱，容易神經緊張。伍德先生事事請教佩理醫生，她則喜歡和倫敦的斐德醫生來往。

約翰‧奈特先生身材高大，風度翩翩，在倫敦當律師，事業正蒸蒸日上。他為人正直，非常顧家，只是有些不苟言笑，讓人覺得不好親近。他有時會因缺乏耐心而發脾氣，尤其遇上依莎的溫溫吞吞，嗓子就不自覺地大了，他也沒有特別向這位才貌雙全的小姨子拍馬屁，只是當成普通親戚，有話直說。艾瑪對他並不是那麼欣賞，尤其生氣他的一個缺點：缺乏對長輩應有的禮貌與耐心。他最無法忍受伍德先生的神經質和怪癖，有時會說上兩三句，嚴重時則會加以頂撞。雖然不常發生，但對孝順的艾瑪來說，簡直是大逆不道。即使有時他並沒有開口，但他的不滿神情，還是讓艾瑪生氣。不過為了家庭和諧，她也只有盡量視而不見。

由於這次他只能住短短幾天，伍德先生想到就直搖頭，不停地嘆氣，還向女兒依莎述說最近的傷心事。

「唉，女兒，可憐的泰勒小姐，真是太可憐了。」

「是呀，爸爸，我真替你和艾瑪擔心，泰勒小姐一走，你們怎麼辦。不過，我希望她幸福快樂。」

「幸福?!唉，我希望她真能幸福。不過，我只知道她的房子還算可以住人。」

約翰一聽，悄悄拉著艾瑪問，是否溫士頓家出了什麼事。

「別擔心，我看溫士頓太太比以前更豐腴，更漂亮了。爸爸只是捨不得她離開。」

「其實，結婚對她來說是件好事。」約翰說。

「爸爸，你們常見面嗎？」依莎語調哀傷，十分符合伍德先生的心情。

伍德先生楞了一下。「唉，沒有我想像中那麼頻繁。」

「爸爸，他們結婚以後，我們只有一天沒見面。平常不是早上就是晚上，溫士頓夫婦都會來探望我們，有時是我們散步到他們家。爸爸，你別說得那麼可憐，害大家都誤會了。大家都知道我們捨不得泰勒小姐，但她和溫士頓先生心中也是惦念我們，才會三番兩頭跑來，已經仁至義盡了，您說是不是？」

約翰轉頭向依莎說：「好老婆，妳看，當初我看信時就知道，她的心還是向著你們，而溫士頓先生又愛熱鬧，喜歡和朋友交際，所以根本不用擔心。現在妳聽見艾瑪的話，可以放心了吧。」

伍德先生說：「唉，是該放心了。溫士頓太太，嗯，可憐的溫士頓太太——是滿常來看我們的，可是——可是她來了又要走了。」

「爸爸，如果她不回去，那可憐的溫士頓先生怎麼辦呢？」

大伙聽了艾瑪的話，都笑了。

「是啊，是該替溫士頓先生想想。結了婚的女人是該把重心放在家庭上。像依莎，結婚那麼多年，這一點我很滿意。」

「喔！怎麼提到我了？」依莎搞不清楚約翰在說什麼，連忙緊張地問。「說我什麼？老實說，我是最能了解結婚的好處，如果不談泰勒小姐離開我們家這一點，那她是世界上最幸運的女人了。溫士頓先生是個好人，脾氣也好，除了你和大哥外，他是我見過最好的人了。我記得今年復活節，他帶著亨利去放風箏；還有去年九月，有一天晚上十二點多了，他還特地寫信告訴我柯巴畝沒有流行猩紅熱，他真是熱心，和泰勒小姐是天造地設的一對。」

「他兒子呢，他們結婚他也沒來嗎？」

「是啊，」艾瑪回答。「本來大家都期待他會出現，結果還是空歡喜一場。」

「親愛的，妳忘了，他給可憐的溫士頓太太寫了封道賀信。文筆不錯，字跡也漂亮，她特地拿來給我看，那孩子年紀還太小，他舅舅或許不願意讓他長途跋涉。」

「拜託，爸爸，他已經二十三歲了，不小囉。」

「二十三歲，真的嗎？哎呀，時間過得真快，他媽媽過世的那年他才兩歲。唉，兩歲的孩子被送去和舅舅、舅媽住，也真是可憐。不過，他的信寫得真是不錯，有禮貌，我記得日期是九月二十八日，開頭是『親愛的夫人』其他我都忘了，人老了，什麼都不管用了。」

依莎怕他又開始老大傷悲，忙說：「我看他一定是個敦厚的年輕人，只可惜不能和他爸爸一起生活，他舅舅也真奇怪，不讓他回家，實在太可憐了。溫士頓先生怎麼捨得親生兒子呢，想到我就心酸。」

「邱契爾夫婦的做法也真是令人爭議。」約翰提出看法，「要我把亨利或小約翰送人，打死我也不幹，可是溫士頓先生卻做得出來。他那個人豪爽大方，不拘小節，不是很重感情的人。依我看，像他這種凡事都很想得開的人，每天只喜歡和朋友交際，吃吃喝喝，打打牌，就算沒有家庭，沒有小孩，也無關緊要。」

艾瑪不願聽到誤解溫士頓先生的話，很想反駁，後來還是忍耐下來。第一天見面就要針鋒相對，對爸爸和姊姊都不太好。況且，姊夫因為愛家愛孩子，所以看不起那些太重視社交活動的男人，這似乎也不算錯。最後艾瑪決定——家和萬事興，嘴巴先閉緊一點兒。

12

艾瑪邀請奈特先生一起吃晚餐。本來伍德先生不太樂意，今天女兒女婿一家人才到，他可不願意和人家一起分享他的快樂。但艾瑪已決定，除了顧慮奈特兄弟的親情，她還希望藉機和奈特先生重修舊好。

像他們這兩個彼此都有口才，又有主見的人，要讓誤會冰釋是不太容易的事。她自認沒錯，他也不肯讓步，最好的方法就是假裝什麼也沒發生。艾瑪靈機一動，想到好點子：她見奈特先生進來，就抱起才八個月大的小貝拉，又親又摟。起初，他還是板著一張臉，不多說話，過不了多久，他就開始談笑風生，還將孩子從她手上抱去。艾瑪滿心歡喜，終於又合好如初，一得意就忘了形，當奈特先生在誇獎孩子時，她開口便說：

「瞧，我們都疼愛這幾個孩子。雖然對於別人，我們會意見不合，但對於這些孩子，看法卻都一致。」

他意味深長地看著她，說：「如果妳對別人也像對這些孩子一樣，公正無私，不因為心裡喜歡就有所偏袒，那我們的看法就會一致了。」

「好嘛，好嘛，每次意見不同，都是我的錯。」

「當然囉，」他笑得很開心，「妳出生的時候，我已經十六歲了。」

「是沒錯，但是這只是年齡的差距，現在已經過了二十一年了，難道我們的智力和判斷力還差那麼多嗎？」

「唔，當然不是。」

「可是為什麼意見不同時，都是我的錯？」她有些撒嬌地問。

「因為我還是大妳十六歲啊，而且我也不是一個被寵壞的年輕小姑娘。不過，大人不計小人過，艾瑪，我們言歸於好吧。」

「嗯，不過，請你再聽我說一句話，我們倆都是好意，這一點誰都沒錯。不過事情發展證明我是對的，另外，馬丁先生是不是真的很傷心？」

「當然了。」

「唉，我很抱歉，但感情的事是勉強不來的。」

這天晚上，大家聊得很盡興。伍德先生拉著依莎說個不停，奈特兄弟二人各談本行，而艾瑪則居中，兩邊都偶爾插句話。

奈特先生是地方官，有些法律問題要問約翰，他又是莊園主人，有一大片土地，每兩年就得討論準備種什麼農作物。而約翰自小在莊園裡長大，對老家的一切有著深厚情感，無論是排水溝的修復，籬笆的範圍，或是何時種植小麥，他都極有興趣了解。

這邊是熱烈高興，另一邊則是愁容滿面。

「我可憐的依莎寶貝，」伍德先生輕輕拉起大女兒的手，使她不得不暫時丟開五個孩子。「可憐的孩子，妳好久沒回來了，今天走了這麼遠的路，可別累壞了。我們待會吃些睡前粥，保證一覺睡到天亮。艾瑪，妳也來一碗。」

艾瑪並不喜歡睡前吃粥，她知道奈特先生們也不喜歡，所以只吩咐來兩碗粥。

「寶貝女兒，妳們今年秋天沒有回來真是可惜，為什麼跑去南端海濱，那裡海邊的空氣不好。」

「爸，是斐德醫生大力推薦的，他說這幾個孩子都該去，尤其是小貝拉，她氣管不好，要去海邊呼吸新鮮空氣，泡泡海水浴。」

「佩理醫生很懷疑去海邊對身體是否有好處，我也不贊成。有一次我去海邊，差一點感冒死掉。」

「拜託，你們別再提海邊了，好不好？」艾瑪怕他們越說越傷心，想趕快轉移話題。「我連海邊都沒去過，求求你們別再說南端海水浴的事了。姊，我還沒聽妳問起佩理醫生，他可是非常關心妳。」

「真的嗎？佩理醫生真是個好人。爸爸，他身體好嗎？」

「唉，是還不錯，只是他太忙了，忙到肝出了點問題，又沒有時間休息調養，真是可憐，他就是太聰明太能幹了，大家有問題都找他。」

「佩理太太和孩子們都好嗎？我也很想念他們，真希望他能來坐坐，他看到我這幾個寶貝一定會很高興的。」

「最好明天就來，小貝拉的喉嚨，還是讓他看看比較妥當。」

「她已經好多了，可能是海水浴的療效，要不然就是斐德醫生的外用藥有效，她的氣管好多了。」

「傻丫頭，海水浴沒用的，那個外用藥為什麼不……」

此時艾瑪連忙插話：「你們都忘了貝斯太太母女了，怎麼都沒人提起她們？」

「哦，是啊，不該忘記這兩個好人。我明天就帶孩子們去探望她們。好久不見了，她們好嗎？」

「還好，就是上個月可憐的貝斯太太感冒了。」

「真的？我聽斐德醫生說今年感冒的人比去年多，症狀又嚴重，可能會變成流行感冒，真可怕。」

「不對，依莎，佩理醫生說感冒是小毛病，只是今年的症狀比較嚴重，還不會變成流行性感冒。」

「我知道，不過……」

「唉，可憐的依莎，住在倫敦實在是太糟糕，空氣污濁，交通混亂，真是可怕，那是人住的地方嗎？」

「我們住的布斯維克廣場還不錯，是倫敦最好的一區，空氣也乾淨。」

「再怎麼好也比不上我們這裡，回家住上一個星期，妳們的精神應該會好多了。依我看，你們一家人的氣色都不夠好。」

「今天大家只是累了，明天保證會很好。斐德先生送我們出門前才說，我們一家人的氣色比以前都好，您看，約翰的精神就不錯。」她深情款款地看著正在說話的丈夫。

「嗯，還好，看約翰的樣子，談不上太健康。」

「爸爸，有事嗎？」約翰聽到有人提到他的名字。

「沒有，爸爸是說你看起來有點兒累。」

「不會，妳關心自己和孩子就夠了，不用擔心我。」

艾瑪見氣氛有些怪，連忙說：「姊夫，你剛才說的我沒聽懂，為什麼你的朋友一定要請蘇格蘭管家，他不怕人家說他有偏見嗎？」

艾瑪說完，又側耳去聽父親和姊姊在聊什麼，幸好他們已轉變話題，談起珍•斐爾了。

「珍是個好女孩，很得人歡心。」依莎說。「我在倫敦偶爾會遇到她，可惜她沒回海柏里，她外婆和姨媽一定很想念她。聽說坎貝爾上校要嫁女兒，他們捨不得讓珍離開，否則珍回來和艾瑪作伴最適合不過了。」

伍德先生直點頭同意，又說：「還好艾瑪現在有個小朋友海莉，她可是個人見人愛的漂亮寶貝。」

這個話題讓大家高興地聊下去，一直到粥端上來，重點又轉到粥品上。眾人都同意吃粥有滋補身體的功效，不過要煮出香噴噴又易消化的粥，不是人人都辦得到。依莎就有好多例子可以舉，最近的例子就是他們在南端海濱僱用的臨時廚娘，怎麼也不了解恰到好處的粥該怎麼煮，這個話題讓今晚有了小小的彆扭。

「唉！」伍德先生長長地嘆了口氣，邊嘆邊搖頭，用一種哀傷同情的眼光看著依莎。艾瑪心中默禱：「親愛的爸爸，專心吃你的養生粥吧，別再說下去了。」

但是，沒多久，他還是忍不住開口了：

「今年秋天妳們沒回來，反而跑去海邊，真是可惜。」

「爸爸，你放心，這對孩子們有好處的。」

「可是，就算要去海邊，也不應該去南端海濱，佩理就很訝異，為什麼妳們要去那裡。」

「我們在那裡都很好，斐德醫生說那裡空氣好，他們一家人也都是去南端海濱度假。」

「即使要去，也該去客羅門，佩理醫生說那裡的海水浴最好，海灘大，空氣好，妳應該先問問佩理醫生的意見。」

「南端海濱離我家只要四十英里，而客羅門要一百英里。」

「依莎，佩理醫生說過，沒有身體的健康，就等於沒有一切，既然是為孩子好，不管四十英里或是一百英里，都是一樣。而且跑了四十英里，呼吸的空氣比都市還糟，不如留在家裡。」

艾瑪來不及阻止父親，果然，他的話剛說完，約翰就開口了。

他生氣地說：「別人如果沒去請教他，佩理醫生最好少開金口。我要帶一家大小去哪個海濱，他管得著嗎?他有他的意見，我有我的看法，我不想吃他開的藥，也不想聽他的指教。」他換了一口氣，火氣消了些，又帶著譏諷的語氣說：「如果佩理醫生可以告訴我，帶一家大小跑四十英里和一百英里一樣，開銷小，又穩當，那我就聽他的意見去客羅門。」

「是啊，」奈特先生很快地插話，「這話有理。對了，約翰，還是再談談我剛才提的事，我想把到朗罕那條路改往右開，可是如果會造成海柏里人的不便，那就算了。你記得路線嗎?還是看地圖比較保險，明天上午我等你，我們一起去勘察地形。」

佩理醫生是伍德家的至交好友，伍德先生凡事都聽他的意見，聽見女婿藐視他的話，伍德先生非常氣惱。幸好兩個女兒在一旁好言勸說，他才略為消氣。加上約翰自知失言，態度軟化不少，而奈特先生也在一旁說好話，他才不再提這件事。

13

溫士頓先生邀請伍德一家人聖誕夜去吃飯，海莉、愛爾敦先生，還有奈特先生是陪客。本來伍德先生還很猶豫，但艾瑪三兩下就說服他了，還答應讓海莉坐他的馬車一起去。

不幸的是，海莉在前一天晚上竟然感冒發燒了。第二天艾瑪去柯達太太家探望她，還是高燒不退，喉嚨發炎，而且全身無力，看來晚上的聚會是去不成了。海莉一想到這兒，就傷心地一把鼻涕一把淚。

艾瑪陪她坐了很久，告訴她即使不能去，大家也會惦念著她。而愛爾敦先生若是知道她重病在床，一定心不在焉，食不下嚥，這才逗得海莉破涕微笑，心中甜蜜蜜，暖烘烘的。到艾瑪臨走前，她的心情好多了，湯藥也喝得下去。

艾瑪才踏出柯達太太家的大門，就遇到愛爾敦先生。原來他已聽說海莉生病，正要去問問病情，然後把消息帶去伍德家。兩人邊走邊說，忽然遇見約翰帶著兩個大孩子，他們跑了一段路，個個紅光滿面，氣色很好。約翰每天都帶孩子去他們伯父家玩，現在正從那裡回來。幾個人結伴而行，艾瑪又提起海莉：

「她全身發燙，喉嚨紅腫，脈膊又急又弱，柯達太太說她這次病得不輕。」

愛爾敦先生聽了大驚：「會不會是傳染性白喉?找佩理醫生看過了嗎?伍德小姐，雖然妳關心朋友，但更要注意自己的身體，妳千萬要小心。」

其實，艾瑪知道海莉病得沒那麼嚴重，但她又不能說得若無其事，總要讓愛爾敦先生緊張一下。一會兒，她起了另一個話題：

「看來要下雪了，好冷。要不是溫士頓夫婦請客，我是不會在今晚外出作客的，還要勸我爸爸也別去。不過這一次，他倒是橫了心，決定非去不可，而且他知道，如果他不去，溫士頓夫婦會很失望。愛爾敦先生，如果我是你，我一定會找個理由拒絕。我聽你今天的聲音有些沙啞，你可得好好保重，所以今天晚上最好在家休息。」

愛爾敦先生楞了一下，沒想到才貌雙全，又高人一等的艾瑪小姐竟然如此關心他，讓他受寵若驚，可是要他放棄這次做客機會，又讓他不甘心。他口中嘟嘟嚷嚷地不知在唸些什麼，艾瑪假裝沒聽見，也不去看他的表情。她自顧自地往前走，心中已有主意：如果愛爾敦先生不去吃飯，那麼他就可以整晚陪著海莉了。

她說：「這樣對你比較好，溫士頓先生那邊我會替你說明，你放心。」

艾瑪話剛說完，約翰就開口說：

「如果愛爾敦先生因為天氣太冷而不能去的話，我的馬車可以去接你。」

愛爾敦先生一聽，立刻眉開眼笑，那張漂亮俊秀的臉因喜悅而綻放出光芒，興奮的神情溢於言表。

「嗯，他有問題啊？」艾瑪心中納悶。「明明叫他不要去，他偏偏還要去湊熱鬧，竟然不管海莉還在生病。男人真是奇怪，就喜歡被人邀請，好像去朋友家裡作客，是一件多麼光榮的事。愛爾敦也真是的，即使他又帥又聰明，而且深愛著海莉，卻不願意錯過一次吃飯應酬的機會。難道愛情就是這樣嗎？海莉不聰明，他卻認為很聰明，可是又不肯為她犧牲一頓飯局。」

他們繼續走了一段路，愛爾敦才與他們分手。他憂心忡忡地要艾瑪放心，晚餐前他會先去看看海莉，希望到時候能有好消息。他誠懇地說完，還嘆了一口氣，彷彿得了相思病一般。

走了好一會兒，約翰開口打破沈默：

「我從沒見過比愛爾敦還要會獻殷勤的男人了。在男人面前還一副正經的樣子，在女人面前，好像全身骨頭都酥掉了。」約翰笑道。

「當然沒有人是十全十美的。像愛爾敦先生這樣的人，自然不是人人都欣賞。不過，他心地善良，真心為人著想，脾氣好，對人又熱情，算是很難得的好人。」

「沒錯，是對人熱情，」約翰意味深長地看了艾瑪一眼，「他對妳特別熱情。」

「對我?!姊夫，別開玩笑了，你以為他看上我了？」艾瑪不以為然地笑著說。

「難道不是？艾瑪，他表現得滿明顯的。」

「不可能，他不可能愛上我的。」

「我沒說已經愛上，但是，有可能。妳自己的行為要小心點，妳的態度很容易使他誤會。我是旁觀者清，妳謹慎一點總是無害。」

「謝謝你的好意，但我和愛爾敦先生只是好朋友而已。」她心裡很不痛快，被姊夫視為幼稚無知，艾瑪氣得不想再說任何話。

要請伍德先生出門很難，要他心甘情願去作客更不容易。可是這一次，他不知哪來的勁兒，不但沒有半點囉唆，反而時間一到，他和依莎上馬啟程，一點兒也不畏懼寒冷。當馬車起動時，已是烏雲密佈，雪花落得很急，彷彿頃刻間天地就要變色。

走沒多久，艾瑪發現同車的姊夫臉色很難看。他本來就不愛交際應酬，加上把孩子們丟在家裡，大人統統跑出去吃飯，他更是滿腹牢騷。

「這種鬼天氣還叫人家去吃飯，真是個自私的主人。他以為誰都愛去，我才不稀罕。下著大雪，誰都知道這種天氣只適合自家人團聚。一出門天氣就這麼糟，回來還得了。像我們這樣勞師動眾，五個人去吃一頓飯，還要出動四個人，四匹馬，真是莫名其妙。主人不識大體，客人也有問題。唉——去的地方還不比家裡舒適溫暖。」

平常約翰說話，依莎一定會在旁邊附和，他已經習慣有人在一旁當應聲蟲，但艾瑪不吃他那一套，硬是將嘴巴閉得緊緊的，哼也不哼一聲，反倒使他說不下去了。

不一會兒，到了牧師府，愛爾敦先生一身黑，風流倜儻，滿臉堆著笑容上車。艾瑪看他笑容滿面，眉眼都笑開的模樣，以為他有了海莉的好消息。

「是不是海莉的病情好轉了？我派人去問的結果是『老樣子』，是不是你去了她就好多了？」

愛爾敦立刻拉下臉，一臉傷感地說：「唉，我正想告訴妳，我回家換衣服前，先去柯達太太家探望她，聽說史密斯小姐不但沒好些，反而嚴重了。好可憐，真叫人不放心。」

「他們請佩理醫生去過了嗎？」

「這個，我……」

「說不定明天就會有好消息，你別擔心了。只是今天晚上少了她，有些掃興。」

「是啊，好可惜，我們會一直掛念她的。」

這句話說完，一聲長長的嘆息，似乎夾雜著訴說不盡的柔情蜜意。艾瑪聽了，心頭也難過起來。不料，不到半分鐘，愛爾敦又興高采烈說話了。

「用羊皮遮蓋馬車，這個點子真不錯，一絲冷風都吹不進來，我們在裡面還真不覺得冷，外面的雪越下越大，也沒有半點寒意。」

約翰冷冷地說：「只怕我們要遇上大風雲了。」

「聖誕節就是要這樣才有過節氣氛，我們的運氣好，如果是昨天開始下雪，那今天就熱鬧不成了。朋友相聚，即使是壞天氣，大家也不會在乎的。有一天我去朋友家拜訪，本來只打算住一晚，結果下大雪，讓我足足住了一個星期。」

「我才不想在那裡住一個星期。」

如果不是海莉生病，艾瑪也許會覺得這話題很有意思，但是愛爾敦的表現，讓艾瑪很意外，他似乎把海莉拋到九霄雲外了，一心一意只想去好好吃一頓。

一車三人，各自懷著不同的心事，說話間馬車已到了溫士頓家大門。

14

一進溫家大廳，約翰和愛爾敦兩人，一個是不能再繼續擺張撲克臉，另一個是不能再笑得連下巴都似乎要掉下來了，只得收起這兩張不協調的臉孔。只有艾瑪最自然，她是發自內心的喜悅與溫士頓夫婦相聚。除了溫士頓太太，溫士頓先生也是她的知心好友，無論大小事，她都樂意與他們分享，聽取他們的意見。她決定今晚好好地和他們聊一聊，把愛爾敦的奇怪舉止和海莉的病情先拋到一邊，盡情地享受一頓晚餐。

等大家坐定後，艾瑪才發覺她的如意算盤打錯了，愛爾敦根本一直黏在她身邊，一張眉開眼笑的臉不時靠近她，千方百計要插入她的話題。這些怪異的舉動不禁讓艾瑪起了疑心：「難道姊夫猜對了？」他表現出十足的體貼，不但拍她父親馬屁，連溫士頓太太也不放過，對艾瑪更是吹捧上天。只要她隨便說一句話，一個動作，他立刻連聲叫好，像個害了相思病的人。

為了保全顏面，也為了海莉，艾瑪忍住脾氣，她希望事情有轉圜的餘地，所以忍住發飆的衝動，還得裝出一副淑女的模樣。然而令她更受不了的是，當愛爾敦在一旁糾纏時，溫士頓先生正在談論他的兒子法藍。她很想知道法藍的事，可是愛爾敦的胡言亂語，讓她不能仔細聆聽，等到她有機會開口時，溫士頓先生的話題卻已經轉到別處去了。

雖然艾瑪決定終身不嫁，可是當眾人提到法藍時，她還是有些心動。特別是溫士頓先生和泰勒小姐結婚後，艾瑪心中明白，放眼望去，無論身份、年齡和個性，大概只有法藍配得上她。她也知道，溫士頓夫婦正有此意。雖然如此，但她仍然想見見那個有資格與她匹配的男子，即使不結婚，她也相信他們應該會是好朋友。

在吃飯時，她找機會擺脫了愛爾敦先生，坐在溫士頓先生旁邊。當烤羊排剛吃完，溫士頓先生趁收碟子之際，對她說：「這個餐廳還可以容納兩個人，一個是妳那位漂亮的小朋友海莉・史密斯，另一個是我兒子。在客廳時我說法藍會來，妳可能沒聽到，今天早上我收到他的信，他說兩個星期後要來看我們。」

艾瑪點頭微笑，表示替他高興。

「他九月的時候就說想來，每封信都寫說想來，可是他又不能掌控自己的時間，妳也知道，他必須討好某些人，他沒有太多的自由，唉，不過我相信他這次一定會來的，下個月我們就能見到他了。」

「相信你必定很高興，溫士頓太太也一定和你一樣開心，她期待好久了。」

「她是很高興，可是又怕希望落空，所以不敢抱持太大的期望。」他朝溫士頓太太的方向望去，小聲地說。「沒把握的事她絕不開口，她就是不懂得大膽假設的好處。」

「如果你認為法藍會來，我相信他就會來，因為你比較清楚他舅父舅母那兒的情況。」

「我是很了解，儘管我很不願意提到他們。妳知道，他舅媽是個怪人，我不想說她的壞話，我相信她很疼愛法藍，她總是用她的方式去愛人，反覆無常，陰晴不定，不過，他懂得如何和這種人相處，那也不錯，算是一種人生歷練。」

飯後回到客廳，艾瑪拉著溫士頓太太又談了起來。

「他能不能來還難說，我不願意像他一樣，老是拍胸脯保證，到頭來空歡喜一場。」

「都是那個反覆無常的邱契爾太太，否則法藍一定能來。」

溫士頓太太笑著說：「艾瑪，對一個反覆無常的人來說，沒有一定的標準。」她側過身對依莎說：「法藍能不能來還不一定，雖然他爸爸是胸有成竹。但對妳們倆，我當成是自己的女兒一樣看待，有話就坦白說，邱契爾太太還不願意讓法藍來看我們。」

「唉，法藍也挺可憐的，那個邱契爾太太自己沒生小孩，就把法藍綁得緊緊的，幸虧我們沒遇上這種人，否則真是活受罪。」依莎打抱不平地說。

艾瑪希望有機會能和溫士頓太太單獨談談，依莎在一旁，有些話她不願意說。一會兒，伍德先生自餐廳走出來，馬上也圍坐下來。

趁他和依莎說話之際，艾瑪連忙說：「妳這個兒子能不能來還很難說，真是可惜，大家都很想見見他。」

「我相信他也很期待回來看看我們，只是——邱契爾家的人不願他來，或許是嫉妒心作祟，怕辛辛苦苦養大的孩子回到親生父親身邊。」

「他早就該來了，一個年輕人如果連這點自主權都沒有，那活著還有什麼意思？管他管得這麼嚴格，連親生父親都不能見面，太沒有人情味了。」

「要是他能作主就好了。一般說來，家有家規，大家都要遵守，但是，邱契爾太太過於霸道，大家都要聽她的。」

「她先生也都任她擺佈嗎?真可憐。外甥是她的寶貝，應該是有求必應才對。」

「算了，我們也只能向老天祈禱，希望他舅媽良心發現，讓他回來探望他爸爸，妳沒看到每次收到信時，他那股興奮的模樣。」溫士頓太太嘆著氣說道。

15

伍德先生說想喝茶，喝完茶就嚷著要回家了。艾瑪和溫士頓太太忙著哄他，說時間尚早。不一會兒，愛爾敦先生走進來，他不等人邀請，就自行坐在艾瑪和溫士頓太太中間。

艾瑪因為知道法藍即將要來海柏里，心情愉快極了，也就不想計較愛爾敦先生之前奇怪的言談舉止，加上他一坐下，就開始談起海莉，她也就笑瞇瞇地與他聊了起來。

他顯然十分關心海莉的病情，「不知道史密斯小姐現在的情況如何，我滿擔心她的，她會不會得了什麼傳染病？」他用動人的聲調，傳達他滿懷的憂心。艾瑪覺得他真是個好情人。

然而情況突然有了一百八十度的轉變。原來，他是擔心艾瑪會被傳染到咽喉炎，根本不是關心海莉的病情。他再三地要她「答應他」別去探病，等佩理醫生確定沒問題再說。她想假裝沒聽懂，可是他喋喋不休，讓艾瑪很生氣。他的這些舉動已經明白表示他愛的人是她艾瑪了，根本沒把海莉・史密斯放在心上。他這種喜新厭舊的行為，把艾瑪氣昏了。

愛爾敦見艾瑪面無表情，回頭又向溫士頓太太央求：

「幫我勸勸艾瑪小姐別再去柯達太太家了，史密斯小姐到底得了什麼病還不能確定，萬一是傳染病的話那就糟了。唉，她總是先關心別人，卻不知道好好照顧自己，今天還怕我著涼，叫我待在家裡別出門。溫士頓太太，妳想，這樣公平嗎？難道我不該叫她小心一點嗎？她最聽妳的話了，快勸她答應我吧！」

他說這些話的口吻和神情，都讓人以為他們的關係已是非彼尋常。艾瑪看到溫士頓太太一臉錯愕，心中很是生氣，她狠狠地瞪他一眼後，就從沙發上站起來，坐到依莎旁邊，不願再看他一眼。

她還來不及看愛爾敦的反應，客廳就起了一陣騷動。約翰從外面進來，向眾人報告天氣狀況，地上已積滿了雪，而且現在還持續刮風下雪。末了，他特地向伍德先生說：「爸爸，恭喜，出門大吉，往後的冬天你都可以出門了，車夫說冒著這樣的風雪出門，還是頭一遭。」

可憐的伍德先生嚇得說不出話來，神經衰弱地攤在沙發上，艾瑪和溫士頓太太連忙安慰他，叫他別聽女婿的話，大家也都議論紛紛，各說各話。

約翰又說：「明知道下雪，還要往外跑，真是膽識過人，真佩服您的好興致。不過您放心，我們一定能平安回家，即使再下一、二個鐘頭的雪，也無所謂，反正我們有兩輛馬車，如果其中一部在荒郊野地被風吹倒了，我們還有另外一輛，午夜以前回去應該沒問題。」

伍德先生怔怔地望著窗外，好一會兒才出聲：「艾瑪，好女兒，妳說怎麼辦，怎麼辦呢？」艾瑪向他保證沒問題，幾匹馬都是上等馬，詹姆士是有經驗的車夫，根本用不著擔心。

依莎在一邊也是心急如焚，孩子們還留在家裡，說什麼她也要趕回去。她希望父親和艾瑪先留下，她和約翰則即刻趕回去。

「約翰，我們馬上走，現在回去還來得及，萬一路上有麻煩，我可以下車自己走，鞋濕了沒關係，這樣還不至於會感冒。」

「算了，依莎，」約翰回答，「平常妳總是動不動就感冒，我可不想讓妳冒險。走回去，說得容易，妳有雙漂亮的鞋當然可以走，但那幾匹馬可沒穿鞋。」

依莎轉向溫士頓太太求救，但她也同意約翰的看法。依莎又轉向艾瑪，正猶豫不決時，奈特先生進來了。原來他一聽弟弟說下大雪，就馬上去海柏里的路上走一程，幸好積雪不深，很多地面還沒開始積雪，而且雪下得不大，天邊的雲也有消散的跡象，所以不用擔心，他保證絕對可以安全回去。

依莎聽了鬆了一口氣，伍德先生也轉憂為喜，但堅持要回去，否則他的神經質會受不了。後來奈特先生對艾瑪說：

「妳爸爸要回去，妳呢？」

「準備好了我就走。」

「那我拉鈴叫人備馬。」

「好。」

馬車來了，可憐的伍德先生由奈特先生和溫士頓先生攙扶上馬車，他看見天色晦暗，雪花不停地飄落，又開始膽顫心驚，根本聽不進別人安慰的話。

依莎緊跟著父親上車，約翰也很自然地跟了上去。艾瑪發現只有她和愛爾敦先生兩人坐同一輛車，等車門一關，她就覺得尷尬起來。要不是他今晚的胡言亂語，他們還可以聊聊海莉，現在她有些不情願開口了。她心想，大概是溫士頓家的美酒灌太多了，他才會腦袋不清楚。

她決定先發制人，若無其事地談談天氣和晚餐。但她的話才開口時就被打斷，愛爾敦先生突然抓起艾瑪的手，大言不慚地求婚了。他利用這千載難逢的機會表白，傾吐他滿腔的愛慕、憂慮和決心。他自信他的愛是絕對熱忱，無人可比，如遭拒絕必自殺的決心，並要求艾瑪立刻答應。

她企圖阻止，但他熱烈的情緒高亢，根本無法打斷。她認為他是酒後失言，既然他半醒半醉，那她也半認真半玩笑地說：「愛爾敦先生，你今晚可能酒喝多了，把我當成海莉了，看清楚，我是艾瑪‧伍德，你有什麼話，可以直接對她說，要我轉達也可以。」

「海莉‧史密斯？海莉‧史密斯算老幾！」他這句話說得特別大聲，顯得有些粗魯。

艾瑪見情況不妙，連忙又說：「愛爾敦先生，你真的喝醉了，要不然不會說出這些對我和海莉沒禮貌的話。你醒醒，別再亂說話了，我可以不計較你今天的冒犯。」

其實愛爾敦沒醉，只是借酒壯膽。對於艾瑪的懷疑，他表示傷痛了心，史密斯小姐不過是個朋友，根本沒必要提起她。接著，他催促艾瑪，要求一個完美的回答。

艾瑪終於看清他並非藉酒裝瘋，而是早有預謀，於是義正辭嚴地說：

「先生，你的意思我很清楚了。但我真的很訝異，你這兩個月對史密斯小姐大獻殷勤，拚命討好她，現在又對我說這些話，真是太過份，也太噁心了。明白告訴你，我拒絕你的求婚。」

愛爾敦幾乎要跳起來。「伍德小姐，妳聽我說，這全是誤會，我怎麼可能愛上海莉・史密斯小姐？我只是把她當成妳的好朋友，如果她不是妳的朋友，我才不管她的死活。我看是她自己單相思，我也沒辦法。我的好艾瑪，有了妳，誰還會去看海莉・史密斯一眼？我心裡只有妳，這幾個星期來，我的所做所為，完全是為了妳，是為了表示我對妳的愛。妳不可能不明白我的用心。」他把聲音放軟，極端討好的口氣：「妳了解我的，我相信妳有眼光，是不是？答應我。」

此刻艾瑪的心中百味雜陳，一時氣昏了頭，答不上半句話。愛爾敦本來就充滿信心，見艾瑪沈默不語，更加得意忘形，又伸過來緊緊握住她的手，一臉幸福洋溢地說：「我的好艾瑪，妳的沈默表示妳的默許，妳早就了解我的心意，也愛上我了，是不是？」

艾瑪生氣地抽回被他緊握的手，說：

「當然不是。愛爾敦先生，我很抱歉，過去我不但不了解你，而且還看錯了你。謝謝你的抬愛，可惜你愛錯人了。過去我以為你喜歡海莉，一心想追求她，我才三番兩次幫忙，沒想到你到我家來是別有用心，我真不敢相信。」

這回輪到愛爾敦生氣了，他大聲地說：

「我從來沒有喜歡過海莉・史密斯，我怎麼可能會看上她？她雖然長得挺漂亮的，可是……，或許有人願意娶她，但，我是不可能的。我還沒可憐到那個地步，我又不是走投無路，也不是找不到門當戶對的女孩，我不可能看上她的，好伍德小姐，我去妳家是為了妳，是妳默默鼓勵我啊！」

「我鼓勵你？」艾瑪快跳起來了。「先生，我只當你是普通朋友，很抱歉。不過，也好，一切說開了，誤會也隨之消除。你認為海莉・史密斯配不上你，可是你給我們的感覺並不是這樣。算了，反正你也沒有損失。對了，告訴你一件事：我，艾瑪・伍德目前沒有結婚的打算。」

他氣得不再出聲，看艾瑪不留情面的樣子，他也只有摸摸鼻子，自認倒楣。馬車慢吞吞地行駛，兩個氣呼呼的人面對面坐著，既尷尬又無趣。當馬車停在他家大門口，他一聲不響地下車，艾瑪禮貌性地向他道聲晚安，他冷漠高傲地回一聲就下去了。

艾瑪滿懷氣惱地回到家，她父親懸在心上的石頭才落地。約翰在發過脾氣後，心中有些愧疚，對家人特別和氣，事事順著岳父的心意，雖說不願陪他吃碗粥，但吃粥的好處也完全明瞭了。這一天到睡覺前，大家都舒舒坦坦的，只有艾瑪例外。她心煩意亂，還得強裝鎮定，真是多事的一天。

16

艾瑪梳好頭髮，打發走侍女，一個人靜靜坐在梳妝台前，前思後想，大嘆世事難料。最糟糕的是，海莉怎麼辦？和海莉比起來，她所受的屈辱真是微不足道。如果是她艾瑪自作自受，那天大的折磨和苦難她都可以承受，可是因為她的誤會和錯誤判斷，造成海莉心靈上的創傷，那真是太對不起海莉了。

「如果她愛上這個人不是出於我的慫恿鼓動，那他的荒唐舉動我還可以忍受，可是……，可憐的海莉。」艾瑪嘆了一口氣想著。

艾瑪怨自己糊塗，識人不清。愛爾敦說他從未把海莉放在心上，但她仔細想想，仍找不出破綻。難道是她自己有了先入為主的想法，然後把一切跡象全部解讀成「愛爾敦愛上海莉•史密斯」？

可是那張畫像，他捧著如心肝寶貝，如痴如醉地欣賞著，還有字謎，他的關心，難道不足以說明海莉在他心目中的地位嗎？這小子，可惡極了，他這種聲東擊西的手法，難怪自詡聰明過人的艾瑪也會上當。

雖然她有時感受到他過分的殷勤，尤其是這星期來，她本以為是他天性如此。他過於溫和謙恭的態度，只說明他在上流社會混得不夠久，缺少那種自然文雅的氣息。她一直以為，愛爾敦只是感謝她對海莉的栽培和薰陶，才會對她特別敬重，沒想到結果竟是如此。現在真相大白了，該怪誰呢？

艾瑪不得不承認奈特兄弟有獨到的觀察力。早先奈特先生就曾告訴她，愛爾敦不是她想像中的那種人，他精明能幹，不會隨便找結婚對象。而她姊夫也提醒她言行要小心，他已看出愛爾敦的企圖了。想到別人什麼都看得比她清楚透徹，她就覺得羞愧萬分。的確，愛爾敦在許多方面與她的期望相反：他驕橫、自私、高傲，又自以為是。

他的求婚使她看不起他。那番表白毫無誠意，無論從言談或神情上看來，滿嘴甜言蜜語，沒有一絲真情意，這種人，被拒絕也是活該。他還想高攀，真是不自量力，他的目的只是她的地位和金錢，還有她的美貌。他並沒有流露出多少悲傷的情緒，反正三萬英磅繼承人的艾瑪小姐沒能到手，他還可以去尋找二萬英磅的繼承人，以他的條件，不愁娶不到有錢人家的小姐。

想來更可恨的，他竟然說是她鼓勵他，默許了他的暗示，而且有意嫁給他，並且還認為他們是門當戶對，情投意合。他不把海莉放在眼裡，只知道有人地位不如他，卻不知道他自己是什麼樣的身份，還敢向她求婚，真是不知天高地厚。

伍德家在海柏里有好幾代了，雖然田產不多，但其他的財產不少，附近鄰里的人，大家都敬重伍德家。而愛爾敦一家不過兩年前才來此地置產，愛爾敦先生擔任牧師一職，因為溫文儒雅又彬彬有禮，大家對他頗有好感，除此之外，也沒有什麼可誇耀的本錢。而他竟然以為艾瑪會答應他的求婚，那麼有把握與信心，令她費解。最後，她坦誠一個事實：她對他太過親切，行為失去了檢點，所以在不了解他的動機的情況下，才會使像他這種眼光淺短的人誤會，自以為艾瑪視他為意中人。說來說去，艾瑪只得承認：她得負大部分的責任。

首先就錯在她一時興起，想要撮合他們兩人，自認為紅娘。婚姻大事本來就不是兒戲，哪能讓她這樣亂點鴛鴦？她越想越羞愧，越想越後悔，發誓再也不幹這種傻事了。

她心想：「可憐的海莉，她會愛上他，全是因為我在一旁搧風點火，不然她根本想也想不到他。要是我只有叫她拒絕馬丁先生就好了，那件事我沒做錯，可是……她個性柔弱，這個打擊對她來說太大了，我得想個辦法轉移她的注意力。還有誰適合她呢？史考特嗎？不行，那個年輕律師太衝動了，我看不慣，那……」

想著想著，艾瑪突然臉紅了，她罵自己故態復萌，才發過誓，就自打嘴巴了。

她決定不再回首往事，要考慮該如何告訴海莉這個消息。海莉一定會傷心透頂，以後她倆的情誼可能會受到影響，無論繼續友好或是逐漸冷淡，都有個疙瘩存在，艾瑪想來不禁黯然神傷，都怪自己太多事。

第二天早上起床，艾瑪感覺好多了。本來她就是個性開朗的人，所有的煩惱事只要經過了一晚，就被沖淡了許多。她不再自怨自艾，心裡認為她一定有辦法解決這件事。

愛爾敦先生並沒有愛她愛到地老天荒的決心，拒絕求婚也不會讓他難過到去自殺的地步。至於海莉，她不是個敏感又聰慧的人，只讓她轉移目標，或許很快就會忘記愛爾敦先生了。至於其他的人，沒必要讓他們知道，尤其是她爸爸。艾瑪分析過後，也就安心了。

她越想越輕鬆，尤其看到窗外厚厚的積雪，她更放心。反正目前三人暫時不能見面，一切等雲淡風清後再說。

17

終於到了分離的時刻，天氣轉晴後，依莎一家就要離開。伍德先生雖知挽留無效，仍是忍不住再三強留，最後還是眼睜睜看著他們離去。他只哀嘆依莎可憐，卻不知道她成天為心愛的家人忙碌，是她生命中最甜蜜的事。

就在當晚，愛爾敦先生差人送信來，署名是給伍德先生。他表示受好友邀請，要去巴斯數週，因氣候及事務繁雜等因素，無法前去辭行。文辭翩翩，彬彬有禮的長信，叫人讀了也要佩服三分。

艾瑪見了信，心也寬了一半。他這時避開，對大家都好。他信中對她父親恭敬有禮，對她卻隻字未提，真是無禮至極。

伍德先生對於愛爾敦要出遠門，頗感訝異，也很擔心他一路安全。本來艾瑪擔心父親還會沈浸在依莎一家離去的悲傷中，幸好多了愛爾敦先生的話題，使他們的漫漫長夜不至於太無趣。

艾瑪認為是真相大白的時候了，海莉的感冒也差不多痊癒，至少在愛爾敦先生回來前必須治好她的單相思。第二天，艾瑪來到柯達太太家，硬著頭皮告訴海莉這件尷尬難堪的事。儘管她能言善道，但要坦誠自己的觀察、判斷全都錯誤，自己一手建立的希望之城竟是海市屢樓時，艾瑪卻說得有些結巴。

她邊說邊感到慚愧，尤其是看到海莉靜靜地淚流滿面，她更覺得抱歉。

海莉一直沒開口，只是淚眼汪汪地望著艾瑪，流露出認命和自卑的神情，讓艾瑪更覺心疼。

海莉並不怨誰。愛爾敦先生對她而言，本來就是遙不可及，她也配不上他，只有像艾瑪這樣愛護她的人才會認為他們適合。艾瑪突然間覺得單純和誠實真是偉大的情操，比起她，海莉才可說是最叫人可敬可愛的女孩。

艾瑪真心地安慰她，鼓勵她，她的反應讓艾瑪自嘆弗如，她的成熟和堅強更讓艾瑪自省，如果她能像海莉一樣，就會得到真正的幸福和滿足。

她知道現在開始學做個簡單、無所求的人已經來不及了，但她在離去前心中發誓：以後要更謙虛、謹慎，而且不再隨便臆測別人的想法。現在她的生活重點是侍奉父親及讓海莉快樂。她接海莉到家裡住，兩人一起看書，聊天，無微不至地照顧她，關心她，使她及早忘掉愛爾敦先生。她希望在他回來前，他們三人的心情都已平靜，像舊日一樣往來。

在海莉心中，愛爾敦先生是個超級完美的紳士，世界上沒有人比得上他。她的用情比艾瑪想得更深更重。艾瑪無法理解刻骨銘心的愛情滋味，但是她相信，一種無法實現的願望終將會被壓抑消弭，最後不復存在。

她認為愛爾敦會擺出一副高姿態，因為他瞧不起海莉；不過這樣也好，說不定海莉能因此死心，再也不去想他了。在學校裡，柯達太太和女老師們個個都欣賞愛爾敦，簡直把他捧上天了。只有在伍德家，艾瑪會冷靜分析事情給海莉聽，她理智的言語雖然有些殘酷，卻是治療心痛的良藥，艾瑪知道，如果海莉的心靈創傷不早日痊癒，那她也永無安寧的日子了。

18

法藍終究沒能來海柏里，他寫了封道歉信，表示目前抽不出時間來探望父親與繼母。溫士頓太太失望極了，她本來就沒有懷抱太高的期望，可是現在的失望卻非常大。而一向樂觀的溫士頓先生，並沒有因為幻想的破滅而失志，他難過了一會兒，就突然想到，如果法藍晚幾個月來也好，那時海柏里已是春天了，無論氣候或景觀都勝過冬天，這樣未嘗不好。

他心裡想著，人也跟著快活起來。溫士頓太太既煩惱法藍不能前來，又擔心丈夫會因此傷心，但她卻不知道他早就將失望拋到九霄雲外了。

艾瑪此時並沒有心情去管法藍來不來，她的心思還放在海莉身上。不過對於好友夫婦的傷心失望，她也適切得體地展現她的口才，又是勸慰又是惋惜。

她慷慨激昂地告訴奈特先生這件事，指責邱契爾家不該阻饒溫士頓父子相見，又說如果法藍來到海柏里，大家一定會像過年般熱鬧，說來說去，她的結論就是邱契爾家的人太過份了。

不料，奈特先生卻有不同看法，他認為艾瑪所說的都只是溫士頓太太的猜測罷了。他冷靜分析：

「據我看來，他若真心要來，一定來得了。」

「誰說的，他當然想來了，只是他舅舅、舅媽不肯。」

「如果有心，我不相信他來不成。」

「你怎麼能這麼說，把法藍說成無情無義的人了。」

「我沒有，我只是認為近朱者赤，近墨者黑。他從小和那些人生活在一起，自然會變成那個模樣，忘親忘本，自私自利。如果法藍真的打算來看他父母，即使婚禮那天不能來，那也早就該來了。一個二十三、四歲的大男人不能決定可不可以探望父母，太可笑了。」

「你說得簡單，你是家裡老大，不知道寄人籬下的苦楚，不明白自由的真正滋味。」

「妳說得好像比誰都了解，不過，艾瑪，我真的不相信一個大男人連個決定權都沒有。他有的是錢和時間，英國最遠的度假區他都去過了，平日我就常聽說他不是去這個海邊就是去那個山林小屋，前一陣子還去溫墨市，妳覺得他沒有自由嗎？」奈特先生不以為然地說。

「哎呀，有時候當然可以嘛！」

「那就表示他認為值得的事，他才會去爭取。」

「你不了解內情，就不要隨便指責人家。邱契爾太太喜怒無常，反覆不定，法藍當然有時被允許，有時被禁止。」

「艾瑪，妳知道嗎？盡義務、盡孝道的事應該責無旁貸，要實際行動，而不是光嘴巴說說就好。法藍明白這個道理，所以他一再寫信允諾要來看他爸爸，可是如果真的有心，他可以理直氣壯對他舅媽說：『妳不讓我去玩，沒有關係，可是我爸爸結婚，這種重要的大事我非得親自前去祝賀不可，不然他會傷心。所以，我明天就要動身了。』如果法藍能用這種堅定的口氣向他舅媽說明，我相信再不通情理的人也很難拒絕。」

「當然，」艾瑪笑著說：「如果他能這麼說，一定出得來，就只怕回不去而已。奈特先生，只有你是天不怕地不怕，因為你是個能獨立自主的有錢人，一個寄人籬下的年輕人怎麼能跟你比呢？」

「妳錯了，一個有理智、有智慧的人應該坦白，他會很有分寸地表達想法，這樣比耍心機和隨便敷衍更讓人尊敬。他們會覺得他很可靠，他既然能對父親有情有義，那也不會辜負他們了。而且眾口鑠金，大家都知道他想拜訪父親，若他們一昧反對，總有一天會被眾人臭罵。所以，只要他講道理，守分寸，即使他們再無理取鬧，最後也會順從他的。」

「對於應付那種小心眼的人，奈特先生你最有辦法了，我相信如果你去一趟邱契爾家，一定能說服邱契爾家夫婦，令他們唯命是從；可是法藍不同，他從小順從慣了，寄人籬下總會學著看人臉色過活，他沒有本事違抗命令。也許他和你一樣，也是通曉事理的人，只是沒有辦法去做。」

「既然只能坐而言，不能起而行，那就稱不上通曉事理。」

「他一定是個性溫和的人，要他反抗從小撫養長大的舅舅舅媽，太為難了。」

「如果他不敢反抗他們去盡自己倫理孝道本份的事，那他的溫和個性，其實就是懦弱。

小時候怕他們還情有可原，現在他已經成年，難道沒有勇氣向不合理的威權說『不』嗎？他把他親生父親到底擺到哪裡去了？」

「算了，我看我們永遠都沒有結論，」艾瑪嘆了一口氣。「我相信他不是個懦弱的人，溫士頓先生也相信他兒子的為人。或許他善於服從，退讓，但是這種軟弱的個性，是他成長的環境所塑造出來的。」

「是的，把他造就成一個只會滿紙荒唐的小說家，一封封花言巧語的信，那些華麗的辭令只能欺騙那些甘心上當的人，看了它就令我想吐。」

「奈特先生，你說得太誇張了吧！每個看過信的人，都嘖嘖稱讚。」

「是嗎？我看你的好朋友溫士頓太太就不盡然。她既聰明又敏感，法藍不來拜訪，她這個繼母最難過了。如果她是個有錢有地位的女人，妳想法藍會不會馬上跑來探望？而今推三阻四，表示他根本沒有把她放在眼裡，那些虛偽愛慕的措辭，不過是為了賣弄才學罷了，根本沒有真實的感情。」

「為什麼你要把他說得如此不堪？」

「我沒有這個意思，」奈特先生的聲音已透露著不悅。「他當然也不會是一無是處，我聽說他外貌出眾，溫文儒雅，但就是不知道他的人品內涵如何了。」

「就憑外貌出眾，溫文儒雅這八個字，海柏里的年輕人就比不上了。奈特先生，你別太苛求了，沒有人十全十美。」

「我知道，」他的聲音和緩了，「如果我和他個性不合，我也懶得和一個油嘴滑舌的傢伙交際，如果談得投機，我當然願意交他這個朋友。」

「我想他是個八面玲瓏的人，很能討大家的歡心。他會跟你聊聊莊園管理的事，和我談些音樂和繪畫。見任何人，都能聊上一二句，即使不懂，他也能適時起頭或提出問題，總之，會讓人覺得和他聊天是一種享受。」

奈特先生聽完，立刻激動地說：「天哪，如果他是那種人，那我可受不了。一個年紀輕輕的人，有如此本事，像個城府高深的政客，能言善道，把所有人哄得服服貼貼，拜託，艾瑪，妳清醒一點吧，如果他是那種人，妳也會受不了。」

「好了，我們停止吧，別再說下去了，你連一句好話也不肯說，」艾瑪也激動地大聲回答。「我們倆都有偏見，你討厭他，我偏心他。」

「我對他才沒有偏見，也不討厭他。」

「就是有！」

「算了，我才懶得為這種人多費唇舌。」他有些怒氣沖沖。

艾瑪見情況不妙，連忙扯開話題，但心中著實不明白，為何奈特先生那麼生氣。他向來心胸寬闊，不會計較別人的小過失，即使有些傲氣，但也從未如此討厭一個未曾謀面的年輕人。她心想，這簡直沒有道理。

19

散步了一早上，海莉不斷提起愛爾敦先生，不管聊什麼，她都能把話題移轉到他身上。艾瑪覺得很頭疼，她認為早該把他拋到腦後的，可是為了贖罪，她還是勉強附和。

此時，她們剛好走到貝斯太太家。艾瑪決定進去看看她們，一方面藉著人多，讓海莉暫時閉嘴；另一方面，她知道有人暗地批評她，說她對善良又貧窮的貝斯母女太冷淡了。看來她應該多在這裡出現。

奈特先生曾多次提醒她，她也有些內疚，但要面對這對囉唆到令人厭煩的母女，真是浪費時間，況且還有可能在她們家遇到一些下等人，這更令艾瑪卻步。不過，現在她倒毅然決然要去拜訪，只是希望貝斯小姐不要太多話就好了。

她們住在一間有小客廳的房子裡。客廳雖小，但是所有客人都在此受到真誠且熱烈的歡迎。愛乾淨的老太太坐在屋內最暖和舒適的角落裡做針線，她堅持一定要讓伍德小姐坐她的位子，而呱噪的貝斯小姐則殷勤地讓艾瑪及海莉受不了。她從櫃子裡拿出甜餅，熱切地說：「科鄂太太剛剛才離開，她本來只打算坐十分鐘，沒想到竟然聊了一個多鐘頭。她吃了一塊甜餅，說好吃極了。伍德小姐，史密斯小姐，妳們也嚐嚐。」

提到了科鄂太太，少不了說到愛爾敦先生，因為愛爾敦先生離開後，曾經寫了封信給科鄂先生。貝斯小姐談起信的內容，誇讚愛爾敦先生受歡迎的程度，有多少朋友樂意接待他，還有典禮官的舞會有多熱鬧。艾瑪假裝很有興趣聽著，並不時觀看海莉，怕她不小心透露了心事。

本來艾瑪就知道今天大概會談到愛爾敦先生，她打算說幾句好話後，就聊聊海柏里太太小姐們牌桌上的輸贏，不談一些讓人心煩的事。不料，才剛說完愛爾敦先生，貝斯小姐就把話題轉到她外甥女珍‧斐爾的身上。事實上，貝斯小姐也不想多談愛爾敦，她提到科鄂家，主要是想談珍的一封信。

「科鄂太太一進門就問起珍，珍是個討人歡心，又惹人憐愛的女孩，沒有人會不關心她的。科鄂太太以為珍還沒寫信來，我告訴她剛好今天早上收到。」

艾瑪為了禮貌，馬上笑著說：「真的！那太好了，珍的身體好嗎？」

「謝謝妳問起。」當姨媽的高興極了，連忙嚷著要找信。「咦，奇怪，喔，在這裡。我就知道應該在這兒附近。我真是樂糊塗了，我把針線盒壓在信上，難怪找不到。剛剛我才唸給科鄂太太聽，她走後我又唸了一次給我媽媽聽。她呀！最愛聽珍的信了，不管我唸幾遍，她都還要再聽一次。信被壓在針線盒下，嚇我一跳，以為弄丟了。不瞞妳說，珍的信很短，才兩頁，妳看，嚴格說起來還不滿兩頁，她平常可都寫比兩頁還多。我媽媽總說我厲害，那麼小的字我也認得出來，是吧，媽。不過我想我媽媽也能讀珍的信，她有本事一個字一個字讀出來，她的眼睛雖然比過去差了點，但是戴了眼鏡，還是看得很清楚的。感謝上帝賜福。

珍就常說：『外婆，看您做的針線活就知道您的眼力還很好，那麼精緻細膩的繡花，我若到了您這年紀，恐怕不行了呢！』」

貝斯小姐一口氣說完所有的話，終於不得不閉嘴喘喘氣。艾瑪接口讚美珍的字很漂亮。

「喔！太謝謝了，妳的字也很漂亮，能被妳認為好看的，一定真的不錯。被別人誇獎沒什麼了不起，能被伍德小姐讚美，那可真不容易。媽，媽——」她轉身大喊，「伍德小姐誇珍的字漂亮。」

艾瑪只是隨口說說，她心裡正在打算要怎樣才能溜之大吉，要不然珍的信一定會沒完沒了地說個不停。不料貝斯小姐又轉身說話了。

「我媽媽這耳朵，年紀大了真是樣樣都老化了，總要我大聲說個二、三遍才聽得見。可是奇怪得很，珍說的話她都能聽清楚，珍的口齒清晰，聲音好聽。不過她也兩年沒來了，她這次來，一定會發現她外婆的聽力大不如前了。」

「珍要來嗎？」

「是啊，下星期就到。」

「我想海柏里的人都會很高興再見到她。」

「謝謝妳。就是下星期了，我們想珍都快想瘋了，尤其是我媽媽。坎貝爾上校會用馬車送珍回來，可能是下星期五或星期六。」

「沒想到我今天就能聽到珍要來的新消息呢！」

「是呀，她還說這次要來住三個月，我們真的非常高興。我待會兒可以唸珍的信給妳聽，她肯定是寫三個月的。妳知道原因嗎？因為坎貝爾上校夫婦要去愛爾蘭探望女兒女婿，迪克生太太非要坎貝爾上校夫婦去一趟不可，本來他們打算夏天再去，可是迪克生太太受不了了，她以前從來沒有離開過家的經驗，現在她嫁到愛爾蘭那麼遠的地方，常常思念他們。珍常提起，迪克生先生的家鄉畫畫得很棒，對了，以前坎貝爾上校不准女兒單獨和迪克生先生散步，而珍就常和他們一起散步，所以珍也知道有關迪克生先生的事情。我猜他一定是個風度翩翩，個性溫柔的年輕人。」

艾瑪是個敏感的人，她直覺想到迪克生先生是個優秀青年，而珍為何不和坎貝爾夫婦一起去愛爾蘭呢？她動了懷疑的念頭，說：「珍與迪克生太太不是很要好嗎？難道她不想一塊兒去愛爾蘭？」

「我們原本也擔心珍會跟他們一起去，那她就不能回來了。幸好，上帝保佑。不過，迪克生夫婦的確曾邀請珍一起去玩，妳待會兒看信就明白了。珍說，能被他們夫婦邀請是天大的榮幸。那個迪克生先生真是個大好人，人人都喜歡他。妳知道嗎？有一次，他們在溫墨市坐船去玩，因為人太多了，珍不小心被擠到船邊，還差一點兒掉到海裡。幸好迪克生先生抓住珍的衣服，救了她一命。唉，我每次想到這件事，都忍不住要發抖呢。自從聽說這件事後，我就對迪克生先生特別有好感。」

「既然是好朋友熱情邀請，珍為什麼不去愛爾蘭呢？」

「嗯，這是珍的意思，不過坎貝爾上校也贊成，因為她最近身體不太好，他希望她能夠回去感受家鄉的氣息。」

「可是這麼一來，迪克生太太不是要大失所望了嗎？我聽說迪克生太太長得很普通，比珍差多了。」

「嗯，的確是如此，不過她們不能這樣比，迪克生太太雖然不算漂亮，但她心腸好，她對珍很好。」

「是啊，珍很幸運。」

「珍只要在海柏里住個三、四個月，身體一定會很好，我們這裡的空氣比愛爾蘭好多了。珍的信我只是大略提一提，我們來看看信吧，她寫的比我說的還清楚。」

「嗯，我們得離開了，我爸爸還在等我回去。」艾瑪邊說邊起身，望著海莉示意一下。「我們剛好從妳們門前經過，我想該來看看貝斯太太，原本只想進來坐一會兒，沒想到聊得太開心了，忘記我爸爸還在等我們。」

無論貝斯小姐怎麼說也留不住艾瑪。她慶幸終於離開這扇大門，也沒聽到信的內容，否則耳朵真會長繭了。

20

珍的母親是貝斯太太的小女兒。她嫁給斐爾中尉，婚後生活美滿，不料中尉卻在國外作戰身亡，珍的母親哀慟欲絕，在珍三歲時就病逝了。

因為父親那邊沒有親人，珍就歸外婆及姨婆撫養。由於家中經濟拮据，沒有多餘的錢讓珍受教育，枉費了上蒼賜給她的姣好客貌和聰明頭腦。

幸好在她八歲時，坎貝爾上校找到了她。她父親原是上校的舊識，對他還曾經有過救命之恩，所以當上校回到英國時，他費盡心力找到朋友的遺孤，希望能給予幫助。當時坎貝爾上校已經結婚，有一個和珍同齡的女兒，他常接珍去玩，非常關心並且照顧她。在珍滿九歲的時候，上校提出撫養珍的意願，貝斯太太和貝斯小姐雖然捨不得讓她離開，但為了她的前程著想，也只好忍痛答應。

坎貝爾上校打算讓她讀書，以後當個老師，因為她父親留下的遺產不多，而上校的薪資和財產將來也要歸親生女兒，所以他希望珍受教育，將來能自立。

珍在坎貝爾家過著幸福又有教養的生活，她的性情和智能受到很好的啟發，每天接觸的人都是品德高尚，知識豐富的紳士淑女，而她的表現也沒有辜負坎貝爾上校的期望。她溫柔體貼，守本份，知進退，和坎貝爾小姐相親相愛，一家人都不願與她分開。只有珍心中清楚明白，這裡畢竟不是她真正的家，她的未來還得靠她自己創造。

珍比坎貝爾小姐漂亮聰明，正是如此，全家人對珍的關心愛護，更顯得難能可貴。尤其坎貝爾小姐對珍的情誼，更讓人感動，她們一直生活到坎貝爾小姐出嫁。

婚姻大事大概只有月下老人最清楚吧！瀟灑又多金的迪克生先生看上了坎貝爾小姐，他們快快樂樂地結婚了，而聰明漂亮的珍卻即將面臨現實的生計問題。

珍知道自己遲早要面對這一切，她要求自己在二十一歲時要找到工作。坎貝爾夫婦心中不捨，常勸她不用著急，然而他們自己也明白，她必須培養工作能力和堅強的心，因為他們沒辦法永遠照顧她。

坎貝爾小姐出嫁後，珍的身體一直不好，這一次坎貝爾夫婦要去愛爾蘭，珍卻要求回家探望外婆和姨媽，一方面回去靜養，另一方面她想在正式工作之前，和親人再好好相聚，度過自由自在的三個月。

艾瑪想到要和珍相處三個月，心中有些不悅。她也說不上為何不喜歡珍。奈特先生說因為她自以為是達到真善美境地的人，而事實上珍才是那個完美無瑕的人。艾瑪極力否認這種說法，然而她再三捫心自問：「為什麼我和珍合不來呢？她太冷漠，太拘謹了，從來不肯打開心扉說真心話，好像也不在乎我到底喜不喜歡她。還有她那個大嘴巴的姨媽，嘴一張開就停不下來，煩死人了。」她想了半天，只有這些牽強的理由。

艾瑪這種毫無理由的厭惡，有部份的憎惡是被想像力給誇大了，所以每當珍回到海柏里時，艾瑪第一次見面時心裡總覺得有些對不起她。這一次珍隔了二年才回來，艾瑪當然要去探望她。二年來，艾瑪在心裡不斷貶低珍的美麗和舉止，然而這次的會面讓艾瑪大為震驚，她發現珍不但容貌姣好，儀態高雅，舉手顧盼之際，完全是大家閨秀的模樣。她的身材勻稱，穠纖合度，膚色白皙，雖然臉色有些蒼白，但也襯托出她的身世可憐。她的臉型和五官比艾瑪記憶中的還要美，而且，美得高貴大方。這種高貴大方正是艾瑪理想中的典範。

在見面後，艾瑪對珍是既激賞又敬佩，她決定打消心中原有的成見，要重新接納珍成為好朋友。她想著珍的美麗與哀愁，想到她即將單獨面對茫然的未來，還有可能愛上迪克生先生，那份心中的苦楚與悲傷，艾瑪打從心裡同情和欽佩珍。

在回家的路上，艾瑪不停地思索，海柏里有沒有配得上珍的年輕人，要有聰明才智，還要有豐厚家產，可惜想不到半個人。

這些珍貴的情誼並沒有持續太久。本來艾瑪打算宣布要和珍做永遠的朋友，不但要消弭偏見，還要拿出具體行動，而且要向奈特先生讚美珍「不但人長得漂亮，而且有更多值得欽佩的地方」，只可惜，在珍與她外婆、姨媽到伍德家玩了一夜後，艾瑪的想法又改變了。

貝斯小姐比過去更嘮叨，更叫人厭惡。她不停地誇獎珍的多才多藝，還囉囉唆唆地談珍的虛弱身體。珍替外婆和姨媽織的新帽子，縫的針線袋，一件件如數家珍。珍早餐多吃一塊麵包，中午多吃一片羊肉，做姨媽的都能不厭其煩，一遍又一遍逢人就說。而珍也令人氣餒，他們飯後聽音樂彈鋼琴，艾瑪心中明白珍都略勝她一籌，但珍不斷地道謝和恭維艾瑪，讓她覺得珍的虛偽和做作。更糟糕的是，珍在言語上處處設防，叫人難以捉摸她的真心，這點讓艾瑪覺得很不痛快。

她對坎貝爾家和迪克生夫婦更是守口如瓶，只有不停地讚美和敷衍，讓艾瑪覺得她一直想隱瞞什麼。

對於其他的事，珍一樣是一問三不知。艾瑪知道她在倫敦時，和法藍・邱契爾時有往來，但仍舊問不出個所以然。

「他長得如何？」

「大家都說他年輕英俊。」

「個性呢？」

「大家都說很好。」

「他像不像個聰明人？」

「我和邱契爾先生只是點頭之交，我不清楚他的為人。不過，大家都覺得他很聰明。」

21

儘管艾瑪心中對珍滿是疙瘩，但她仍善盡女主人之職，熱情款待，連奈特先生也沒有發覺艾瑪心情的起伏，還以為她倆親親熱熱地，談得十分投機。

第二天，他找伍德先生談有關稅收的事，又大大讚許艾瑪。本來他認為艾瑪對珍有偏見，經過昨夜的觀察，他對艾瑪的表現十分激賞。

「昨天晚上玩得很愉快，妳和珍的表演都很精彩，讓我們大飽眼福。伍德先生，昨晚有兩位美麗大方的小姐唱歌給我們聽，真是一大享受。艾瑪，我猜珍一定也很開心，妳設想得很週到，讓她多彈一會兒琴，她外婆家沒有鋼琴，她琴藝好，難免想多彈彈，過過癮。」

「難得聽你誇獎我，」艾瑪笑著說，「來我們家的人，我想我沒虧待過誰。」

「當然，當然！」她父親趕緊接口，「妳太好客了，昨晚的鬆餅端出來一次就夠了，那種東西吃多了不容易消化。」

「妳是沒虧待過誰，而且是表面沒有，心底也沒有。」奈特先生說。

艾瑪頑皮地朝奈特先生眨眨眼，表示明白他話中的含意，但又忍不住補了一句：「珍太沈默了。」

「我早告訴過妳她有些沈默，可是妳該體諒她，她的沈默一半是因為自卑，一半是因為謹慎。」

「我可看不出她自卑。」

「哦，艾瑪，」他換到她旁邊的椅子上，「難道妳對她有什麼不滿？」

「嗯，只是她總是一問三不知，挺有意思的。」

奈特先生意味深長地「哦」了一聲。

「有人不高興嗎？不會吧，我可是高興得很。」伍德先生舒坦地挪動一下身子。「有一陣子我覺得爐火太熱，後來把椅子往後移一下，就好了。貝斯小姐話多又有趣，只是速度快了些，不過我還是喜歡聽她說話。貝斯太太是老朋友了，我們認識快三十年了吧！珍是個漂亮的女孩，文靜得像隻小貓。我想，有艾瑪陪著她，她應該很快樂。奈特，你說是不是？」

「我想艾瑪也因為有珍而快樂吧！」

艾瑪看出奈特先生滿臉疑惑，她覺得目前不宜讓他再發問下去，於是用一種真誠的語氣說：「珍的確是個美人，她才貌出眾，只可惜處境讓人同情。」

奈特先生聽完，才露出滿意的笑容。

「她們的環境的確可憐，我常想，是不是該時常送些東西給她們？我們才宰了一頭小豬，艾瑪說想把里肌肉給她們，那個部位的肉雖然不多，但好吃得很，切成大塊肉片，再拿去炸一炸，一點兒都不油膩。最好別用烤的，烤肉不好，吃多了傷胃。萬一她們不會處理，艾瑪，我看改送隻腿去，妳說好不好？」伍德先生說。

「爸爸，你不用擔心，我已經送去了一大塊里肌肉和一隻豬腿，你一定很高興吧。腿可以做醃肉，里肌肉隨她們怎麼處理都好吃。」

「還是艾瑪想得週到，兩樣都送去，醃豬腿的鹽不能太多，照我們家鄉的做法，把豬腿連同白蘿蔔或防風草一起用慢火熬燉，每餐吃一點，對身體有益。」

「對了，我要告訴你們一件新聞，我剛才在來路上聽到的。」奈特先生興奮地說。

「哦，有什麼獨家消息？你笑什麼？快說呀！」艾瑪催他。

奈特先生正要開口，突然門開了，貝斯小姐和珍走進來。貝斯小姐嚷著要道謝又要報告好消息，一時之間場面就熱鬧起來了。

「伍德先生，您好，伍德小姐，喔！奈特先生，你們早，謝謝你們，好大一塊肉啊，真是太好了。對了，你們聽到消息了嗎？愛爾敦先生要結婚了。」

艾瑪已經好一陣子沒有想到愛爾敦了，如今赫然聽到這個消息，楞了一下，臉也不由自主地熱了起來。

「我也正要說這件事，我知道妳會有興趣的。」奈特先生笑著說，帶著一種意料之中的神情。

「你從哪兒聽來的？」貝斯小姐大叫。「奈特先生，你太神了吧？消息那麼靈通，我接到科鄂太太的信不過才五分鐘，嗯，不超過十分鐘吧。我戴上帽子，穿上大衣，正要過來這裡，珍是站在走廊上的，珍，是吧？我媽媽說家裡的醃肉盆太小了，我說要下樓去看看，珍說：『姨媽，妳感冒了，還是我去就好了。』我正要說：『哦，好……』就在這時候，科鄂太太的信就來了，是和渥金絲小姐結婚，科鄂太太一知道消息馬上寫信告訴我們。奈特先生，你怎麼也會知道？太奇怪了。」

「一個半小時前我才去過科鄂先生家，恰巧他正在看愛爾敦先生的來信，順手也遞給我看。」

「難怪——這種事情大家都會關心的。伍德先生，您對我們真是太好了，我媽媽要我再三謝謝您。」

伍德先生說：「嗯，我們家的豬肉保證比別家的好吃，我和艾瑪都……」伍德先生還未說完，貝斯小姐便急著說：

「伍德先生，我媽說您對老朋友真慷慨。像我們這樣的人家，本來有很多事是辦不到的，可是因為有許多好朋友，我們過得比別人還好，真是上帝保佑。奈特先生，這麼說你是親眼看到那封信的囉，呃……」

「信很短，只是為了報喜。」他有意地看了艾瑪一眼，「他說他很幸運，和渥金絲小姐情投意合，大致上是這樣，這件事似乎是決定不久。」

「愛爾敦先生要結婚了，」艾瑪好不容易開口，「大家都會為他高興的。」

然而伍德先生的看法卻與眾不同。「哎，愛爾敦先生還那麼年輕，根本不必急著結婚，他現在的生活不錯啊。」

「哎呀，我們要多個鄰居了，伍德小姐，我媽媽常說牧師府早該有個女主人了，這真是個好消息，珍，妳說是不是？妳不是說很想見見愛爾敦先生嗎？」

珍露出一臉並不急切的表情，道：「呃，我還沒見過他，不知道愛爾敦先生……個子高嗎？」

「珍，愛爾敦先生的體格很標準，等妳見過他，妳會發現他是海柏里少見的完美男人。」

「艾瑪說得不錯，年輕的一輩當中，愛爾敦是數一數二的人選。珍，我昨天不是才告訴妳，他和佩理醫生一般高，妳忘了？愛爾敦先生對我媽媽關心極了，每次上教堂，他都把前排的位子留給她，怕她耳背聽不到。珍說坎貝爾上校也有些聾，人家告訴他洗熱水澡會有用，可是珍說那沒辦法治癒的。你們知道，坎貝爾上校是個太好人，他女婿迪克生先生也是好人，他救過我們珍一命。好心人就會遇上好心人，大家都高興。現在愛爾敦先生要娶渥金絲小姐，而科鄂夫妻心腸都很好，佩理夫婦也是，再也沒有一個地方比得上海柏里有那麼多好心人了。伍德先生，我媽媽對於吃不挑嘴，但就是特別愛吃烤里肌肉了。」

艾瑪道：「渥金絲小姐的背景如何？他們認識多久了？應該不太久吧，他才離開一個月而已。」

「伍德小姐說得對，到昨天為止他整整離開了一個月。喔，我還以為他會看上附近的哪一位小姐呢！我本來以為——呃，是科鄂太太悄悄告訴我的，總之，這種事情開始是很難察覺的。我和別人不同，最好是那種『事實擺在眼前的』，我才看得出來。嗯，伍德小姐妳真好，讓我一個人說個沒完沒了。史密斯小姐還好嗎？她的氣色看來很不錯。噢，珍，天色不好，恐怕要下雨了。我們快走吧，不能讓妳淋雨。謝謝您伍德先生、伍德小姐，喔，奈特先生也要離開了。嘿，愛爾敦先生要娶渥金絲小姐！再見了。」

客人散去後，艾瑪有些心神不寧地坐在客廳。她父親還在惋惜愛爾敦年紀輕輕就被婚姻綑綁住。艾瑪覺得這個消息來得突然，也讓她放心，這證明她的拒婚並未讓他痛苦多久，只是可憐的海莉，恐怕又得再遭受一次打擊。艾瑪決定要搶先告訴她這件事，先幫助她穩定情緒。

雨下得很急很大，但一會兒就停了。雨過沒多久，海莉就進來了。她一臉紅通，氣喘吁吁，一進門就嚷著：「伍德小姐，妳知道發生什麼事了嗎？」

艾瑪靜靜望著她，等她繼續說下去。

「半小時前我從柯達太太家出來，看天色似乎快下雨了，但我想來到妳這裡可能還來得及，所以就拼命趕路，沒想到在半路上，還是遇到大雷雨，我只好先去福特商店避雨。我就坐在門邊，沒想到突然進來兩個人，妳猜是誰？是麗莎和她哥哥馬丁先生，他們常到那裡買東西。我想這下完了，我坐在門邊，麗莎一眼就看到我了，而她假裝什麼也沒見到，一直往店裡走去，馬丁先生在收傘，他倒是沒看到我。天哪，我的心跳都快停了，真恨不得有個地洞讓我鑽進去。妳知道的，伍德小姐，我的腦袋真是一片空白。後來他們在一旁悄悄講話，過一會兒，麗莎竟然走過來和我握手，裝得好像很親熱，說他們全家人都很想念我，慌亂中我真的忘記我回答了什麼，真尷尬。後來雨停了，我正要離開，沒想到他走過來了，天啊！我都呆掉了，他過來和我說了些話，說了什麼我現在也忘了。後來，他告訴我來妳家的這條路淹水了，必須繞到科鄂先生家的馬棚那條路才可以行走。我不知我到底走了哪條路，反正一路恍恍惚惚。伍德小姐，我該怎麼辦，看他對我這樣，我又高興又難過，麗莎也是，唉，我該怎麼辦才好？」

艾瑪一時語塞。馬丁和他妹妹的舉動似乎還很喜歡海莉，雖然流露出怨恨，但又包含著疼愛。她相信他們像奈特先生所說，既善良又品德高貴，但是既然門戶有別，又何必強求？再說，海莉那個人容易滿足，頭腦簡單，她的話也不能全然相信。

「妳應付得很好啊，這種事的確叫人為難，不過事情過了就算了，妳也不必放在心上。」

海莉「噢」的一聲，「是這樣啊，我以後不會再想了。」可是她仍繼續這個話題，根本無意忘懷。艾瑪決定立刻告訴她愛爾敦的喜事。

可憐的海莉心亂如麻，多少情愛糾葛同時纏上她，搞得她單純的心緒全混亂了。她將心思轉向愛爾敦身上。剛開始她有些神情漠然，等她完全理解是怎麼一回事時，又是五味雜陳，百感交集。她不停地談著幸福的渥金絲小姐，又是驚訝，又是傷心，又高興，又懊悔，馬丁兄妹終於被拋到九霄雲外了。

艾瑪現在反而慶幸海莉先遇到馬丁兄妹，讓海莉在混亂之際，再聽到這叫人震驚的消息，她的反應讓艾瑪放心，看來不需要太久，海莉一定能將馬丁一家人統統忘掉。

22

渥金絲小姐的名字如同百花盛開，霎時在海柏里滿天怒放，所有的人都在談論她——美貌、優雅、文采，樣樣都好，愛爾敦先生已不需要炫耀他的美妻和財富，只要風風光光回來即可。

他回來和離開時的心情猶如天堂與地獄之別。當初受到一個又一個鼓舞的暗示，不料竟遭到拒絕，讓他的男性尊嚴大受打擊，但聽來更可恨的是，艾瑪竟然把他和那個地位卑微的私生女扯在一起。所幸他憤然離去，卻抱得美嬌娘歸來。渥金絲小姐的容貌不比伍德小姐差，而且有萬貫家財。他自知有了萬鎊財富的女人，名聲和地位都很穩固，加上他在海柏里的勢力，他的前程美景更是寬闊了。

他向科鄂太太描述他們相識、相知到相愛的過程：起初兩人是偶遇，接著在葛林先生家又碰到了，然後在布朗太太家終於有了進展，她眉眼之際拋出的柔情蜜意，全部被愛爾敦先生接住了，兩人一見鍾情，再見傾心，總之，就是他值得她嫁，她值得他娶。

由於雙方都已自主，只等一切備妥，婚禮隨時可以舉行。回來不久，愛爾敦又離開了，大家都估計他這次肯定會帶著新娘子一起回來。從科鄂太太笑而不言的表情中，海柏里的人更加肯定了。

從艾瑪知道他的喜訊後，他們見過幾次面，艾瑪看得出來，他們以往的交情結束了。他擺出一副趾高氣昂又不屑一顧的模樣，分明在強調他仍十分在意被艾瑪拒絕的那件事。艾瑪很後悔，以前竟然把他當好人，替他說了多少好話，真希望永遠不要再見到他。

由於他的牧師職位，看來他會長期住在海柏里，不過有這麼一位牧師太太在，即使他們不像以前那般常往來，別人也不會感到奇怪。

至於這位渥金絲小姐，以艾瑪敏銳的頭腦分析看來，即使大家認為她多美，但和海莉比起來還是差了一截。儘管她有萬鎊財富，但是她沒有聲望、地位和顯貴的親戚。她是一位布里托商人的二女兒，家境只是中等，幾年前父母死後，她由叔叔照顧。她叔叔只是個小律師，也沒什麼名氣。唯一值得誇耀的是她姊姊，嫁給一個有錢的紳士，除此之外，渥金絲小姐也沒什麼可讓人羨慕的了。

可是，要如何解決海莉的問題呢？艾瑪深知，她已挑起海莉的少女情懷，要使這顆青春躍動的心再歸於平靜，實在是太棘手了。要如何使她忘記自己曾經深深愛慕的人呢？光靠幾句安慰的話是不夠的，難道真要再找個人來填補嗎？艾瑪覺得海莉是那種一旦愛上了，就難以自拔的人。愛爾敦這次傳出喜訊，最痛苦的人該是海莉吧。她在柯達太太家裡，有時候一天要碰個兩、三次面，即使沒見面也會聽見他的聲音或看到背影，或是身邊的人不斷地談論愛爾敦的一切。除了艾瑪，根本沒有人看得到他的缺點，大家全都在聊他的婚事，包括未來的收入、多少僕人、多少家具擺飾，人們把這些猜測當成每日見面的主要話題。

沒有人不誇獎愛爾敦對渥金絲小姐至深的情感，甚至他散步時的神情或戴帽子的方式，件件都讓人津津樂道，聽得越多，也讓海莉越痛苦，她既悲傷自己身世低微，又自卑配不上他，而這些卻只有艾瑪一個人可以了解。

不過難過歸難過，每次一提到馬丁一家，海莉就似乎忘了愛爾敦一般，全心投入馬丁家的話題上。她這種反覆牽絆的情緒，讓艾瑪都覺得想笑。先是愛爾敦訂婚的消息，使遇到馬丁兄妹的激動平復下來；然後愛爾敦引起的波濤，又因麗莎的拜訪而被擱到腦後了。

那天海莉不在，麗莎留了一封信，信上大都是動聽的好話，只有一二句責備。這封信讓海莉左右為難，不知如何答覆，很想做一些她不敢承認的事。直到愛爾敦先生出現，她的煩惱又再次轉換。當他動身去迎接新娘的那天上午，艾瑪為了了卻海莉的痛苦，決定帶她去回訪麗莎・馬丁。

可是要怎麼做才能不失禮，又叫海莉不再陷入他們一家人的溫情中呢？艾瑪考慮再三，認為海莉的確應該去拜訪，但也要讓馬丁一家明白，這只是禮貌性的回訪。她決定用馬車送海莉去比爾農莊，十五分鐘後再去接她，不讓他們有時間圖謀不軌。

儘管艾瑪知道這樣做有失厚道，但門戶之別，她有責任保護海莉，不能讓她再走錯一步了。

23

起初海莉並沒有多少心情去拜訪馬丁家。在艾瑪的馬車到達前半個小時，她看到貼有「愛爾敦」標籤的大木箱正要搬上板車，準備送往牧師府。就這麼一瞥，海莉的腦海轟然一下，什麼情緒全消失了，只剩下那個貼著標籤的大木箱。

可是，當馬車駛到比爾農莊，一條由鵝卵石鋪成的小路直抵大門，兩旁全是蘋果樹，一切景緻讓海莉放鬆心情，她想起去年秋天在此作客的歡樂氣氛。分手前，艾瑪發現她帶著既興奮又傷感的神情四處張望，很不放心地再次叮嚀，十五分鐘後在大門口接她。艾瑪獨自往前走，她去附近拜訪一位退休的老佣人。

十五分鐘剛過，艾瑪就出現在小路旁，海莉一見到她，就匆匆向前，沒有看到任何叫人臉紅心跳的年輕男子。一上馬車，海莉慌得連事情經過也說不清，艾瑪從片段中才明白整個過程。原來她只見到馬丁太太和麗莎，她們的態度不算熱情，對她的來意很懷疑，直到馬丁太太說她似乎長高了，話題才熱烈展開。去年九月，也在這個房間裡，她們在量身高，靠窗的牆壁上還留有印跡和字。而當時畫線的人就是「他」。她們對於那天的情景都印象深刻，既感嘆時光流逝，又傷心人事已非。當大家說得正高興時，馬車來了，一切結束。

這次回訪的方式和時間叫人難以置信。半年前，海莉在此被款待了六個星期，現在卻只有短短的十五分鐘。艾瑪明白馬丁家的憤懣，也理解海莉的苦悶，但她是不得已的，為了海莉，為了她的前程，艾瑪必須如此。馬丁家雖然頗有家產，但卻是農夫出身，這是既定無可改變的事實，海莉和他們交朋友肯定會影響她未來躋身上流社會的，艾瑪不允許她走錯一步，所以分手是勢在必行。

沈默了好一會兒，艾瑪覺得頭痛，她已不想為愛爾敦或馬丁家傷腦筋了，她決定去溫士頓家走走，只有那裡輕鬆溫馨的氣氛能讓她舒坦些。

沒想到應門的人說先生太太不在家，出門有一段時間了，好像是去拜訪伍德先生。

「真是倒楣，」她們轉身之際，艾瑪忍不住喃喃自語，「太不巧了，今天的運氣怎麼這麼差。」

就在她們上馬車前，突然一輛馬車停了下來，她抬頭一望，溫士頓夫婦就站在她面前。看到他們她立刻興奮起來，而溫士頓先生顯然比她更高興，連忙說：

「艾瑪，真巧！我們和妳爸爸聊了很久，他的身體真硬朗啊！法藍明天就會來，我今天早上接到他的來信，大概明晚會到，他這次要住二個星期，我就說嘛，如果聖誕節來，一定不能待那麼久，現在正好，天氣晴朗，不會下雨，我們可以陪他好好玩玩。」

瞧他滿臉喜氣，艾瑪知道這次錯不了了。溫士頓太太雖然沒那麼喜形於色，但艾瑪感覺得到，她是極度興奮的。他們欣喜的氣氛也感染了艾瑪，她決定把之前所有煩人的事全都拋開。

話。

溫士頓先生詳細說明他兒子此行的計畫、目的和路線，艾瑪笑著聽著，衷心說些祝福的話。

「我會儘快帶他去妳家拜訪。」

艾瑪瞥見溫士頓太太在一邊用手肘輕輕撞他一下，然後說：「哎呀，你不要說個沒完沒了，她們還要回家呢。」

「好，好，走吧。」他走了兩步，又回頭對艾瑪說：「妳別把他想得太完美了，法藍不算什麼天之驕子，沒什麼了不起。」他兩眼發光，話說得有些言不由衷。

艾瑪想笑，但仍裝糊塗，只顧著道別。

「艾瑪，明天四點鐘，想想我，祝福我吧！」溫士頓太太握著艾瑪的手，有些緊張地低聲道。

艾瑪看著她，笑著用力握一握她的手，然後和海莉一起離去。回程中，迴然不同於來時的心情，連馬匹跑起來都格外有精神，路邊的樹叢也似乎馬上要長出嫩芽，就連海莉也開朗了，嘴角還掛著一絲微笑。

就在這一天，艾瑪覺得海柏里的初春似乎提早來臨了。

轉眼到了第二天上午，溫士頓太太的忠實學生艾瑪一直牢記著她的叮嚀。

「妳實在是操心過頭了，」艾瑪從房裡下樓時邊走邊想。「這時候大概在法藍房裡走來走去，擔心是不是少了什麼東西。」她走過迴廊，大鐘正敲了十二下。「再過幾個小時他就到了，他們一定會急著帶他過來。」

當她推開客廳大門，看到她爸爸正和兩位男客說話，沒想到竟是溫士頓先生和他兒子。溫士頓先生正說起為何法藍提早一天到，現在艾瑪進來，又是一番驚喜介紹。

這位讓人議論多時的男主角法藍•邱契爾終於站在她面前。行過禮後，艾瑪悄悄打量他。果然名不虛傳，他的氣質，談吐舉止，外貌形象，顯然都高人一等，還有一股他父親特有的熱情活力，讓人覺得精明能幹。尤其他很健談，使艾瑪感到他就是為了認識她而來的，馬上對他產生好感。

他說他為了提早到，日夜兼程，加快腳步，只希望早日回到故鄉。他的說法讓在場者又滿意又感動。

溫士頓先生得意地大聲說：「我就是有預感會提早見到他，因為我就是這種人，累一點不算什麼，能給朋友家人驚奇，那才真叫人快樂。」

「雖然對海柏里我還不熟，但是回到了家，就是有一種無拘無束的自在感覺。」法藍說道。

聽到「家」這個字，他父親十分滿意地望著他。艾瑪看得出來，他很會說好聽的話討人歡心。他說他喜歡家裡的溫馨氣氛，還有繼母的巧手佈置；他也喜歡海柏里的環境，空氣清新；他還說他喜歡鄉下，因為他是鄉下出去的孩子，他日夜盼望就是要回家。雖然艾瑪有些懷疑他的話裡的真實性，但看他的神情和語氣，即使是謊言，也是讓人高興的謊言。

他們隨意聊聊後，趁兩位父親說得起勁時，他談起他的繼母。他對她讚不絕口，並且十分感激她，他父親的幸福快樂全是她造就的。

在言談中，他流露出感謝艾瑪培養泰勒小姐的美德，讚賞她的教養和性格，還有她的年輕漂亮。

「你怎麼稱讚她我也不覺得奇怪，即使你猜她只有十八歲，我也會覺得高興，可是你在她面前可別只顧著說她年輕貌美。」

「哪還用得著妳說，放心，」他笑咪咪地行個禮，「我知道在溫士頓太太面前說哪些話適合或不適合。」

對於他們倆的結局，艾瑪有許多想像，只是不知道法藍是否有同樣的念頭，他的恭維話只讓她覺得和他相處還不壞。

艾瑪很清楚溫士頓先生在打什麼如意算盤，她多次發現他銳利的眼神不時瞟向他們，有時是豎起耳朵，聽他們的談話內容，還不時露出滿意的笑容。

只有她爸爸沒想過這些事，他缺乏想像力和觀察力。他最反對結婚，也幸好他一點兒也不敏感，否則要是知道他的好朋友正替他打算著寶貝女兒的未來，他可要氣瘋了。他只是秉持著主人的待客之道，關心法藍旅程的平安，是否著涼等問題。

坐了好一會兒，溫士頓先生起身告辭，他要去客朗旅社談事情，再到福特商店買東西。法藍見狀，忙說：

「爸，你去忙好了，我想去拜訪朋友，我認識一位小姐就住在海柏里附近，」他轉身對艾瑪說：「她姓斐爾，不過她的家人姓恩斯或貝斯，應該不難找，妳知道這戶人家嗎？」

伍德先生大聲地說：「當然知道，貝斯太太和我們是老交情了，你和珍很熟啊，那個女孩，我看了就喜歡。」

「也不一定要今天去，我們只是在溫墨市見過幾次面，所以……」

「那你就今天去，」溫士頓先生說。「法藍，在這裡你不能對人家失禮。在溫墨市，她和坎貝爾家人一起，身份不比你低，可是在這裡，她住在窮外婆家，你如不早點兒去，就是瞧不起人了。」

法藍聽了心悅誠服，佩服他爸爸的善體人意。

「我聽她說過她認識你，」艾瑪說，「她長得很漂亮吧！」

法藍不置可否地「嗯」了一聲，讓艾瑪懷疑他的誠意，如果珍還不算美女，那就不知上流社會所謂的美女是什麼模樣了。

「今天見過面，你一定會對她更有好感的，不過，你可能沒機會聽她說半句話，因為她姨媽的嘴從來就沒停下來過。」

24

第二天上午，法藍和溫士頓太太一起來了。他們似乎相處得很融洽，他陪著繼母聊天和散步，沒有絲毫怠慢。

艾瑪沒料到他們會來，因為溫士頓先生為了聽艾瑪對他兒子的誇獎才剛來過，而現在看到兩人手挽著手走進來，她是既訝異，又替老朋友高興。

她對他的看法取決於他對待繼母的態度，如果他光是油腔滑調，馬屁功夫一流，那她也看不起他。而今見他對繼母的態度誠懇自然，並且非常親熱，讓艾瑪覺得他是一個值得信賴的人。他們三人一起去小樹林散步，然後又走到海柏里。

法藍說要去看看他父親曾經住過的老房子，又去拜訪曾經當過他保姆的老太太。雖然只是雞毛蒜皮的小事，但他都流露出珍貴的感情，顯示他對海柏里真的有一份特殊之情，這些表現使溫士頓太太和艾瑪感到十分窩心。

艾瑪細心觀察，認為他拖到現在才回來，一定不是他的本意，看來奈特先生對他的評判有失公允。

他們去逛了客朗旅社，它是村裡最大的旅館，但屋舍老舊，一般過客很少會光臨。旅店旁有一間大廳，當初擴建為舞廳，許多上流人物在此舉行舞會。法藍聽完艾瑪的介紹，立刻產生興趣，他從一扇講究的窗櫺往內探究，還讚賞了裝潢的精緻美觀。他覺得這個舞廳又寬又長，還可容納不少人，能在裡面跳舞一定會很愜意。

他問艾瑪為何不使這個舞池再度閃耀？以伍德小姐的力量，不是可以在海柏里呼風喚雨嗎？溫士頓太太解釋，這裡沒有合適的人家可以參加，而村子外的人都不願意跑這麼遠來。法藍卻覺得這不是理由，附近有不少漂亮的大房子，有錢有閒的也大有人在。溫士頓太太和艾瑪將每家的情況和家境說給他聽，他表示貧富不該相輕，跳跳舞也無傷大雅，舞會一散，人人就各自歸回定位。瞧他爭辯起來，頭頭是道，像個沒有舞會就不能生活的人。

艾瑪覺得有意思，他完全就是溫士頓先生的翻版，精力旺盛，喜好交際，重視情義，完全沒有邱契爾夫婦高傲冷漠的樣子。他也沒有自我優越意識，才會貴賤貧富不分。

離開客朗旅社，快要經過貝斯家門，艾瑪問他昨日拜訪的情形。

「我正要說這件事。她的家人我全都見到了，多虧妳事先告訴我她姨媽，否則我真會被嚇昏了。本來我是可以不去的，最多也只打算坐個十分鐘。我還對我爸爸說我肯定比他早回家，沒想到我根本走不了，那個姨媽說話像機關槍一樣，停不下來。直到我爸爸四處找不到我，也去那邊時，我已經坐了快一個小時。」

「你覺得珍・斐爾小姐長得如何？」

「一副病奄奄的瘦弱樣，我總覺得她病了。年輕小姐不應該那樣，臉色蒼白，太虛弱了。」

艾瑪為珍辯護，「她的臉色也許不紅潤，但也不至於病奄奄。她皮膚白嫩，把臉蛋襯托得更迷人。」

他承認許多人說過同樣的話，但他堅持健康美才是最自然最引人注目的。

「嗯，各人喜好不同，不過，你很喜歡她，只可惜她氣色不太好。」艾瑪說。

法藍笑著搖搖頭，說：「評判一個人不能不看看她的氣色吧！」

「你們在溫墨市常見面嗎?都去哪兒玩？」

此時他們正接近福特商店，他立刻大聲說：「就是這裡，我爸爸說每個人每天都會來這裡逛一逛，我們進去看看，我想買點東西，用行動證明我也是海柏里人。這裡有賣手套吧？」

「嘿，別說手套了，什麼都有。海柏里人人都知道你是溫士頓先生的寶貝兒子，如果去福特商店花半個金幣，保證你會大獲人心。」

法藍挑好男用水貂手套及越克出產的皮手套，轉身對艾瑪說：

「對不起，伍德小姐，妳剛才問我一個問題，但我被一股壓抑不住的思鄉情懷沖昏了頭，沒聽清楚妳問什麼，妳的話沒聽到就太可惜了。」

「沒什麼，我只是問你和珍相處的時間多不多，來往密切嗎?」

「這個問題應該由女人來回答比較妥當，斐爾小姐和妳熟，一定跟妳說過了。」

「唉，拜託，你們倆的回答都一樣謹慎。她老是守口如瓶，一問三不知，猜了半天還摸不透她的想法。」

「真要問我，我就直說了。在溫墨市我們就常見面了，我和坎貝爾夫婦很熟，上校個性隨和，夫人心腸又好，他們家人我都喜歡。」

買好手套，他們走出福特商店。

「妳聽過斐爾小姐彈琴嗎？」法藍問。

「你忘了她和海柏里的關係了。我們倆學會彈琴後，每年都會一起彈，她的琴彈得很棒。」

「這方面我都不懂，我只是想聽聽看內行人怎麼說。雖然我很喜歡音樂，可是又不知道該如何評論。我常聽人家誇她，尤其是一個音樂天才，他已經訂婚了，可是只要有斐爾小姐在場，他就不讓未婚妻彈，他只愛聽斐爾小姐彈琴。我想連人人皆知的音樂家都那麼器重她，她應該很不錯。」

「當然！」艾瑪覺得他話中有話，「迪克生先生也很喜歡音樂，關於他們的事，我聽你說半小時會比聽珍說半年還要多。」

「我的確是指迪克生先生和坎貝爾小姐。」

「如果我是坎貝爾小姐，一定會受不了，未婚夫竟然把音樂看得比愛情還重，只在乎別人的琴聲，而不顧及未婚妻的感受，難道坎貝爾小姐不介意嗎？」

「她和珍是好朋友嘛。」

「這算什麼朋友？如果是陌生人，這事情過去就算了，可是好朋友處處比自己強，那才真叫人難受。我看，迪克生太太還是嫁去愛爾蘭比較好。」

「沒錯，坎貝爾小姐應該會難過，可是實際上，她好像一點兒也不在乎。」

「這樣不知道是好或不好，她不是太過天真就是太過愚蠢，不然就是對朋友完全坦然或自己感覺遲鈍，不過我相信珍本人一定不糊塗，她知道這情況繼續下去會很麻煩，所以她不去愛爾蘭。」

「他們三人好像完全互相信賴。」法藍聳聳肩，道：「我只是從表面分析，誰知道他們真正的內幕又是如何。妳和珍從小認識，妳覺得她如何？」

「我們的確算是一起長大的朋友，人家看到我們也都覺得我們很要好，像對姊妹花。可是，我真的討厭她，也說不上原因，只覺得她被外婆和姨媽捧得不像話，更討厭的是，她太謹慎了，簡直處處都在防著人。」

「嗯，太過謹慎的人，都和人家合不來，雖然小心禍從口出，但會顯得不太合群。」

「如果她沒這個毛病，應該是個可愛的女孩。我不是批評她不好，只是她過份小心的態度，讓人家覺得她有什麼不可告人的秘密。」

他們越走越近，艾瑪覺得他們的思想很接近，不敢相信兩人才見第二次面呢！他雖然生長在有錢人家，卻沒有嬌生慣養的脾氣，也不會世故俗氣，比她想像的更好。

25

艾瑪對法藍已經很有好感，可是第二天，聽說他為了理髮，早餐過後就吩咐馬車，急忙趕去倫敦。不過是理個髮，也值得他來回跑上三十二英里。艾瑪最看不慣這種紈褲子弟的習性，昨天才覺得他處事謹慎，用錢節儉，今天就全變了樣。他好虛榮，耍闊氣，愛時髦，也不夠穩重。但他父親只笑罵了一句「愛漂亮」，溫士頓太太則不便多言，只淡淡說了「年輕人都愛做傻事」。

除了這件事外，艾瑪發現溫士頓太太對法藍的印象好到了極點。她說他心胸寬大，性情活潑。他很愛舅舅，說他是世界上最好的人，對舅媽則談不上喜愛，但很感謝她的養育之恩。本來艾瑪心中也給他很高的評價，可惜他偏偏要跑去倫敦理髮，加上艾瑪仍抱持著終身不嫁的決心，使得這份好感沒能持續發展。

溫士頓先生不斷暗示她，法藍非常重視艾瑪，覺得她美麗動人。夫婦倆替法藍說了不少好話，使艾瑪不能再苛求他。

在海柏里，大家對於法藍這樣小小的缺失，都抱著寬容諒解的態度，只有一個人沒有被他的微笑和鞠躬感動，那就是奈特先生。當他在伍德家的大廳中得知這個消息，老半天沒吭一聲，可是在他拿起一張報紙來看時，艾瑪聽到他說了一句：「哼，我早就說過，是個輕浮又沒大腦的人。」艾瑪聽了很不服氣，可是他只是自言自語，而不是想和人爭辯，因此也不答腔。

這天上午，又發生一件讓艾瑪為難的事——科鄂家邀請吃飯。

科鄂家來海柏里定居多年，待人還算謙和大方。可是他們出身卑微，以買賣為生，缺乏上流人士的氣度。最近兩年，他們時來運轉，生意蒸蒸日上，發了大財，不但房子擴建，佣人增多，交際活動也多了。到目前，論產業，論派頭，僅次於伍德家了。

他們經常邀請朋友吃飯，大多是單身漢，愛爾敦先生常是座上嘉賓。但是對於海柏里的那些上等人家，像伍德家、溫士頓家和奈特府，艾瑪認為他們還不敢造次高攀。就算他們敢斗膽相邀，她是一定不會去的。可是她父親就難說了，他耳根子軟，加上奈特先生和溫士頓先生，看來投反對票的人也只有她一個人了。

早在幾個星期前，她就聽說科鄂家要舉辦一個大宴會，艾瑪已經計畫好應付的方法，不料科鄂家的做法大大出她意料之外——奈特先生和溫士頓夫婦都收到邀請函，只有她和她爸爸沒有。

溫士頓太太猜測：「我看他們不敢邀請妳去，知道妳很少去別人家吃飯。」但這叫艾瑪如何平靜，剛開始她打算讓人家吃閉門羹的，可是後來她所有密切往來的朋友全都要去，連海莉、貝斯太太和珍，還有法藍，現在只剩下她一個人孤芳自賞了。雖然科鄂家是不敢高攀，但艾瑪心中仍不是味道。

幸好溫士頓還在伍德家時，科鄂家的邀請函送到了，使她免於成了被排擠之人。雖然艾瑪看過邀請函後覺得應當拒絕，但她還是請教溫士頓夫婦。他們勸她接受，種種理由，全都正中她下懷。

她沒多加考慮，答應出席，三人想了好主意，她父親在家，請貝斯太太或柯達太太來作陪。伍德先生本來捨不得寶貝女兒出去一整晚，但溫士頓夫婦再三保證會照顧她，他才讓步。

「我不愛去人家家裡吃飯，」伍德先生說。「艾瑪也不愛去，鬧到三更半夜對身體不好。科鄂先生和科鄂太太也真是的，還不如等到夏天來我們家喝下午茶，或是請我們去散步也好。下午最好了，沾不到晚上的露水。可是他們既然那麼誠意叫艾瑪去吃飯，又有你們和奈特先生可以照顧她，我就答應了。但是得好天氣才行，刮風下雨都不能出去。」然後，他回頭用略帶埋怨的口氣對溫士頓太太說：「唉，泰勒小姐，如果妳沒有結婚，妳一定會在家陪我這老頭子的。」

「你放心吧，先生，」溫士頓先生連忙說，「泰勒小姐是由我帶走的，我會找人來代替她的，柯達太太好嗎？我立刻去通知她。」

「她來最好，我們很談得來。乖女兒，妳先寫張邀請函，讓人送去給柯達太太，另外還得給科鄂太太回信。妳要說我身體不好，不能應邀，要謝謝人家的好意，妳什麼事都做得好，我放心。還有，不要玩到太晚，吃點心時大概就會累了。」

「爸爸，你別擔心，我不會那麼快就累了。」

「艾瑪，那麼多人在聊天，鬧哄哄的，妳很快就會受不了。」

溫士頓先生說：「先生，如果艾瑪早早就離開，那多沒意思，她一走，大夥兒就要散場了。」

「好哇好哇！越早散越好啊。」

「你得替科鄂先生想一想，若艾瑪喝完茶就走，人家會以為主人招待不周。他們是好人家，不會擺架子，況且伍德小姐可不是普通人，先生，你不會讓科鄂家的人掃興吧！他們很好客，而且和你還是十年的老鄰居。」

「是啊，溫士頓先生，多虧你提醒我，如果讓他們心裡不痛快，我也過意不去。佩理醫生說，科鄂先生從不喝酒，不過他的脾氣不小。親愛的，妳就為難一點吧，多忍耐一下，晚點兒回來，別惹火了科鄂家的人。累一點兒沒關係，那裡的人都是朋友。」

「爸爸，我一點兒都不擔心，和溫士頓太太在一起，我什麼都不怕。倒是你，我擔心你會一直掛念我，有柯達太太陪你，我很放心，但我就怕她回去了，你還不肯去睡，那樣我就沒心思玩下去了，除非你答應我不等我。」

他答應了，可是又要求：如果回來時冷了，一定要多加件衣服；如果餓了，要吃點東西；佣人都要等她回來才能去休息。

26

法藍自倫敦理髮回來，臉上掛著自然且自在的笑容，完全沒有羞赧的樣子，也不在乎別人會有什麼想法，仍舊一副神氣活現。見過他後，艾瑪悟出一個道理：「一個人如果夠聰明，他做的荒唐事也就不顯得荒唐。一件事荒不荒唐，得看做的人是誰而定。」他不像奈特先生所說的，是個輕浮又沒大腦的人，因為他沒有浪蕩公子的洋洋得意，也沒有做了虧心事的尷尬模樣。他完全知道他要什麼，也明白自己在做什麼。

星期二要去科鄂家吃飯，艾瑪打算利用這個機會好好觀察他，看看他對自己的態度如何，同時還要試探在場的人覺得他倆在一起的看法如何。

艾瑪已經不用擔心父親的問題了，不但柯達太太來，連貝斯太太也來了。艾瑪趁她爸爸欣賞她那身漂亮的衣服時，幫兩位老太太倒酒，還夾了塊大蛋糕，讓她們先吃個飽，免得爸爸嘮叨這個不消化，那個也難下嚥，搞得老太太們什麼也不好意思吃。

到達科鄂家門口時，有一輛馬車在她之前，艾瑪一看，原來是奈特先生。他沒有養馬，仗著身強體健，到哪裡都是徒步行走，很少坐車，艾瑪為此說過他。而今他竟坐著馬車來，艾瑪趁他扶她下車時，高興地誇了他一句。

「這才像個上流人物的模樣。」

「謝謝，不過幸好我們同時到達，否則我們在裡面碰頭，妳一定不覺得我像個上流人物。以我的舉止，妳根本猜不出來我是走路還是坐車來的。」

「你錯了，我一定可以。你每次沒坐馬車就會裝出一副怡然自得，臉不紅氣不喘的樣子，怕人家笑你沒坐車來。今天可好了，不必裝模作樣，我很高興跟你一起走進去。」

「胡說八道的丫頭。」他笑著搖搖頭。

艾瑪不但滿意奈特先生，對今晚在場的人也都感到十分滿意，所有的人都捧她，歡迎她。後來溫士頓夫婦到了，他們的兒子更是積極熱情，時時陪伴在她身旁。

客人相當多，所以吃飯時很難找到大家都能說上幾句的話題。等談完了政治和愛爾敦先生，艾瑪只顧著與鄰座的法藍聊天，直到聽見遠處有人提到珍・斐爾時才分心。原來科鄂太太說她去貝斯家，看到一架很大，而且造型精美的古典鋼琴。

貝斯小姐說鋼琴是昨天才送到的，而且還是從名揚歐洲的布羅特公司運來的。起初珍一頭霧水，不知道是誰餽贈這樣貴重的禮物，她們猜想了半天，都一致認為是坎貝爾上校的心意。

「一定是這樣，」科鄂太太說，「雖然珍最近收過他們的信，但沒提到鋼琴的事。不過以他們良善的性格，可能是想讓珍驚喜。」

大家都同意科鄂太太的說法，除了坎貝爾上校，還會有誰對珍如此大方？科鄂太太見大家的注意力都集中在她身上，又說：

「珍彈了一手好鋼琴，可惜自己沒有琴，不能隨時彈個過癮。我昨天才對我先生說，看到客廳那架豪華大鋼琴我就臉紅，自己不會彈，幾個女兒還在初學階段，那架鋼琴活像是個裝飾品；而珍琴藝一流，歌聲美妙，可是連台老式的鋼琴也沒有，真是可惜。我先生說，雖然自家人不會彈琴，但若能邀請好鄰居偶爾來家裡彈彈，也是一件有意思的事，像今天，我們就希望伍德小姐能賞光，讓大夥兒都能飽飽耳福。」

艾瑪沒有吭聲，只微微地笑了一下，又把頭轉向法藍。

「你笑什麼？」

「嘿，那妳又笑什麼？」

「我笑坎貝爾上校真有錢，又很大方，這份禮物可真不小。」

「是啊。」

「他以前為什麼不送呢？」

「大概因為珍以前在這裡都沒有住很久吧。」

「還是他不希望珍用他們家的鋼琴？」

「不過這架也太大了，他不擔心貝斯太太家放不下嗎？」

「你少來了，從你的表情我就知道，你想的跟我想的一樣。」

「是嗎？我沒妳聰明。我笑是因為妳笑，妳猜到的事我才敢猜。妳想，若不是坎貝爾上校送的，那又是誰？」

「會是迪克生太太嗎？」

「嗯，有可能，她最了解珍的需要，而且做得那麼神秘，恐怕只有年輕女孩才會有興緻玩『猜猜看』的遊戲。大概是迪克生太太。」

「你再想想看，迪克生先生的可能性呢？」

「唔，也有可能，一定是迪克生先生和他太太一起送的。他很愛聽珍彈琴。」

「沒錯，你那天說的話證實了我的一個看法——我認為迪克生先生向坎貝爾小姐求婚後，又看上了珍，要不然就是知道她對他的情意。你想想，珍不和坎貝爾夫婦去愛爾蘭，而自願回海柏里，這就值得懷疑。說什麼呼吸家鄉空氣，如果是夏天還言之成理，可現在是二月，誰都想窩在家裡烤烤暖爐，吃個火鍋，尤其像她那樣身體不夠健康的人。」

「的確有可能，迪克生不愛聽未婚妻彈琴，反而愛聽珍彈，光是這一點就讓人覺得懷疑。」

「還有，他曾救過她一命。這件事你聽說了嗎？」

「我知道，當時我也在場。」

「噢，那你都沒看出什麼不對勁嗎？如果我也在場，一定能看出什麼蛛絲馬跡。」

談到此時，菜還沒全部送上來，他們只好按照規矩安靜地坐著，等到上滿了菜，大家才開動，並且繼續談話。

「這架鋼琴大有文章，我們拭目以待，不久後我們就會聽說那是迪克生夫婦的禮物了。」

「還是有可能是坎貝爾夫婦送的。」

「珍知道不是他們，否則她早就肯定說了，她是那種不說沒把握話的人。不管你信不信，我知道迪克生先生和鋼琴一定脫不了關係。」

「說來說去，妳的分析最有道理，我當然相信。而且我也相信，那架鋼琴應該就是愛情的見證物。」

話說至此，兩人對此事有了共識，互相交換會心的微笑後，就不再談論此事了。主菜吃完，又上了點心和水果，才算結束晚餐。

女賓陸續走進客廳，艾瑪留心注意海莉進來時的模樣。她雖然沒有大家閨秀的風範，但她的舉止活潑自然，毫不矯情。但更讓艾瑪欣慰的是，雖然情場失意，她仍是開朗快樂，即使背地裡不知道流了多少淚水，她顯現出的美麗大方仍是吸引眾人目光；相較之下珍就消極多了。艾瑪心想，說不定珍願意和海莉結交，如果珍知道海莉愛上高不可攀的愛爾敦先生，也許她會毫不遲疑用好友丈夫愛上她的祕密作為交換。

客人很多，艾瑪不急著與珍打招呼，況且她自忖已知鋼琴內幕，更不需要去假裝好奇或關心。但是過沒多久，這個話題再度被提起，而珍每每被祝賀時，都漲紅著臉說「真不敢當，是坎貝爾上校送的」時，艾瑪更加肯定這是心中有愧的表情。

溫士頓太太最喜愛音樂，也對這件事很關心，她不停地尋問珍鍵盤如何，踏板好不好，完全沒注意到珍臉上尷尬的神情，艾瑪在一旁暗自偷笑。

過了一會兒，男賓三三兩兩走進大廳，法藍第一個衝進來，他先向貝斯小姐和珍問好，接著走向艾瑪，一直待在她身旁。在場的人都有目共睹，艾瑪心中有些得意，但沒有顯現出來。

艾瑪與法藍同時瞄過珍一眼就相視而笑，他告訴艾瑪方才在餐廳裡男士們討論的話題，不是教區就是農地，他早就想溜出來，不過他誇讚在場男士們的風度和見識，海柏里是個很多好人的地方。他的話讓艾瑪有些臉紅，因為向來她不太看得起這裡的人。

「時間過得真快，明天我來這裡就滿一個星期了，好像還有很多人和事我都不知道，也還有很多地方沒去玩過，真是的！」

「還有人要花一整天的功夫去理髮呢，現在後悔了吧！」艾瑪嘲諷地說。

「那件事倒是值得的，如果灰頭土臉來見朋友，那多沒禮貌。」他笑笑回答。

這時科鄂先生過來和艾瑪聊天，等他一走，艾瑪回頭想與法藍繼續交談，不料卻看到他正痴痴地望著坐在牆邊的珍。

「喂，你在看什麼？」

他嚇了一跳。「妳看珍的髮型是不是很怪，尤其那撮鬈髮，真是怪到極點，我要過去問問她是不是愛爾蘭式髮型，真是太怪了，妳等著看她的表情，看她會不會臉紅。」

他立刻向前去和珍說話，可是他太粗心了，剛好擋住艾瑪的視線，她什麼也看不到。

法藍還沒轉身，溫士頓太太坐到艾瑪旁邊的椅子上。

「今晚人還真多，想見的人，想說的話，隨時可見可談。艾瑪，今晚我和妳一樣，努力觀察，用心思考，有件事非得告訴妳不可，妳猜猜貝斯小姐和她外甥女怎麼來的？」

「那還用說，是被邀請來的。」

「哎，那當然，我是說是走路還是坐車來。」

「一定是走路來的，不然還有什麼方法？」

「那可不一定，妳聽我說，剛才我在想，到了深夜讓珍這樣的身子自己走路回去，她一定會受不了。我仔細留意，她的氣色雖然比平常紅潤，但卻熱成那樣，出去一吹風準會著涼。我去問溫士頓先生，馬車可不可以先送她們回去，他很爽快答應了，妳知道，我說的話，他都會聽的。我立刻走到貝斯小姐面前，告訴她不用擔心回家的問題。妳一定以為她會感動得五體投地，但她說：『我們真是太幸運了！』然後說了一大堆感謝的話，又說：『不用麻煩妳們了，奈特先生的馬車接我們來，也會送我們回去。』我真是又驚又喜。好個奈特先生！在場沒有一個男士有他的細心體貼，我猜他今天用馬車其實是為了她們，如果只有他自己，用不著駕著兩匹馬。』

「會做這種事的，大概只有他了，他真的是樂於助人，事事想得周到，不會在表面上大獻殷勤，私底下卻什麼都安排妥當。不過他口風還真緊，今天我們同時到達，我還揶揄了他一頓。」

「哼！」溫士頓太太笑著道，「我可不相信他完全是一片善心，沒有別的企圖。貝斯小姐的話讓我起了疑心，而且愈看愈有意思，妳不覺得奈特先生對珍一直格外關心嗎？他大概對她有意思。怎麼樣，讓我也來學學妳當個紅娘吧！」

「他會看上珍？」艾瑪覺得有些呼吸困難。「不可能的，絕對不行，奈特先生不會結婚，也不能結婚，他的那些家產是屬於小亨利的，我絕不答應他結婚，一定不可能的。」

「哎呀，艾瑪，我也不希望小亨利吃虧。可是事實擺在眼前，如果奈特先生決心要結婚，總不能讓小亨利拖累他，一個才六歲的孩子什麼也不懂。」

「不行，太荒謬了，要結婚，而且還是娶珍•斐爾，打死我都沒想過。」

「那不代表不可能，妳也知道，他一向欣賞珍。」

「可是談到結婚就太離譜了。」

「我們不討論離不離譜，只談可不可能。」

「我覺得還是不可能，他只是好心讓她們搭便車，不表示他愛上她了，況且他對貝斯太太和貝斯小姐也很好，總不會說他也想娶她們吧！妳別亂牽紅線，珍要成為奈特家的女主人，哼，我絕對會阻止他幹出這種瘋狂的事。」

「用『瘋狂』這兩個字太強烈了，他們兩人只是財產懸殊，年齡不大相稱，其他也挺適合的。」

「可是他不想結婚，我知道他想都沒想過。他為什麼要結婚，一個人自由自在，又快活，他弟弟的幾個孩子，他寶貝得像什麼樣，以還後有小亨利繼承他的產業，他為什麼要結婚。」

「艾瑪，妳別忘了他是個男人，他如果真的愛上珍……」

「不可能！他怎麼可能會看上她，還和她談戀愛，不可能，不可能的。」艾瑪有些激動。

「好吧，也許真如妳說不可能。」

「他們如果結婚，是珍佔了便宜，他則要倒大楣了。有貝斯小姐這樣的親戚準會把人逼瘋，她一定每天跑去奈特府，千般感激他娶了珍：『你真是大好人，大恩大德我們都報答不完。』然後，下一句不知道扯到哪裡，可能是她媽媽的舊裙子，『那條裙子不太舊，還可以穿好幾年，真是感謝你，太好了，我們家的裙子沒有一條不耐穿！』」

「艾瑪，別取笑她了，做人要厚道。我認為奈特先生不會計較貝斯小姐的個性，他不是小心眼的人。問題不是他會嫌棄她的親戚，而是他願不願意。妳也知道他對珍的評價頗高，我相信他會願意娶她，他常常很感慨地提起她，擔心她身體不好，運氣不好，還常誇她歌喉好，琴藝佳，他還曾經說過百聽不厭。而且我還懷疑那架鋼琴就是他送的，只有他有可能那麼大方。」

「不可能，我覺得奈特先生不屑做那種偷偷摸摸的事。」

「我聽他提過很多次，同情珍沒有一架鋼琴，因為他說了許多次，所以我才懷疑他。」

「不一定，他如果要送她，一定會先告知的。」

「我猜是他，科鄂太太提到這件事時，只有他一個人悶不吭聲。」溫士頓太太斬釘截鐵地表示。

「溫士頓太太，我還是看不出他們有戀愛跡象，鋼琴也不會是他送的，除非他親口說，否則妳說服不了我的。」

她們又辯論了一陣子，最後像往常一樣，艾瑪占上風，溫士頓太太讓步。此時科鄂先生過來請艾瑪彈琴獻唱，法藍也跑來敲敲邊鼓，艾瑪正是求之不得，客套一下就歡歡喜喜答應了。

她自知才能有限，只表演最拿手而大家也熟悉的曲子能跟著唱和一番。當她唱的時候，有人用二部音輕輕地，十分精準地跟著，令她驚喜的是，那人竟是法藍。一曲結束，全場熱烈安可，他倆看在人家眼裡成了標準的「金童玉女」。他們又一起唱了一遍，同樣贏得滿堂喝采。然後艾瑪主動讓位給珍，她心中坦承：無論彈或唱，珍都略勝她一籌。

鋼琴邊圍了許多人，艾瑪坐在遠遠的地方聽著，心中五味雜陳。法藍又幫珍和音，他們以前似乎合唱過，默契十足。一瞥眼間，艾瑪發現奈特先生聽得非常入迷，她立刻心慌意亂了。如果溫士頓太太的推論是真的，她非得加以阻止不可。奈特先生娶珍，所有的人都要大失所望，他弟弟約翰會覺得可嘆，依莎也是，幾乎孩子們在金錢上也要大大損失了。她父親少了一個好伙伴，而她自己呢？想到珍要成為奈特太太，她就油燃升起一股護衛的衝動，不光是為了門第主見，還有一些她莫名的失落感。

奈特先生見艾瑪在發楞，便過來坐在她身邊。他大大誇獎那兩人的表演，本來她有些不以為然，後來想起溫士頓太太的話，便決定試探他。她先提起他用馬車接貝斯太太和珍的事，他不願多談，她了解這是他為善不欲人知的脾氣。

「我常覺得慚愧，你知道，這種場合我不敢把馬車借給人家。並不是我不樂意，而是我爸爸說什麼也不放心。」

「他的確是不會答應，不過我相信妳心裡一定很願意幫助別人。」他笑得很坦率，艾瑪覺得可以再進一步詢問。

「坎貝爾夫婦送這架鋼琴可不容易呀。」

「是啊，」他回答時沒露半點窘相。「不過事先說明會更好，免得收禮的人不知所措。坎貝爾上校這點沒處理妥當。」

聽他說完，艾瑪鬆了一口氣，他為人正直坦蕩，不會偷偷送禮，看來溫士頓太太猜錯了。但她心中仍有許多疑點：他對珍有特殊感情嗎？有偏愛嗎？

此時珍快唱完第二首，聲音也不那麼清脆高亢了。

「可以了，」奈特先生自言自語，「今晚妳唱夠了，別再唱了。」

有人嚷著再唱一曲，只聽到法藍說：「這一首妳還可以唱，第一部分不難，只有第二部分難唱了一點。」

奈特先生生氣了，他怒氣沖沖地說：「這傢伙只顧賣弄歌喉，完全不知道照顧珍的嗓子。」他走向貝斯小姐，碰碰她的手肘：「貝斯小姐，再唱下去珍的嗓子可要啞了，妳還不快去帶她離開，別人是不會體貼她的。」

貝斯小姐嚇得亂了手腳，顧不得道謝，就匆匆將珍給帶離鋼琴邊。晚上的音樂節目只好結束。過沒多久，有人提議跳舞，科鄂夫婦立刻響應。大夥兒七手八腳把家具挪到一邊，騰出一大片空地，溫士頓太太坐下彈了一支華爾滋舞曲，現場氣氛一下子就被帶動了。

法藍風度翩翩地走向艾瑪，艾瑪嫣然一笑，伸出她的手。他們在等其他年輕人找舞伴時，法藍趁機吹捧艾瑪的嗓音和琴技，但她卻無心於此。只見她四處張望，努力找尋奈特先生的下落，因為他不愛跳舞，如果他去邀請珍跳舞的話，那就是不祥之兆了。幸好他與科鄂太太在聊天，當珍被別人邀請時，他仍笑咪咪地和科鄂太太說話。

艾瑪馬上轉憂為喜，興致勃勃地與舞伴旋轉著，相較於其他四對，他們顯得既登對又合適，配合得天衣無縫，吸引在場所有人的目光。

跳過兩支舞曲後，貝斯小姐惦著她媽媽，急著要散場，大夥兒只好依依不捨地告別今晚愉快的宴會。

27

對於屈尊前往科鄂家作客，艾瑪並不後悔，第二天回想起時，她仍有些喜孜孜，即使打破了貴賤不相親的習慣，但風靡全場的快意，使她覺得一切都值得了。

她的出現使科鄂夫婦面子十足，而現場賓客對她也都留下了鮮明美好的印象。

唯一的美中不足，是艾瑪自忖有些不安。第一是她向法藍吐露對珍的懷疑，這麼做似乎背叛了女人對女人應有的責任。但實在是太多疑點了，讓她沈不住氣，況且法藍看來完全佩服她的分析論點，害她想閉嘴也難。

另外一件事也和珍有關，她深深懊惱彈唱都不如人，生氣自己平時懶惰，從不肯用心苦練，所以今天特別下功夫練了一個半小時。

直到海莉來了，艾瑪才中斷練習，兩人的話題不離昨晚的宴會。

「妳和斐爾小姐的琴藝都很棒，可惜我都不會。」

「海莉，別把我們相提並論，我和她比起來，就像螢火蟲遇到日光一樣，相形見絀。」

「不，我覺得妳彈得比較好，昨晚大家都誇妳呢。」

「內行人就分得出高下。唉，說實在的，我彈得算不錯了，但珍又比我強。」

「我還是喜歡聽妳彈，科鄂先生說妳彈得很有感情，法藍先生也說妳的琴聲充滿生氣，他說感情比技巧重要。」

「嗯，珍的感情和技巧都俱備了。」

「是嗎?我知道她很有技巧，但感情?沒聽人提起過。義大利的歌曲我聽不懂，也不愛聽。而且，她若真有妳說的那麼好，也是應該的，因為她以後要當教師，高克思家的女兒就說她不一定能去大戶人家。對了，妳覺得高克思家的女兒如何?」

「庸脂俗粉，平凡得很。」

「她們告訴我一件事。」海莉頓了頓，十分猶豫的樣子。「不過，不是什麼要緊的事。」

艾瑪撼動了一下，擔心又是「愛爾敦事件」後遺症，不得不問到底說了什麼。

「她們說馬丁先生上星期六去她們家吃飯。」

「嗯。」

「他有事去拜訪高克思先生，就留他吃晚飯。」

「然後呢?」

「她們兩姊妹談他談得好起勁，尤其是安妮，她還問我今年暑假還要去馬丁先生家玩嗎?我不懂這是什麼意思。」

「她太沒禮貌了，多管閒事，無聊透頂。」

「她說那天吃飯時他就坐她旁邊，她很欣賞他。娜斯小姐說高克思家的兩個女兒都願意嫁給他。」

「有可能，海柏里沒出嫁的女孩中，就屬她們最沒格調。」

海莉想去福特商店買東西，艾瑪怕她遇到馬丁家的人，她現在正三心二意，一定要看牢她，所以艾瑪決定陪她去。

海莉買東西最沒有主見，別人說什麼她就喜歡什麼，所以艾瑪走到門邊看街景，讓她慢慢挑選。像艾瑪這般開朗和悠閒的人，不一定要什麼新奇有趣的事，就是很平常的東西也能讓她開心。就像兩隻爭著骨頭的野狗，一個手提滿袋食物的老太太從商店門口走出，或是一群小朋友盯著麵包店櫥窗裡的薑餅，艾瑪都覺得很有意思。

她向溫士頓家的路上望去，看到溫士頓太太和法藍正往這走來。他們遠遠便看見艾瑪，立刻快步走向她。由於昨晚玩得痛快，三人見面格外開心。溫士頓太太說他們要去貝斯家拜訪，要聽聽新鋼琴的音色。

「法藍提醒我答應貝斯小姐今天要來，我自己都不記得約了今天，不過他既然說了，我就來了。」

法藍對艾瑪說：「我媽要去拜訪人家，妳要回去了嗎？還是我跟妳一起回去，到妳家等我媽來。」

溫士頓太太很失望地說：「我以為你想跟我一起去，她們會很高興你跟我一起出現。」

「我，會嗎？我去了好像有些礙手礙腳的。」

「我陪海莉來買東西，買完就會回家。我看你最好陪溫士頓太太一起去吧！」

「好吧，就聽妳的。不過那架鋼琴的音色如果不好，我可不會像我親愛的母親大人一樣，不好的事被她一說也變成好的，我最不擅長敷衍了。」

「你算了吧，」艾瑪笑道。「只怕你說的話會甜死人呢！況且那架鋼琴應該很棒才對。」

溫士頓太太也說：「走吧，不會花太多時間，我們待會兒再上艾瑪家。你一起去，人家會很歡迎，再說，本來我以為你很想去的。」

這下他無法再推辭，只好跟著溫士頓太太一起走進貝斯家。艾瑪目送他們離去，然後走進商店尋找海莉。她正在一片布海中猶豫不決。艾瑪勸她：要買素色布就別費心看花色布，衣服上若是黃花，藍色衣帶再漂亮也不搭配。最後，海莉幾乎是在艾瑪決定下買了她喜歡的東西，然後討論東西要送去哪裡。

「嗯，送去柯達太太家好了。不過我的裁衣圖在伍德家，唉，算了，妳幫我送去伍德家。等一等，柯達太太說她想先看布料，怎樣辦？可是衣帶馬上要用，還是送去伍德家。啊，福特太太，麻煩妳分兩包，好嗎？」

「海莉，別麻煩福特太太分兩包了。」

「喔，那算了。」

「小姐，一點兒也不麻煩。」

「哦，還是一包好了，請妳送去柯達太太家好了，唉，不行，伍德小姐，妳幫幫我吧！」

「海莉，妳別三心二意了，福特太太，請送去我家。」

「好，這樣最好，」海莉滿意地說，「其實我也不想送去柯達太太家。」

這時商店外有人邊說邊走進來，原來是溫士頓太太和貝斯小姐。

「啊！親愛的伍德小姐，請妳一定要來我家坐坐，聽聽新鋼琴，請妳和海莉小姐一起賞光。我怕請不動二位，所以邀溫士頓太太陪我一起來。」

「我想貝斯太太和珍……」

「喔，她們很好，謝謝。我媽媽身體很好，珍昨晚也沒著涼。溫士頓太太告訴我妳在這裡，我馬上說要請妳來坐坐，法藍說：『對，快去找艾瑪，她對鋼琴很內行。』我就請溫士頓太太陪我來，妳一定想不到，法藍在幫我媽媽的眼鏡裝螺絲釘，他真熱心。我媽媽沒老花眼鏡，什麼事都不能做，我又忙，根本沒時間送去店裡修理。我那寶貝珍什麼都不想吃，每次我媽媽問起，我都得敷衍一下。珍非要到中午肚子餓了，才吃烤蘋果。這東西對身體好，我前天在街上碰到佩理醫生，其實他不說我也知道，伍德先生就常說吃烤蘋果對身體有益了，而我媽媽最愛吃蘋果湯圓了。溫士頓太太還是您面子大，她們兩位會賞光的。」

臨出店門時，貝斯太太又說：「妳好，福特太太，不好意思，剛才沒看到妳。聽說妳剛從倫敦運回一批新款式的衣帶，珍昨天回去很高興呢！謝謝妳。」

走到街上，她又開口：「我剛才說到哪兒？」

那些東說西扯的話題，聽得人都頭昏了，沒有半個人知道她到底是指哪一件事。

「我怎麼想不起來說到哪兒？——哦，我媽媽的眼鏡，法藍真是個優秀的年輕人，他說：『裝個螺絲釘沒問題，我非常樂意效勞。』溫士頓太太您有個好兒子，真有福氣。我又從櫥子裡拿出烤蘋果請大家吃，他還說從沒見過比這還漂亮的，哎，真會說話。那些蘋果都是唐威爾農莊的，奈特先生真是個好人，每年都差人送一袋蘋果來。我媽媽說她年輕時那果園就已經遠近馳名了。那天早上，奈特先生來，我們就聊起珍愛吃烤蘋果，他問我們還有沒有，他說：『妳們一定沒有了，我再叫人送一些來，今年蘋果多得很，放到爛掉可惜。』我說不用，其實我們大概只剩五、六顆，都是留給珍的。他走後，珍還差點和我吵起來，也不能說吵啦，珍那女孩，是不會和人吵架的，她只是埋怨我不對他說我們還有很多，唉，奈特先生是太好人，他最了解了。當天晚上，威廉就載了一大簍的上等蘋果來了。他告訴我們家佣人派蒂，奈特先生要他把所有蘋果送來，一個也沒留。他還說真怕管家霍吉斯太太知道，她要是知道今年春天沒有辦法做半個蘋果派，肯定會大發脾氣。派蒂告訴我的時候，我還真是大吃一驚，本來不想讓珍知道，可是不小心說溜了嘴，唉……」

28

說話之際，他們走進貝斯家小小的客廳。裡面鴉雀無聲，貝斯太太坐在爐火邊打瞌睡，法藍坐在桌子邊修理眼鏡，而珍則背著他們，望著鋼琴發楞。

法藍一見到艾瑪，立刻眉開眼笑，輕聲說：「比我估計早來十分鐘，妳來看看，我到底能不能把它修好。」

「還沒修好嗎？」溫士頓太太笑著說。「如果你是個銀匠，做事慢吞吞的，只怕早就餓死了。」

「我的工作不止修眼鏡。剛才斐爾小姐說鋼琴不穩，所以我在鋼琴底墊了厚紙片，現在才好多了。」

法藍找了個藉口要艾瑪坐在他旁邊，還精心替她挑了一個烤蘋果，珍到此時才坐下準備彈琴。

珍並沒有立刻坐下，可能是心中百感交集，情緒一時無法平靜。艾瑪十分同情她的苦楚，決定不再向法藍提出「鋼琴可能是迪克生送的」之類的話題。

珍開始彈了，雖然前幾個小節彈得很輕，但沒多久，鋼琴的性能完全發揮，艾瑪和溫士頓太太衷心讚美珍的琴技和鋼琴的優越性。

法藍笑著說：「不知道坎貝爾上校是請誰挑選的，這架鋼琴真是極品。我知道他最講究黑鍵的音色要柔和，看來選琴的人眼光很獨特！是不是，珍？」

珍沒有回頭。

艾瑪低聲說：「喂，你別瞎攪和了，我是亂猜的，不要出言不遜刺傷了她。」

他笑著搖搖頭，又說：

「妳在愛爾蘭的朋友一定很替妳高興，他們不但常常掛念妳，還惦記著鋼琴送到沒，好不好用，妳想是坎貝爾上校親自安排的嗎？」

她不能再裝聾作啞，只得回答：「我得要上校來信才能回答你的問題。」

此時他已修好貝斯太太的眼鏡，為了躲避貝斯小姐不勝其煩的感謝，法藍走到鋼琴邊，請珍再彈一曲。

她照做了。

「好美，我記得這支曲子妳在溫墨市跳舞時彈過。」

她抬頭望了他一眼，滿臉通紅，又低頭彈了幾首小調。他拿起幾本樂譜，轉身對艾瑪說：

「這一套是新出版的愛爾蘭歌謠，一定是和鋼琴一起送來的。坎貝爾上校真是有心人，知道珍在這裡買不到樂譜。這份情意完全是發自內心，才能設想得這麼週到，我想這要真有感情的人才做得到。」

艾瑪心中一面埋怨他說話太露骨，另一面又情不自禁覺得有趣。

她瞥見珍的反應，只見她雙頰緋紅，一抹會心的笑還掛在嘴邊。艾瑪心中更篤定猜測沒錯，這位性格溫順、嚴肅端莊、才華洋溢的珍，的確有些不可告人的祕密。

法藍把樂譜攤在艾瑪面前，兩人一起看著，艾瑪推推他說：「你幹嘛把話說得那麼白，她一定明白你的意思了。」

「有關係嗎？是她先做了虧心事，才會有那些奇怪的動作和表情。」

「我覺得這樣不太好，還不如沒猜到她的祕密。」

過一會兒，貝斯小姐走近窗前，望見奈特先生正騎馬經過。

「哎呀，是奈特先生，我一定要好好謝謝他。我還是別開客廳的窗戶了，省得你們幾位吹風受涼。我去隔壁小房間，要是他知道你們在這裡，肯定也會進來坐坐。」

她和奈特先生的對話既大聲又清楚，彷彿就像同處一室。

「奈特先生，你好，太謝謝您了，昨晚多虧你的馬車。請進來坐，我家還有幾位朋友呢。」

奈特先生似乎有意讓人聽見他的話，放大嗓門說：「貝斯小姐，你外甥女好嗎，昨晚沒著涼吧？」

溫士頓太太意味深長地看了艾瑪一眼，艾瑪卻搖搖頭，表示不苟同。

「謝謝你讓我們坐你的馬車。」貝斯小姐又說了一遍。

他立刻打斷她的話：「我要去京斯度，妳有什麼事需要幫忙的嗎？」

「哇，京斯度！前些日子科鄂太太說她想託人從京斯度買東西回來。」

「科鄂太太會叫佣人去的，妳呢？」

「沒有，請進來坐，伍德小姐和海莉・史密斯小姐都在，她們來聽珍的新鋼琴。你可以將馬繫在客朗旅社，請進。」

「好吧，」他頓了頓。「只能坐五分鐘。」

「溫士頓太太和她兒子也在，可熱鬧了。」

「喔，謝謝妳，我看我還得趕路，改天再去拜訪。」

「那太可惜了，你昨晚很開心吧，尤其是跳舞，艾瑪和法藍這一對跳得最好看。」

「是啊，不過妳外甥女也很會跳。」

「對，哦，奈特先生，有一件事情——我和珍都很驚訝你送來的那些蘋果。」

「怎麼了？」

「你怎麼把所有的蘋果都給了我們？我們真是太——唉，霍吉斯太太一定會生氣的，你不需要這樣——奈特先生，唉，他從不讓人謝他，說走就走。」她回到客廳。「我留不住他，他說要去京斯度辦事。」

「我們都聽到了。」珍說。

「奈特先生真是太好人，伍德小姐，妳要走了？妳才待一會兒而已。」

艾瑪覺得已經出門很久了，該回去陪陪爸爸。溫士頓太太和法藍也起身告辭，他們送艾瑪和海莉走到伍德家大門，然後才回家。

29

一個從不跳舞的人，是不能理解跳舞快速旋轉時身體及精神上解放的快感，一旦略有領受其中樂趣，就會像吸毒者般，忍不住要再三品嚐。

法藍和艾瑪又想跳舞了。有一天晚上，伍德先生順著女兒的意思到溫士頓家作客，兩個年輕人一直興奮地計畫想辦個舞會。艾瑪比較冷靜，而且講究氣氛，但為了讓眾人再度欣賞伍德・艾瑪小姐和法藍．邱契爾先生的翩翩舞姿，也為了和珍互別苗頭，她願意儘量從簡，不講究排場。她幫忙在溫士頓先生的客廳裡量面積，計算能容納多少人跳舞。

法藍建議上回去科鄂先生家的人都應該再度被邀請，溫士頓先生馬上表示贊同，溫士頓太太也答應大家要跳多久，她就彈舞曲多久。

「妳、史密斯小姐、斐爾小姐，加上高克思家二位小姐，共五位。吉伯特家兩位男生，小高克思，爸爸，我，和奈特先生，行了，共五對，地方還夠寬。」

「是嗎？我覺得不夠寬。」

「什麼？一個舞會只有五對，太沒意思了。」

大家七嘴八舌，又說吉伯特太太和吉伯特小姐也應該邀請，聽說她們愛跳舞，溫士頓先生最後說有個遠房親戚也非邀請不可，還有一位老朋友也不能遺漏。如此一來，至少有了十對，這下子意見更多了。

「我們不需要太計較，我想十對在這房裡也綽綽有餘了。」法藍說。

艾瑪立即反對：「不行，太擠了，這樣跳很彆扭，不自在。」

第二天中午，法藍興奮地跑來找艾瑪，原來想到新法子了。

「嘿，」他笑嘻嘻地。「我爸爸想到一個主意，只要妳認為可以就照辦。我們的舞會不在家裡舉行，在『客朗旅社』，怎麼樣？一開場的兩支舞還願意跟我一起跳吧？」

「客朗旅社?!」

「沒錯，只要妳和伍德先生不反對，我爸媽就打算邀請朋友們去那裡了。妳昨天的話很有道理，那個客廳擠十對的確太小了，我同意妳的看法。昨天一心只想著要跳舞，腦袋被沖昏了，什麼理由都找，就是不肯認輸。不過現在都解決了，妳覺得如何？」

「只要溫士頓夫婦不反對，我就舉雙手贊成。我一定會去參加的，爸爸，你說是不是？」

為了讓她爸爸明白，艾瑪又費了一番唇舌解釋，還得說個好幾遍。

「不好，比原來的主意還差。旅館房間潮濕，又不通風，你們在裡面跳舞會生病的。如果要跳，還是在溫士頓家比較好。我一輩子沒去過客朗旅社，裡面一個人也不認識。唉，這個點子不好，差勁。去那裡跳舞，你們全都會著涼。」

「先生，在客朗旅社比在我家還好，保證不會著涼，也許只有佩理醫生不贊成換。」

伍德先生有些動怒，說：「佩理醫生不是那種人，他最關心我們每一個人。我就不懂，為什麼客朗旅社比你爸爸那裡好？」

「先生，因為那裡空間大，我們一整晚都不用開窗。您知道人要是在發熱流汗時，把窗子打開，吹了冷風才會感冒。」

「開窗？法藍，在溫士頓家不會有人要開窗的，誰會那麼笨，打開窗戶跳舞，你爸媽絕不會允許。」

「那當然的，可是就怕有些年輕人不知輕重，溜到窗簾後打開窗戶，大家都還不知道，我以前就常常遇到這種事。」

「真的？我想都沒想過這個問題。唉，我平常很少出門，所以少見多怪，這個問題還得好好研究——不過要慎重，不能隨便決定。我看還是請你父母哪天早上過來一趟，我們得仔細談談。」

「可是，先生，我在這裡的時間有限，我……」

艾瑪打斷他的話：「不管什麼事，都應該好好研究再去做。不過，爸爸，如果舞會在客朗旅社舉行，馬跑起來就方便了，那裡離我們家的馬廄很近。」

「說得對，近有近的好處，我們是該好好愛護馬。只是不知道那房間透不透氣？斯托克太太可靠嗎？我不認識她，也沒見過面。」

「這您別擔心，溫士頓太太會料理一切。」

「爸爸，這下你可以放心了。溫士頓太太心思最細膩了，用不著擔心。好多年前我得了麻疹，佩理醫生的話你還記得吧？他說：『只要有泰勒小姐照顧，艾瑪一定沒問題。』是不是？你每次誇她時都提這件事。」

「沒錯，沒錯，佩理說過的話，我都不會忘。妳那時還小，症狀又不輕，幸好佩理醫術高明，每天來四次，連續來一個星期，多虧了泰勒小姐。如果依莎的小寶貝得了麻疹，也該請佩理看才好。」

法藍趁他心思轉到別處，連忙對艾瑪說：「我爸媽正在客朗旅社看場地，他們希望妳能跟我去一趟，幫忙出個主意，這樣他們比較放心。」

伍德先生同意艾瑪去，但說這事他還得多加考慮。兩個年輕人立刻出發。溫士頓夫婦見到艾瑪，十分欣喜，因為兩人意見不同，正爭辯不下。

溫士頓太太說：「艾瑪，我沒想到這壁紙糊得那麼差，妳看，牆腳邊都脫落了，而且地板也發黃，需要大大整修。」

「老婆，別太挑剔了。」溫士頓先生說。「在燭光下什麼也看不出來，我們俱樂部在聚會時，從來也沒人嫌過那裡髒。」

兩個女人一聽，互使眼色，心想：男人從來不知道什麼叫做髒；而兩個男人也在心中嘀咕：女人就是愛挑剔，囉唆死了。

此外，還有一個大麻煩：這裡沒有飯廳。當初在建造舞廳時沒有考慮吃飯的問題，只有一間打牌的小房間。他們四人都覺得在裡面吃飯實在太小了，另一個大一點的房間在屋子的另一頭，要經過一條長長的走廊。溫士頓太太擔心年輕人會受不了走廊的冷風，艾瑪和溫士頓父子則想到擠在一起吃飯很掃興。

溫士頓太太提議不請吃飯，就在小房間裡準備一些三明治和甜點，可是另外三人反對，覺得私人舞會如此寒酸，會笑掉人家大牙。最後，她說：「其實這房間也沒那麼小，我們的客人也不算多。」

這時，溫士頓先生由走廊的這頭走過去，大聲喊道：「喂，我覺得這走廊還不算太長，而且樓梯口也沒有風。」

「這樣好了，只要有人能想出使大家滿意的辦法，我們就依誰。」艾瑪建議。

法藍大聲說：「有道理，我們可以請鄰居們幫忙出主意。科鄂夫婦行嗎？還是貝斯小姐？我覺得她滿能了解大眾心理，怎麼樣，要我去請嗎？」

「嗯，你認為她行就行。」溫士頓太太不置可否。

「不行，」艾瑪說。「她會很樂意來，可是她只會說一堆無關緊要的事，完全講不到主題，請她也是白請。」

「她這人有意思，我喜歡聽她說話，去請她吧。」溫士頓先生說。「法藍，要記得請兩個人。」

「爸，兩個人？那老太太……」

「老太太?!傻兒子，請老太太來幹嘛，當然是貝斯小姐和那漂亮外甥女。」

「是，遵命，我一定不負眾望。」他調皮地眨著眼跑掉了。

溫士頓太太趁機再好好研究一下環境，她在舞廳和餐廳間來回走了幾次，發現問題沒她想得嚴重。那走廊不算長，也沒有冷風會灌進來，所以這遭難題算是解決了。至於其他細節，像桌椅擺設、燈光和音樂的安排，晚餐及茶點的準備，就留給溫士頓太太和斯托克太太商量。

貝斯小姐來後表示完全贊同，她的話說得面面俱到，熱情而冗長，讓主人既高興又放心。臨分手前，艾瑪答應當這次舞會的主角，並且與法藍先跳首兩支舞。她聽見溫士頓先生小聲地對他太太說：「老婆，他已經邀請她了，她也答應了，我就知道會有好結果的。」

30

對於這次舞會艾瑪唯一沒有把握的，就是日期沒能定在法藍停留的兩週內。雖然溫士頓先生有十足的信心，但她仍擔心法藍的舅舅、舅媽不肯放人，而舞會的準備工作還要好多天，因此她一直不敢抱太大希望，以免失望更大。

不久，從英士庫的信來了，雖然他們不太願意法藍逾期停留，但還是答應了他的請求，允許他晚三天回去。艾瑪煩完了此事，又有新的苦惱：奈特先生對舞會根本提不起勁。也許是因為之前未與他商量，總之，他已抱定旁觀的立場，也不打算好好玩一頓。

艾瑪主動告訴他舞會的籌備情形，他卻回答：「溫士頓家花這番人力物力，就為了幾小時的熱鬧，他們認為值得就好，我不予置評。當然，我是非去不可，但做這種勞民傷財的事，老實說，我寧可待在家裡翻翻威廉這一星期的帳本。看跳舞有什麼意思！有人自以為跳得好，就好像很了不起一樣，旁觀者可不一定苟同。」

艾瑪覺得他的話帶刺，像是針對她說的，非常生氣。

更慘的是，艾瑪高興不到兩天，也來不及和奈特先生爭辯，邱契爾先生捎來了一封電報，要法藍即刻回去，他舅媽病重，需要法藍照顧。來信表示，前兩天寫信時，邱契爾太太的身體就已微恙，但她不願造成別人的困擾，所以就隻字未提了；不料如今病重，已非同小可，只得催法藍回英士庫。

溫士頓太太立刻寫了張紙條，派人告知艾瑪：法藍在幾小時內啟程，早餐後他會去海柏里和幾位好友告別。

這個消息讓艾瑪食不下嚥。

她讀了一遍又一遍，不敢相信美夢竟成泡影，所有人的快樂全被那封信給抹殺了。她唯一安慰的一句話是：「我早就預料到會這樣了。」

伍德先生談不上失望。他只關心邱契爾太太的病情和診療情況。至於舞會，雖然讓寶貝小女兒失望不太好，但父女倆都待在家裡，不啻是平安多了。

艾瑪沒等多久，法藍就到了。

他愁容滿面和無精打采的模樣，讓艾瑪覺得可憐。他呆坐了幾分鐘，才說：「離別是令人最傷心的事。」

「你還會再來的，海柏里歡迎你。」

「唉，」他搖搖頭。「很難說了，我會全力爭取，可是，世事難料。」

「我們計畫半天的舞會也泡湯了。」

「舞會為什麼要等到萬事俱備才開？真是嘔死人了，應該及時行樂。妳早就說過這種話，只是沒想到這麼靈驗。」

「這種事靈驗才不好，我只想快快樂樂地玩，不想當個有先知先覺的人。」

「如果我能再回來，爸爸答應我非舉辦個舞會不可，妳別忘了答應我的事。」

艾瑪愛戀地看了他一眼。

「這兩個星期真難忘，一天比一天快活，我真羨慕住在海柏里的人。」

艾瑪笑道：「是嗎？你把這裡說得那麼好，那我問你，當初你是不想來還是不能來？我猜，你本來以為海柏里這個鄉下地方，沒什麼意思，不然你早來了。」

他羞赧地笑了，連忙否認有此想法。艾瑪卻從他的笑容中，肯定了這個事實。

「我爸爸辦好事，會來這裡和我會合，我就要離開了。」

「不抽空去看看珍和貝斯小姐嗎？貝斯小姐見識廣，一定會提供不少好點子給你。」

「我去過了，來這裡之前就經過，我想還是去告別一下。本來只想停留三分鐘，可是貝斯小姐不在，我只好等她回來了。她這樣的人，或許會惹人嫌，但別人不會瞧不起她。我……」他欲言又止，起身走向窗口。

「艾瑪，也許妳已經開始懷疑，我——」

他定定地望著她，期待她說些什麼。而艾瑪怦然心跳，她知道法藍想說出一件可能會破壞他們目前關係的事，她不想太早發生，也不願傷他的心，就很鎮定地說：「你說得對，你應該去看看她的。」

他沈默不語，或許正在咀嚼艾瑪的話，猜測她的想法。不久，他嘆了一口氣，過了尷尬的幾分鐘，他走回座位上坐下，用平靜的語調說：

「我很喜歡這裡，而且……」

他又站起來，一臉困窘的樣子。艾瑪心想他愛她比她想得還要深，要不是伍德先生和溫士頓先生先後進來，艾瑪真不知道會有什麼結果。

溫士頓先生向來辦事乾脆俐落，非常認清實際情況，他說：「法藍，該走了。」

只見法藍嘆了口氣，起身和艾瑪熱烈地握手，依依不捨地說聲「再見」。

門關上後，一切又恢復平靜，只有艾瑪的心情如波濤起伏，她有很強烈的失落感。自從法藍出現在海柏里，這兩星期來，她的情緒一直很亢奮。每天早上醒來，就想著他，等著和他見面。想他的朝氣活力，他的殷切體貼，他的英俊瀟脫，還有他幾乎要向她表白的愛情，都讓艾瑪的心湖激起不斷的漣漪。她心裡明白，儘管她曾下定決心不戀愛不結婚，但不可否認的，她已經有一點兒愛上他了。

「一定是如此，」她分析自己的感情。「我覺得空虛寂寞，坐立難安，飲食無味，我一定是愛上法藍了，雖然沒有他愛得深，但我終究是喜歡他的。還有跳舞，我也愛上那種飛舞旋轉的感覺，很多人都會惋惜舞會沒開成，大概只有奈特先生最樂了，他可以整晚和威廉抱著帳本守在一起。」

事實上，奈特先生並沒有幸災樂禍，他說：「艾瑪，真可惜，妳難得有機會可以跳跳舞，玩一玩。」他對艾瑪的失望表示了同情。

31

艾瑪不懷疑自己已墜入愛河，只是不確定有多深。剛開始，她自以為陷得很深，後來卻認為只有一點點而已。她喜歡聽別人談論法藍的一切，因此更盼望見到溫士頓夫婦。可是她也不能愁眉苦臉地生活。從他離開那天下午，她又像往常一樣忙碌，一樣快樂，只是心中多了份思念和期待。她在腦海中勾勒出許多他們意味深長的對話，以及纏綿感人的書信，可是最終的結局是——她拒絕他了。有情人未必都要成為眷屬，即使他們彼此有情意，但到最後仍是維持朋友關係。

想到這裡，艾瑪就覺得她並沒有陷得太深，如果她真到了「非卿不嫁」的地步，那她抱定永不離開父親的信念必定會動搖，而今看來，她還是原來的她。

「我沒有說過任何引人遐想的話，拒絕的話也說得很妥當，應該不會造成他的誤解。即使沒有他，我也一樣快活度日，而且更自由逍遙。我已經有些愛上他了，絕不能再任由感情發展下去。」艾瑪心想。

而法藍的心思，她也覺得她十分了解。

「他已經得了嚴重的相思病，而且毫不掩飾地表露無遺。如果任由他的感情繼續發展，將來一定難以收拾，看來下次見面時，我要表態清楚，千萬不能讓他誤會。他應該不會覺得我對他懷有情意，否則分手時不至於那麼垂頭喪氣。不過，我也不相信他的感情會持續太久，像他那麼熱情奔放的人，感情應該也是多變的。幸好我沒有把幸福寄託在他身上。不用多久，我的心情會恢復正常，就當他是飄過天際的一抹浮雲！」

法藍寫給溫士頓太太的信，艾瑪看到了。她平靜的心情似乎又活躍起來，這使她不禁懷疑對他的感情，是否低估了份量。來信很長，詳敘在海柏里的所聞和感想，既生動有趣又充滿感情。他文筆流暢自然，無論是喜悅、感激、敬仰或感嘆之情，表達得既真誠又不流於浮泛。來信自然少不了提到「艾瑪‧伍德小姐」，不是說她見識過人，就是說她具有大家閨秀風範，字字句句都說到艾瑪心坎裡。唯一沒有讚美的地方，卻讓艾瑪感到最窩心的，就是在信紙下方有兩行小字：「由於時間匆促，來不及向伍德小姐年輕漂亮的朋友告辭，請代為致歉。」

這封信寫得情意深厚，娓娓動人。然而，當她把信疊好交還給溫士頓太太時，內心立刻恢復平靜。她知道自己已經能放開他了，但他能嗎？艾瑪腦筋一轉，他提到海莉，還說她「年輕漂亮」，如果讓他把注意力轉到海莉身上，那也未嘗不是美事一樁。當然，海莉沒有他聰明伶俐，但她既美麗又單純，與他相配，可說是郎才女貌了。

「噢，我不能再想下去了，這種配對太危險了。不管怎樣，我跟法藍之間現在只有友情，沒有愛情。」艾瑪思量著。

為海莉打算未來的幸福是很重要，但目前要操心的麻煩事更重要。海柏里人原來是談論愛爾敦先生的婚事，後來因為法藍而目標轉移。如今法藍離去，大家自然而然又把焦點集中在愛爾敦和他的新娘子身上。法藍的第一封信還來不及被炒熱，愛爾敦先生和渥金絲小姐的話題又在海柏里的大街小巷散播開來。艾瑪想到就頭疼，她才過了三個星期快樂的日子，海莉的心情也如她所願逐漸好轉，至少為了盼望溫士頓家的舞會，她已暫時忘卻失戀的痛苦，而今那未癒合的傷口看來又要復發了。

艾瑪覺得欠她一筆還不清的情債，為她嘔心瀝血也再所不辭。可是，這談何容易。海莉表面上聽話，還若有所悟地說：「妳說得對，他根本不值得一提，我再也不會想他了。」可是不到半小時，她就故態復萌，三句話不離「愛爾敦先生和新娘子」，陷入自卑自憐自嘆的情結中。艾瑪莫可奈何，決定換個法子打擊她。

「海莉，愛爾敦先生已經結婚了，妳卻還看不開，想不透，整天哀傷痛苦，不是存心要讓我難堪嗎？我知道這件事是我不好，是我看錯了人，但妳用這種方式處罰我，我會難過一輩子的。妳放心，我永遠永遠都不會原諒自己造成妳現在的痛苦。」

海莉一聽，知道這些話很重，急得只能驚叫幾聲。

艾瑪又說：「我叫妳振作不是為了我自己，叫妳別去想他念他，也不是為了我，而是希望妳要有自制力，注意言行，要愛惜自己的名譽，不要再昏昏沈沈做傻事了。我勸妳就是為了這些，可是妳從不聽我的話。我心裡痛苦就算了，但我不希望造成妳更大的悲劇。我常常安慰自己，海莉是個乖巧懂事的女孩，她一定不會忘記自己的本份，也不會忘記體諒我。」

這段深刻真摯的話比任何勸說都有效。海莉崇拜又愛慕艾瑪，想到自己辜負她的好意，心中難過不已。艾瑪見狀，說了很多安慰的話，兩人了然於心，緊緊相擁。

32

愛爾敦太太第一次露面是在做禮拜的時候，人們既好奇又含蓄地想瞧瞧她，但實在無法在教堂的長凳上將她看個夠，只有在日後拜訪時方能知曉。

艾瑪決定拜訪不落人後，不但是為了好奇，還有出於自尊和禮貌。她也決定帶海莉一起去，希望她的痛處能夠早日癒合。

當牧師府一映入眼簾，艾瑪不禁想起三個月前，就在此地，她為了促成一段良緣，佯裝鞋帶斷了，真是費盡心機。還有那些甜言蜜語，那些謎語，以及種種她自以為是的暗示，而今想來，艾瑪覺得自己既荒唐又盲目。此時，可憐的海莉滿臉蒼白，一語不發，想必也正沈緬於過去的傷心情事。艾瑪既尷尬又沈重，只小坐片刻就離去，根本無暇細細端詳新娘。

光憑感覺，艾瑪就不喜歡愛爾敦太太。覺得她大方有餘，涵養不足。作為一個新嫁娘，對於初次見面的人，她都顯得太熱情如火，缺乏一絲嬌羞媚態。她身材不錯，容貌也算姣好，但是言談舉止看來，不是一個大家閨秀的模樣。艾瑪心想，這點遲早會暴露出來。

至於愛爾敦先生，感覺更糟。他缺乏一般新郎應有的待客禮儀，他不但扭扭捏捏，還十分笨拙，完全不像單身時的那份瀟灑不羈。艾瑪十分同情他，屋子內的三個女人，和他都有或深或淺的關係，那些尷尬的往事，讓他無法自然開懷。

「伍德小姐，」兩人一出屋子，海莉見艾瑪始終沒開口，忍不住先說了。「妳覺得她怎麼樣，好看嗎？」她怯生生地問。

艾瑪覺得很難回答。

「很年輕，也——挺討人喜歡的。」

「我覺得她很漂亮，相當漂亮。」

「是滿會打扮的，衣飾也很講究。」

「難怪他會愛上她。」

「哼，那當然了，她的家產不少，他當然會看上她。」

海莉嘆了一口氣，說：「我倒覺得是她先看上他的，很難找到像他一樣完美的男人了，我是打從心底祝福他們，他們太相配太適合了。伍德小姐，妳不用擔心我了，他再好也是個結過婚的男人，我不會做傻事。」

新夫婦要來回訪時，艾瑪已作好心理準備，她要好好看清楚愛爾敦太太是個怎樣的女人。當她父親和愛爾敦先生去書房看東西時，她把握機會好好研究愛爾敦太太。不到十五分鐘的接觸，艾瑪就清楚她是哪一類的人了。她虛榮心很重，又自以為很了不起，喜歡向人炫耀吹噓，還以為高人一等。不過是上了一所爛學校，見識不廣，氣質也沒培養好；愛爾敦先生與這種人朝夕相處，恐怕沒好下場。

她坐下後就馬上談起她姐夫沙丁先生在梅布爾的房子，她覺得那棟房子與伍德家的大房子差不多。住屋樣式新穎，結構堅固，環境優美，凡是她看到的，無不喜愛。

「這裡真像我姊夫家的房子，連小客廳的樣式和大小都一樣。我姊姊最愛那間小客廳了。」她轉身向愛爾敦先生說：「真是太奇妙了，我彷彿回到了梅布爾。」然後她又轉身對艾瑪說：「伍德小姐，說真的，我實在太高興了，來到妳家我像是回到了梅布爾，那裡可算是我第二個家，唉，好懷念，將來妳若跟我一樣離開了家，也會思念家鄉的。我常常告訴別人，結了婚的女人免不了要受這種苦。」

艾瑪沒有回答，愛爾敦太太正求之不得，她有好多話想發表。

「實在太像了，連草地對面長的那棵月桂樹，不止樹高，連位置也一樣。我姊姊和姊夫一定會喜歡這裡，住慣大房子的人都會注意大房子。」

艾瑪並不認為如此，自己有大宅子的人，是不會在乎別人的房子如何。但這些謬論也不值得反駁。

愛爾敦太太繼續說：「我姊姊、姊夫答應春天或夏天時要來這裡，到時候我們就可以一起遊玩了。他們一定會坐那輛去年才買的四輪敞篷馬車來，我看兩輛雙人馬車就不必了，在這種風景優美的鄉下，坐在敞篷車上四處遊玩，一定很過癮。去年夏天我們就坐那輛車去京斯度玩了兩次，伍德小姐，妳們這裡夏天有人來玩嗎？」

「我們這裡離名勝風景區很遠，而且這裡的人大都喜歡待在家裡，不太願意四處遊樂。」

「可不是，真要舒舒服服，還是家裡最好。其實我最愛待在家裡了，我姊姊常說：『妳這小姑娘別老窩在家裡，我最討厭一個人坐敞篷車了，陪我出去吧！』不過每天悶在家裡也是不健康的，應該與外界有適當往來才對。我知道妳的辛苦。」她瞄了瞄伍德先生。「唉，妳爸爸拖累了妳。他為什麼不去巴斯洗洗溫泉呢？應該去試試，巴斯的溫泉水很棒。」

「我爸爸以前常去，可是都沒有效。妳應該聽過佩理醫生，他也說別再白跑了。」

「哇，我可不信，那兒的水對人體可好了，我見過好多神奇的例子。我覺得伍德先生還是要多去幾次才好。至於妳，更應該去玩玩。我可以馬上幫妳介紹幾個上流社會的大人物，只要我一封信，保證妳可以認識很多朋友。」

艾瑪簡直無法忍受她的胡言亂語，一個堂堂伍德小姐還需要借助愛爾敦太太的勢力才能出入交際場所，這句話太羞辱人了。然而，艾瑪壓制住脾氣，儘管她有權責備這個不知天高地厚的女人，但她只是冷冰冰地道謝，說：「我們不可能去巴斯，那個地方不適合我爸爸，我也不想去。」接著她轉移話題，以免再度受到冒犯。

「愛爾敦太太，妳一定很喜歡音樂，在妳還沒來之前，海柏里人人都知道妳是一位優秀的鋼琴家。」

「沒有，差多了。不瞞妳說，我熱愛音樂，我朋友都說我很有鑑賞能力，至於彈琴，我還得再苦練十年。我倒是聽說妳彈了一手好鋼琴。只要能和懂音樂的人在一起，我就滿足了。以前我在梅布爾或巴斯，來往的人不是音樂家就是作曲家。我老公最了解我了，他曾經擔心我不適應這裡冷清的生活，他知道我過去的日子多采多姿，我告訴他我可以放棄那些熱鬧的世界，也不強求大房子或幾輛馬車，雖然我享受慣了，但是我更注意心靈生活，什麼物質生活都不重要，但一定要有音樂，沒有音樂我就活不下去。」

艾瑪笑著說：「那他一定告訴過妳海柏里的人都很愛好音樂。唉，他是一番好意，說了假話妳別在意。」

「噢，我一點兒也不懷疑他，而且我覺得這裡的人真是這樣。艾瑪，我們應該發起組織一個音樂俱樂部，每週在妳家或我家聚會一次，我相信很快就會帶動風潮，大家都會想來參加。誰說女人結了婚就只能屬於家庭了？我偏要打破這種傳統迷思。」

「妳既然這麼喜歡音樂，一定不會放棄的。」

「希望如此，可是結過婚的女人要操心的事太多了，以前我還常勸我姊要多參加音樂聚會，可是妳知道嗎？我今天和管家談家裡的事就花了半個鐘頭，我還真擔心會變成黃臉婆。」愛爾敦太太笑著說。

「不可能的吧！」

「咱們等著瞧囉！」

艾瑪發現她有意不談音樂，便不再提起。愛爾敦太太談起另一件事。

「我們去了溫士頓家，他們夫妻為人都不錯，我很喜歡溫士頓先生，他太太看起來很善良。對了，聽說她是妳的家庭教師。」

艾瑪非常訝異，這個女人講話還真沒禮貌。沒等艾瑪開口，她又說話了。

「我見的世面也不算少，可是還真沒想到她這麼有氣質風度，不失為一個淑女。」

「溫士頓太太自然大方，高貴優雅，年輕女人要有她那樣手采的還不多見。」

「妳猜我們在那兒時誰來了？」

艾瑪覺得沒頭沒腦的，聽她的口氣像是個老朋友，還真不好猜。

「是奈特。」愛爾敦太太忍不住搶先說出。「真巧，前幾天他去我家，正好我出去了，所以還沒見過他。我老公常說他最要好的朋友就是奈特了，我還想他是何方神聖，讓我老公這麼捧他，見面以後才發現，他還挺紳士的，非常有君子風度，我很欣賞他。」

……

好不容易捱到他們離去，艾瑪才鬆了一口氣。

「這女人真不像話，比我想像得還糟，開口閉口奈特，才第一次見面就這樣稱呼人家，真是沒教養，虧她還知道他是紳士。還老公老公地叫，真不知檢點。要我和她一起發起音樂俱樂部，讓人家以為她和我是知心好友，我才不自找麻煩。瞧不起溫士頓太太，看到我的家庭教師是淑女也要大吃一驚，真是，唉，完全出人意料的女人，我從來沒見過。海莉比她強多了。哼，如果法藍看到她會怎樣？大概也會哭笑不得，哦，我怎麼想起他了？真是亂七八糟，腦子裡全是法藍的影子。」

她腦子裡閃過很多事，直到她爸爸也坐下，她才收拾好心情。

「嗯，她算是很漂亮的女人，我一看就知道妳們合得來。不過，說話的速度太快，快到我的耳朵都受不了了。我看只有妳和可憐的泰勒小姐說話最悅耳動聽。其他都好，懂禮貌，有規矩，是個賢妻良母。不過，愛爾敦還是別結婚好，以前自由自在不是很好嗎？唉！」

艾瑪一邊聽她爸爸說，一邊想起愛爾敦太太說的粗俗談話，心中久久不能平靜。

33

事實證明，艾瑪並沒有把愛爾敦太太貶得太低。她所表現出來的是個驕傲、放縱、無知的女人。恃著有幾分姿色和聰明，自以為見過大場面，以為只有她的到來，海柏里的這些鄉巴佬才能開開眼界。而愛爾敦先生對於能娶到她也頗為自豪，每天躊躇滿志。至於一般村夫民婦對她的吹捧，他更是洋洋得意，神氣活現。

愛爾敦太太對待艾瑪的態度已經轉變，也許是一開始交淺言深碰了壁，她耿耿於懷，於是也就漸行漸遠。艾瑪覺得她不再來騷擾是件好事，但她的報復心卻讓人不恥。他們夫妻倆對海莉極盡嘲笑挖苦，當面冷落她，使海莉心情十分沮喪。他們夫妻無話不說，可憐海莉的痴情成了他們的笑柄，而艾瑪也被說得一文不值。他們不敢公開表示對她不敬，只有拿海莉出氣。

愛爾敦太太很喜歡珍，表現得十分熱情。她曾對艾瑪發表一番見義勇為的話，那時她還沒排斥艾瑪。

「伍德小姐，珍・斐爾真是個了不起的女孩。模樣嬌，性格好，又聰明，她一彈鋼琴我就知道她才氣過人。對音樂我算內行，我的直覺錯不了。不過她太可憐了，伍德小姐，我們一定要想辦法幫助她。妳一定聽過這樣的詩句：『孤挺眾芳無人問，空吐幽香野荒郊』，我們千萬不能等她離開了才遺憾終身。」

「妳說得太嚴重了吧！她在坎貝爾家的待遇可是和大小姐一樣，他們不會不管她的。」

「那可不一定。她現在孤苦伶仃，無依無靠，我們怎能不幫她。像這種地位低下，態度又謙恭有禮的人，我最喜歡了，我們該好好幫助珍。」

「看來妳是真的關心她。」

「親愛的伍德小姐，我們應該扛起責任，儘量幫助她。我家吃飯多副刀叉也差不了多少，我們的薪水雖然沒有我姊夫家多，但多個珍我還負擔得起。我要多多舉行音樂會，讓她發揮專長，還要留心替她找個適合的工作。我交遊廣闊，應該沒問題。等我姊姊她們來了，說不定能在四輪敞篷馬車上挪個位子給珍。」

「喔，可憐的珍，」艾瑪心想。「妳是倒了什麼楣去招惹到愛爾敦太太，妳今後一定永無寧日了。這女人，開口閉口都是珍・斐爾，她在我背後一定也是艾瑪・伍德亂叫一通，真是狗嘴裡吐不出象牙。」

貝斯小姐對於愛爾敦太太的善行，給予無上崇高的感激。在她眼中，愛爾敦太太簡直就是天使的化身，而愛爾敦太太也正需要這類的評價。只是讓艾瑪費疑猜的是，有頭腦，有強烈自尊的珍竟然能和這位牧師太太成為閨中密友。

「珍也真是奇怪，有福不去享，偏偏在這裡飽受煎熬，還和愛爾敦太太這種人混在一起，聽她的胡言亂語。」艾瑪心裡想著。

珍到海柏里本來只住三個月，後來坎貝爾夫婦答應女兒要求，再多住三個月。他們寫信要珍也去愛爾蘭，迪克生太太也寫了一封真摯邀請信，馬車和僕人都可供她使用，可是珍竟然拒絕了。

艾瑪為此下了一個結論：「她一定是在懺悔，她覺得對不起迪克生太太，所以她不能去那裡享受，可是她為什麼又和愛爾敦夫婦混在一起呢？她怎麼受得了他們？」

在一次聚會中，艾瑪說出她心中的疑慮，溫士頓太太為珍辯解，說：「珍去牧師太太那裡一定不是心甘情願的，但這也比整天關在家裡好。她姨媽為人雖好，但天天相處也會有些煩悶，我們可以想見珍處境的為難。」

「妳說得很對，」奈特先生點點頭。「愛爾敦太太是個怎樣的人，珍和我們的看法不會差太多。要是她有別的朋友，她不會上牧師府。」他意味深長地對艾瑪笑笑。「沒人關心她，她只好讓愛爾敦太太照顧了。」

艾瑪了解奈特先生的絃外之音，也感覺到溫士頓太太飄過來的眼神。她紅著臉，好一會兒才說：「我只怕愛爾敦太太的關心反而使珍難過，和那種人相處简直是活受罪。」

溫士頓太太說：「說不定珍也不想去，是她姨媽叫她非去不可，貝斯太太總希望珍能多遇上貴人。」

她們倆同時望著奈特先生，希望聽他的高見。

好一會兒，他才開口：「愛爾敦太太當著珍的面和背著她說的話不太一致。依照常理我們可以猜想，論才情論相貌，珍都勝過愛爾敦太太，她一定不敢小看珍，在珍面前是一副親熱的模樣，像珍一樣完美的人她以前可能沒見過，即使她自命不凡，但仍覺得相形見絀。也許她內心不服氣，只好特別關心珍不如人的地方，以彰顯她的身份和地位。」

「我知道你很看重珍。」艾瑪有些酸酸地說。她想到小亨利的財產，心中有些惶恐，還有一些莫名的情緒，她拿不定主意該說什麼。

「沒錯，大家都知道我很欣賞她。」

「不過——」艾瑪詭異地看了他一眼，才開口就閉嘴了；但是忍不住又說：「不過，太欣賞一個人可能會造成意想不到的結果。」

奈特先生此時正彎腰扣皮靴上的鈕釦，他聽完艾瑪的話，不知怎地竟紅了臉，起身回道：「哦，妳這才注意到，科鄂先生一個半月前就問過這件事了。」

他沒有說下去。艾瑪感到腳被溫士頓太太輕輕踩一下，心全亂了。

沈默了一會兒，他才說：「妳放心，我決不會向她求婚，即使我真的做了，她也不會答應。」

艾瑪一聽，頓時覺得鬆了一口氣，得意洋洋地回踩了溫士頓太太一下，興奮地說：「我就知道你不是一個行事有欠思慮的人。」

他似乎沒注意她的反應，沉思一會兒，才不太高興地說：「妳認為我應該和珍結婚嗎？」

「當然不是，你常怪我愛當紅娘，我才不敢管你的閒事。剛才不過鬧著問的，你別放在心上。其實，我才不希望你和珍或別的女人結婚呢，不然你可沒心思陪我們坐著聊天了。」

奈特先生不語，過了一會兒才說：「真的，艾瑪，我雖然欣賞她，但絕對沒動過娶她的念頭。珍是個好女孩，但她也有不足的地方，她個性不夠開朗，鬱鬱悶悶的，男人不會喜歡這樣的妻子。」

艾瑪第一次聽他說珍也有不好的地方，簡直要樂昏了。「這麼說來，你向科鄂先生否認了？」

「我告訴他那是場誤會，他說了聲對不起，就沒再吭聲了。我相信他不是那種愛搬弄是非的人。」

「和他比起來，愛爾敦太太可大大不同了，她自以為機智過人，無所不能。她直呼你奈特，就知道她怎麼談論科鄂家的人了。而珍願意和這種人混在一起，真是奇怪。我同意珍不願整天守著她外婆和姨媽，但是不相信她能讓愛爾敦太太信服。愛爾敦太太哪會甘拜下風？她根本沒受過好教養，也不會真心同情珍。她只會沒完沒了地誇捧珍，說要幫忙找工作，還帶她坐四輪敞篷車出去玩。」

「珍感情豐富，自制力強，凡事能忍耐，不急躁，只是不夠開朗，不太坦率，而且現在比以前還嚴重。如果不是科鄂先生提起，我想也沒想過會愛上她這個問題，從來沒有。」

他離開後，艾瑪樂得大聲說：「嗯，溫士頓太太，這件事怎麼說？我贏了！」

「那可不一定，艾瑪，他現在心裡只是想著沒愛上她。如果有一天他突然說愛上她了，我是不會覺得奇怪的。」

34

海柏里和鄰近的人，凡是和愛爾敦先生有來往的，無不熱情款待新婚夫妻，幾乎每天都有應酬，愛爾敦太太樂得合不攏嘴，成天只忙著裝扮打點。

「我明白了，住在這裡會過著什麼日子，每天就是吃喝玩樂，還能大出風頭，這種鄉下生活挺不賴的。你看，下星期行程又是滿滿的，一個女人即使沒有我這麼能幹，也用不著擔心生活了。」

她住在巴斯和梅布爾時，最高興的事就是打扮得漂漂亮亮去赴宴。在海柏里，大家對時尚和流行不甚了解，不知道上等的烙特餅，打牌時也沒有冰淇淋，她實在看不慣。為了樹立一個榜樣，讓這些鄉下人開開眼界，她決定要大宴賓客一次，每張牌桌都點上蠟燭，一律用未開封的上等紙牌；多僱幾個佣人，按上流社會的規矩上菜。

這段時間最為難的人就是艾瑪。她雖然很討厭愛爾敦夫婦，但依照禮貌和規矩，回請他們吃一頓飯是無法避免了。伍德先生也表示贊成，只是依照往例說他不坐主位，至於要誰代替他的位置卻遲遲未能決定。

除了愛爾敦夫婦，少不了溫士頓夫婦和奈特先生。為了湊足八人，艾瑪直覺想到海莉。當她聽到海莉說「若非萬不得已，我不想再見到他，尤其看他帶著漂亮的太太一副幸福甜蜜樣子，我只會更難過。伍德小姐，我寧可待在家裡。」艾瑪心疼她的憂傷，但也欣慰她的毅力。現在，她可以邀請她心中真正想邀請的第八個人——珍・斐爾。自從聽了溫士頓太太和奈特先生的話，她深深覺得對不起珍。尤其是奈特先生的話：因為沒人關心珍，她才會讓愛爾敦太太有機可乘。

「他說的沒錯，並沒有錯怪我，我太不應該了。我們同年，又從小相識，我應該好好待她。現在她對我也沒有太好的印象，我必須花更多努力去贏得她的信任。」艾瑪心裡想著。

被邀請的人都會來，大家十分企盼這次的晚宴。然而，發生一件不湊巧的事。依莎的兩個大孩子早就約好要回來玩兩個星期。他們的父親約翰就在請客那天把他們送到，他也要待到第二天才回倫敦，如此一來，請客人數就由八人變成九人。其實這也沒什麼大不了，只是伍德先生認為請客最多只能八個人，否則他的神經會受不了。他不斷地發牢騷讓艾瑪很為難。

請客那天，奇蹟發生：約翰來了而溫士頓先生因為公務纏身，必須去倫敦一趟，沒辦法參加。伍德先生一聽才鬆了一口氣，艾瑪見父親心寬，加上二個可愛的小外甥，姊夫聽到家裡請客，表情也很自然，一顆懸在半空的心這才放下。

客人陸續前來，約翰一直與珍閒聊，他們是老朋友了，又同住在倫敦，話題不少。他只默默地看了珠光寶氣的愛爾敦太太幾眼，只求回去能向依莎報告就可以了。

因為今天吃早飯前，他和兩個兒子散步時遇到珍，那時正開始下起毛毛雨，他問起珍早上的情況：「斐爾小姐，早上妳沒再繼續走下去吧？否則一定淋到雨了。」

「我只是去郵局，回家時雨還不大。在外婆家，都是由我去郵局拿信，順便在早餐後散步。」珍回答。

「下了雨最好不要出去。每個人一輩子總有一段時間愛等信，可是到了我這年紀，就會認為冒雨前去拿信是不值得的。」

珍微紅著臉說：「我沒有你這麼幸運，親人都在身邊；但以後即使年紀大了，還是得靠信件來求得慰藉。」

「妳誤會了，我不是說寫信不好，而是等信是件辛苦的事，心中多了份牽絆就自在不起來了。」

「當然，信對你來說可有可無，但對我來說，每封信都很珍貴，所以即使天氣比今天更惡劣，我還是要去郵局。」

「唉，時間會改變環境和心境，我們是老朋友了，我希望妳十年後也跟我一樣，身邊有很多親人。」

珍輕輕顫抖地說聲「謝謝」，眼眶微紅，他的祝福讓她百感交集。幸好此時伍德先生來找她說話。他在宴客時有個習慣，一定要跟每個女賓聊上幾句。

沒多久，珍淋雨取信的事傳到愛爾敦太太耳裡，她有些氣急敗壞地跑來教訓珍：「哎呀，珍，妳怎麼淋雨跑去郵局，這個傻孩子，不要因為我不在妳身邊，妳就不知道照顧好自己！」

珍很有耐心地對她說：「我很好，沒有著涼。」

「妳不知道好好照顧自己，下雨天還去郵局，溫士頓太太，我們是不是該拿出威嚴才好。」

溫士頓太太親切地說：「是呀，珍，妳千萬要小心，尤其在這個季節，早晚溫差大，妳身體不好，更要注意。晚一、二個鐘頭去拿信也可以，為這種事著涼咳嗽不值得。妳是聰明又懂事的女孩，別讓外婆和姨媽擔心。」

「是啊，妳千萬別再幹傻事了。這樣好了，我去告訴我老公，以後早上派一個人專門去拿信，叫他順便幫妳拿了送去，這個忙我幫得起。」

「很謝謝妳，只是我每天清晨都要去散步，順便去郵局看看，沒什麼大不了的。」

「別推辭了，這件事一言為定。」她裝出一副笑臉。「這件事我能決定，不必問我老公了，我的話在家裡有相當份量，這件事沒什麼了不起，我決定了就算數。溫士頓太太，妳也曉得，我老公很寵我，我說的話他沒有不聽的。」

珍嚴肅地說：「妳千萬別這樣，我決不會讓妳家佣人替我取信，再說如果我不想去郵局，可以叫我外婆的佣人去。」

「喲，妳別再客氣了，舉手之勞嘛。」

珍沒有讓步的意思，也不再答腔。她回過頭去和約翰聊天。

「郵局真是個有效率的地方。」她說。「來往郵件那麼多，要做到迅速和準確，真是不容易。」

「是啊，全國往返的郵件加起來也要成千上萬，要處理好肯定要很有規律。」

「每個人筆跡不同，有的人字很難認。」

「日久成行家，不過話說回來，他們領了薪水，那些薪水又是我們的稅收，自然應該辦好我們的事。」

他們又談起各人筆跡，眾人也加入談話行列。

約翰說：「我聽人家說，同一家人的字跡都會很像，我想如果是由同一個教師教的，結果必然如此。像依莎和艾瑪的字就很像，我常常分不出來。」

他哥哥不以為然，說：「我倒不覺得，艾瑪的字比較剛勁有力。」

「她倆的字都漂亮，」伍德先生笑瞇瞇地說，「還有可憐的泰勒小姐也一樣。」

「我看過的男人字跡中只有——」艾瑪說時看了看溫士頓太太一眼，她正和別人說話，艾瑪忍住沒說下去。她覺得很有意思，為什麼這時候想起他？當著這麼多人提起他好嗎？她決定自自然然地說起，就像在說一個普通朋友一般。

等溫士頓太太不再和別人說話時，艾瑪才開口：

「我見過的男人筆跡中，就屬法藍最好看。」

「我不覺得，」奈特先生說，「細細小小的，有氣無力，像個女人的字。」

有兩個女人聽了很不服氣。

「字是不大，但是乾淨清爽，而且字跡很筆挺有型。」溫士頓太太說。

「我書房裡有一封他寫的信，溫士頓太太，有一次妳託他代妳寫過一封信，記得嗎？」艾瑪說。

「他故意說我要他……」

「那封信我還留著，待會吃過飯可以拿給大夥兒看看他的字。」

「哼，法藍先生是個風流人物，寫給漂亮的伍德小姐，當然是使出渾身解數了。」奈特先生冷冷地說。

晚餐已準備好。愛爾敦太太不等伍德先生開口邀請，逕自起身，說：「又是我先走啊？每次都是以我為主，真不好意思。」

艾瑪並沒有忘記珍非得要自己去拿信的事。她猜想一定是等心上人的信，否則珍是不會毅然冒險的人，而且她今天一定大有收穫，因為她顯得比平常高興，臉色紅潤，精神也好。

艾瑪本來想問寄到愛爾蘭的郵資是多少，時間要多久，但話到嘴邊就停住了，她決定不再說任何會刺痛珍的話。進餐廳時，她們倆手挽著手，像一對美麗高貴的姊妹花。

35

吃完飯後回到客廳，幾個女人分成二派，壁壘分明，連女主人也莫可奈何。愛爾敦太太存心讓艾瑪難堪，她拉著珍說個不停，吱吱喳喳地交頭接耳，雖然故作神祕，但音量又若有似無地提高。一會兒說郵局，接著是取信的事，還有女人間的情誼，拉扯老半天，艾瑪和溫士頓太太邊聊邊瞧，像在看場鬧劇。

最後愛爾敦太太終於鬧得珍十分不耐煩，她一直問珍是否已找到適合工作，還大言不慚可以幫忙。

「現在是四月了，我都替妳心急，不是說六月嗎？」

「我沒說六月或七月，只是想或許在夏天。」

「還沒消息嗎？理想的人家不容易找，越早動手越好哇。」

「六月中旬坎貝爾上校和夫人要回倫敦，他們希望我回去陪他們一陣子，然後再去找合適的家庭，所以我不想現在麻煩妳。」

「傻丫頭，說什麼麻煩。妳見的世面沒我見的多，妳不知道，又高貴又有名望的家庭，有多少人搶著去當教師，我以前在梅布爾見多了。我知道妳做事謹慎，但是，唉，不是我愛說，坎貝爾夫婦可能還不如我關心妳多吧。過兩天我寫信給帕德里奇太太，她在倫敦認識許多人，我吩咐她留心找一個合適的人家。」

「別麻煩了，真的，謝謝妳關心。只要我決定好時間，不怕找不到長期的工作，而且我也可以找介紹所幫忙。」

「說什麼話，」愛爾敦太太有些激動。「妳別把自己看扁了。憑妳的條件，如果去一個沒有社會地位，或不注重生活享受的人家，那就太沒出息了。」

「妳真好心，但我不在乎是不是去有錢人家，去那裡，我只會更覺得自己命苦。我只想找個好心一點的人家就夠了。」

「妳這是什麼話，以妳的才情和能力，一定可以去上流人家。光憑妳的彈唱功夫，就可以要求任何條件了。如果妳會彈豎琴，那就更好了。嗯，不過不會彈豎琴也無所謂，我想妳一定可以漫天開價，但就是要找個有聲望，有格調，又生活很寬裕的人家。」

「所有好處全讓妳說完了，真謝謝妳費心。不過，我現在真的不需要幫忙，我打算夏天再開始計畫，這兩、三個月我還想多陪陪外婆和姨媽。」

「無論如何，我是認真的，我會替妳留意，也會託朋友打聽，一切有我，妳不用擔心。」

她自顧自地說個不停，直到伍德先生走進客廳才住嘴。

她的話題終於轉移，艾瑪聽見愛爾敦太太在珍耳畔低語：「妳瞧，我的頭號仰慕者來了，這個好老頭兒，挺有意思的。我還滿喜歡他那套奇特的舊式禮節，不喜歡現在太隨便的新派頭。妳知道吃飯時伍德先生對我說了什麼風流話嗎？哦，天哪，我還真擔心我老公會打翻醋罈子呢！那老先生很稱讚我的衣服，妳覺得這件怎樣？是我姊姊選的，樣式不錯，只是太華麗了。我最不喜歡裝飾過多的衣服，可是妳知道，新嫁娘總得有新嫁娘的樣子，大家都喜歡看。否則我生性其實喜愛樸素自然，現在像我這樣的人不多了。人人都愛浮華虛榮，唉，誰不想穿華麗精緻的禮服啊，嗯，我那件銀灰色的絲綢長裙如果加上亮晶晶的裝飾，妳覺得怎樣？」

當所有人回到客廳時，溫士頓先生自倫敦回來了。他先回家吃過飯，然後匆匆趕到伍德家。大家看到他都很開心，尤其是伍德先生更眉開眼笑。大概只有約翰在心中冷冷地嘀咕：「這個大怪人，忙了一整天，不快點回家休息，還冒著小風雨來作客，看來這聚會又要拖延下去了。」

溫士頓先生全然不知有人在心底責怪他。他出外奔波一天，有好多見聞要和大家分享，他叫太太別急著走，所有該辦的事都沒問題了，接著他詳細報告沿路聽聞，最後提到一封家書。他雖是要說給他太太聽的，但他是對著全場的人宣布。

「看，」他交給她一封信，是法藍寫的。他半路接到信，就擅自拆了。「妳一定會開心死了，內容不多，也給艾瑪看看。」

艾瑪和溫士頓太太一道看信，他則在一旁笑眯眯地，說個不停。

「我就說他一定很快就能再來了，這個好消息不錯吧。下星期到倫敦，他舅媽的病沒什麼大不了，法藍又能來了，而且這次會住很長一段時間，他有很多時間來海柏里，我希望如此。艾瑪也看完了？好，把信收起來，我們可得好好商量。」溫士頓先生興奮地說。

溫士頓太太高興得快落淚了，毫不掩飾她對法藍的期待和思念。艾瑪說了些祝賀的話，她正估量自己的用情程度到底有多深，雖然此時仍有些心悸，但已不復當初。

溫士頓先生沒多少時間就繞完全場，所有知道消息的朋友又得聽他親自再說一遍。在他看來，大家都和他一樣興奮，連伍德先生和奈特兩兄弟奇怪的表情，也被他視為普天同慶的模樣。

36

「我希望很快可以介紹我兒子讓妳認識。」溫士頓先生的話讓愛爾敦太太覺得是一種恭維。

「能認識他是我的榮幸，到時歡迎他到牧師府玩。」

「太感謝了，我想法藍一定會很高興。今天的來信說，他最晚下星期到倫敦。我在路上遇到送信的人，一看是我兒子的筆跡，就先拆信看了，不過，收信人是寫溫士頓太太，他的信都是寫給她的。」

「哦，你真拆了她的信?溫士頓先生，這不太好吧。」她假假地笑著。「你們男人，是不尊重女人了，我們這些老婆們得小心，不過，我真不敢相信你也會做這種事。」

「是啊，我們男人都是壞胚子，女人的確要小心。我兒子說他們一家要去倫敦，因為邱契爾太太身體不好，她嫌英士庫太冷，所以他們要往南遷居。」

「哇，從那裡到倫敦可遠了。」

「要一百九十英里，的確很遠。」

「比梅布爾到倫敦還遠六十五英里。不過，溫士頓先生，有錢人不怕路遠，我姊夫沙丁先生有時坐駕著四匹馬的馬車一星期去倫敦二次。」

「法藍上封信說，邱契爾太太身體很虛弱，每次回房時還得他和他舅舅攙扶。但是她急著想去倫敦，而且決定路上只停留兩天，任何人也阻擋不了。有些女人說是身體虛弱卻還有這麼特殊的體質，妳必須認同我說的話。」

「溫士頓先生，你這麼說女人，我可不同意。像我姊姊最討厭住旅館了，你若是認識她，就不會奇怪邱契爾太太為什麼要匆匆趕路了。我姊姊對旅館很挑剔，當然我也是這樣，我們出門都要自備棉被床單，邱契爾太太也是如此嗎？」

「當然了，邱契爾太太是不亞於英國任何貴婦人的，而且……」

愛爾敦太太急忙打斷他的話，說：「你別誤會，我沒說我姊姊是貴婦人。」

「啊，她不是，那她就不能跟邱契爾太太相比了，任何人看到邱契爾太太都會承認，她完全就是貴婦人的氣派。」

愛爾敦太太後悔失言，她絕不希望別人真不把她姊姊當貴婦人。或許，怪她自己沒膽吹噓。她正想著如何把那句話收回時，溫士頓先生又說：

「妳可能看出來了，我並不喜歡邱契爾太太，不過，妳別跟旁人說。因為她很疼法藍，所以我感謝她。至於她的病，坦白說，我很懷疑，我覺得那只是要把法藍拴在身邊的藉口。」

「她有病？為什麼不去巴斯？那裡的溫泉水對病人最有效了。」

「法藍二月時在海柏里住了兩個星期。」

「我聽說了，希望他下次來時，多了我這個新朋友。當然，他可能連我是誰都沒聽過。」

她的意圖很明顯，就是要人吹捧她。但溫士頓先生深諳社交禮儀，他馬上大聲地說：「喔，沒聽過妳？海柏里人沒有不談妳的。我太太的回信幾乎沒提別人，全都談愛爾敦太太妳啊！」

他覺得盡到一個紳士的責任了，馬上話題又轉向他的寶貝兒子。

「法藍本來很沮喪，他知道他舅舅舅媽根本捨不得讓他離開，但是我就覺得有希望，妳看，果然如此，我這輩子都懷抱著一個想法，那就是『天無絕人之路』。」

「沒錯，溫士頓先生，對極了，我先生向我求婚時，事情也不順利，他就很擔心到了五月還不能結婚。我常勸他別急，例如那輛馬車，我們本來以為沒希望了，他那天去看我時還垂頭喪氣。」

她輕咳了幾聲，溫士頓先生立刻把握機會，說道：

「妳說到五月，法藍正巧五月會常來，這個時節最適合外出遊玩，不冷不熱。他上次二月來時，天氣又濕又冷，玩得很不盡興。這次可好了，他不確定哪天會來，但這樣我們可以每天活在期待中；當然，如果他來了，我們更高興。」

他停了下來，沉思一會兒，又說：「但願我沒錯怪邱契爾太太，如果她真的有病，那我就過意不去了。妳聽說過我的事吧，所有的不幸都是她造成的，由於她的挑撥離間，法藍的媽媽才會憤懣而死。邱契爾先生雖然自恃甚高，但他待人還算溫和有禮，只是有時太怕老婆，顯得沒有男子氣概。教人生氣的是，那女人既無嫁妝，又沒有顯赫背景，只是個紳士家的女兒罷了，到了邱契爾家卻大權獨攬，簡直是小人得志。」

「嗯，我最討厭這種人了。在梅布爾，我姊夫家就有這樣的鄰居。不知道他們是怎麼發財的，拖了一些窮親戚，還自以為很了不起，就想和人家平起平坐。哼，他們自以為比得過我姊夫沙丁先生，真是太狂妄了。」

茶點上來，他們的談話被打斷。溫士頓先生想說的都說完了，趁機溜之大吉。吃完茶點，溫士頓夫婦和愛爾敦先生陪伍德先生打牌。剩下五個人隨意聊天。奈特先生一臉嚴肅，不知道在思考什麼；愛爾敦太太一心想要炫耀，卻無人逢迎；珍似乎心事重重，不想開口。

約翰因為第二天要回去，所以趁機告訴艾瑪：

「這兩個孩子就麻煩妳了，妳姊姊的信上寫得很清楚，什麼時候該吃該睡，妳看著辦，我只有一句話：別寵壞他們。」

「放心，姊夫，我會讓他們開開心心地玩，但是不會縱容他們。」

「他們如果搗蛋，我就來接回去。」

「哦，他們會嗎？」

「我是怕他們吵到爸爸受不了，或是成了妳的累贅。妳最近活動不少，說不定會越來越多。」

「有嗎？」

「這半年妳的生活習慣變了，來往鄰居多，活動也增加。最近妳寄給依莎的信都很精采，不是去科鄂家吃飯，就是要去客朗旅社跳舞。」

「對！」奈特先生說。

「如果這兩個小鬼打擾妳們的話，艾瑪，妳別客氣，就把他們送回去。」

「不用回去，」奈特先生大聲說，「讓他們到我那裡，我有的是時間。」

「太可笑了。」艾瑪激動地叫起來。「就算我客人多，你自己說說看，哪一次沒有你，把我說成那樣，好像多貪玩似的，還懷疑我沒有時間照顧兩個小孩。我只不過去科鄂家吃過一頓飯，舞會也沒開成，我知道你心裡想什麼——」

她轉向約翰，道：「你今天來剛好遇到家裡請客，所以有些情況不太了解。可是你——」她瞪著奈特先生，說「你明知我很少離家，最多也不超過兩個小時，怎麼會沒時間照顧孩子？再說要是艾瑪阿姨沒時間的話，我看奈特伯伯更沒空了。我出去一個小時，你就要五個小時，即使在家，不是埋在書堆，就是在帳本裡。」

奈特先生興味盎然地望著艾瑪，眼見就要大笑出來，正好愛爾敦太太來找他聊天，他才忍住。

37

艾瑪靜心下來分析自己，為何聽到法藍要來，內心還會如此悸動？她仔細思前慮後，得到一個結果：她的心煩意亂不是為了自己，而是擔憂法藍。她對他的愛早已冷卻，如果他還是一往情深，那就麻煩了。這兩個月的分離未能讓他死心的話，她就有責任要在他表白之前，了斷他的癡心念頭，否則他們連朋友都做不下去了。

她有預感，今年春天會有一場危機，一件足以影響她目前平靜生活的大事。

當邱契爾一家在倫敦安頓好，法藍立刻騎了兩小時的馬趕到海柏里。他問候完父母親，立刻直奔伍德家。他們見面時，兩人都很興奮，態度也很親熱。但是艾瑪立刻感覺到他已不像以前那麼鍾情於她了。顯然時間與空間的分隔，已經使他的愛由濃轉淡，或是他已看出艾瑪並無傾心於他，所以立刻緊急煞車。但是無論如何，艾瑪欣然這種結局。

他依然談笑風生，特別愛提上回作客的情形，說到興起時，還手舞足蹈。不過艾瑪敏銳的雙眼卻看得很清楚，他的表情有些不自然，一抹不安從他的眼神中閃過。雖然在說說笑笑，但似乎不是發自內心的喜悅。更奇怪的是，他才待了十幾分鐘，就說要走了。

「一路上我遇到很多好朋友，答應要去拜訪，雖然想和妳多聊聊，但是還是得先走一步。」

十天之中，法藍只回海柏里一次。他寫信告訴他父親，他常常想來，可是舅媽不讓他離開，她確實生病了，而且搬到倫敦並沒有使她的病情好轉。過沒多久，邱契爾太太受不了倫敦的喧嘩吵鬧，吵著要去利奇孟。因為聽說那裡有個醫術高明的大夫，而且環境寧靜優美，所以馬上派人租了房子，並把一切家具全部備齊。

這個消息一傳回海柏里，大家都顯得很振奮，房子租約是五、六月，這兩個月他可以常常回海柏里。

艾瑪看出溫士頓先生的意思，他認為法藍的欣喜若狂全是為了她。而她卻心知肚明，他們之間是另有曲折。

利奇孟距離海柏里只有九英里，騎馬不到一個小時，是去倫敦的一半路程。只要法藍有空，隨時可來回。

另一個隨之而來的好消息，就是客朗旅社的舞會。邱契爾家遷居到利奇孟不久，法藍捎來一封信，他舅媽的病情好轉，只要舞會日期定下來，他一定能來玩個一整天。

這場令海柏里年輕人期盼已久的舞會，終於又開始籌備，大家磨拳擦掌，躍躍欲試。

伍德先生不再干涉這件事，每年到了五月他的心情自動開朗許多。到時貝斯太太會來作陪，他不會無聊，唯一的擔憂是那兩個小外孫，希望艾瑪不在家時，他們不會鬧翻了天。

38

舞會之前沒有再發生任何不悅的事。只有那天早上法藍遲遲未出現，讓人等得心急，幸好他在吃午飯前抵達，一切才萬事俱備。

溫士頓先生希望艾瑪能先去會場，檢查佈置是否妥當。雖然盛情難卻，艾瑪也十分樂意，這樣她就有機會和法藍單獨相處，她希望能再多觀察他。她先接了海莉，然後再去客朗旅社。

從法藍的眼神中可以看出，他今天打算好好玩個痛快。一行人四處巡視，檢視一切是否得當。沒幾分鐘，來了一輛馬車，艾瑪一聽大感詫異，後來細聽，原來他們也同她一樣，是被請來當參謀的。過了一會兒，又來一輛馬車，是溫士頓家的親戚，那麼早到也是身負同樣的使命。為了使舞會萬無一失，也許有半數的客人會提早到達。

艾瑪發現，她的建議並不是溫士頓先生唯一要採納的，他有太多的好友和知己。艾瑪心想，當他的好友和知己一點兒也不值得稀罕了。他的過份坦率和隨和的態度，有失高貴身分。

本來應邀前來幫忙的人更多，溫士頓夫婦還順路去貝斯太太家，想接貝斯小姐和珍一起來出主意，可是她們說愛爾敦夫婦已說好要接她們了。

法藍一直站在艾瑪身邊，但他一直若有所思，一會兒往門邊探，一會兒留心馬車聲，東張西望地，不甚自在。

他談起愛爾敦太太，道：「我很想見見她，常聽到人提起她，希望她不會讓我們等太久。」

外面傳來馬車聲，他一馬當先往外衝，沒走幾步路就折返，說：「我根本忘了不認識愛爾敦夫婦，還輪不到我迎接。」

當愛爾敦夫婦一出面，現場一片歡迎聲。

「貝斯小姐和斐爾小姐呢？」溫士頓先生問，「我以為你們會載她們一起來。」

這個疏忽被愛爾敦太太不自然的笑帶過了，馬車立刻回頭去接她們。

這時門外忽然飄起細雨。「爸，我去拿傘，可不能讓貝斯小姐淋濕了。」法藍說完，轉身就走，溫士頓先生也想跟去，不料被愛爾敦太太扯住衣服，她想說說對他兒子的評價。

「真是個翩翩美少年，溫士頓先生，你一定記得我告訴過你，我很有主見，而且我看人很準，現在我可以告訴你，你兒子太好了，可稱得上是紳士。喂，我很少讚美人喲。在梅布爾，我姊夫和我最討厭自大狂妄的年輕人，我看到那種人就想吐，懶都懶得看一眼呢。」

溫士頓先生趁她喘氣時，忙說兩位女賓要到了，他要去迎接，才陪著笑走開。

愛爾敦太太轉身對溫士頓太太說：「我家的馬車把貝斯小姐和珍接來了。我家的車夫和馬都是最好的，由我們接送當然最適合。我知道你們是好心人，也說要接她們，不過下回別麻煩了，她們的事，我一手包辦。」

當貝斯小姐和珍在溫士頓父子陪同下進來，愛爾敦太太覺得她有責任和女主人一樣迎接客人，可惜由於貝斯小姐正喋喋不休，根本沒人注意她說了什麼。

「太謝謝你們了，其實沒什麼雨，我穿著厚底鞋，不要緊的。珍也很好。哇！好漂亮，太好了，佈置得太完美了。珍，妳看看那吊燈，真亮！溫士頓先生，你把阿拉丁的神燈也借來啦。」說到這時，溫士頓太太迎上前。「哦，太太，真是謝謝妳。身體還好吧，我瞧妳走來走去，可別忙壞了。嘿，愛爾敦太太妳好，謝謝妳家的馬車，坐在裡面挺舒服的。溫士頓太太，我也得謝謝妳的好意，我們實在太幸福了，一天之內有兩部車到我家。我還對我媽媽說：『這樣的好鄰居，打著燈籠也找不到。真是謝謝老天。』嗯，我媽媽很好，去伍德先生家了。我要她帶披肩去，那條新的，是迪克生太太送的，她真好心，還想到我媽媽。珍說那是在溫墨市買的，還是迪克先生親自挑的呢。珍，妳的鞋沒濕吧？法藍先生真好，還弄了蓆子給我們墊腳，好有禮貌。對了，我媽媽的眼鏡再也沒壞過了，她常唸著你，對吧，珍。喔，伍德小姐也來了，妳好嗎？我也很好。妳看這裡，簡直像是天堂。哎呀呀，伍德小姐的頭髮真——，妳看珍的怎麼樣？妳的眼光最好了，是她自己梳的，可以和倫敦的美髮師不相上下了。修斯教授和修斯太太也來了，我待會兒要和他們好好聊一聊。理察先生，前天你騎馬從大街上走過，我還看到你呢。歐特先生，羅琳小姐，哎呀，好多朋友都來了，喬先生，亞瑟先生，你們好嗎？我很好，尤其今天見到大家更好了。聽！又有馬車來了，可能是科鄂夫婦吧。今天真是太高興了，謝謝，不用倒咖啡了，我從來不喝的，茶倒是可以，謝謝。」

貝斯小姐嘴停後，艾瑪湊巧聽到身後愛爾敦太太和珍的對話。她大大誇獎珍的衣服和裝扮，然後又明顯地開始自吹自擂：「妳看我這身打扮如何？奈德太太替我梳的頭還可以吧？妳也知道我這個人最不注重穿著，可是今天溫士頓夫婦的舞會又是請我當主角，每個人都要盯著我看，我不能不打扮，總不能讓主人丟臉。我發現這裡除了我，好像沒有人戴項鍊。喔，我一看就知道法藍很會跳舞，待會妳仔細瞧瞧我們的開場舞，看我們的拍子合不合。」

此時，法藍突然很大聲地對艾瑪講話，她懷疑他是為了掩蓋愛爾敦太太對他的評論，才如此滔滔不絕地說著。一會兒，愛爾敦太太的聲音再度響起：「老公，你總算來了，我剛才還跟珍說，你不知要和那群人應酬到什麼時候。」

「珍？」法藍小聲地重覆一次，一臉驚愕與不悅，「這樣直呼人家的名字，難道她們是多要好的朋友？」

「你不喜歡愛爾敦太太嗎？」艾瑪低聲問。

「不喜歡。」

「那你未免太忘恩負義了。」

「忘恩負義？什麼意思？」赫然，他皺緊的眉頭綻放開來，笑說：「拜託，妳別再說了，我可不敢聽下去了——我爸爸呢？舞會怎麼還不開始？」

他東張西望，走到他父親和繼母面前。過了一會兒又把他們全都拉到艾瑪身邊，原來他們遇到一個小小的難題。溫士頓太太表示愛爾敦太太一直以為待會兒是由她開舞，而且是由法藍陪她跳。

「我們一直希望由艾瑪和法藍開舞，這下有些麻煩了。」溫士頓太太有些苦惱。

法藍馬上表示他與艾瑪有約在先，他絕不能食言。他們決議結果：由溫士頓先生和愛爾敦太太開場，法藍和艾瑪次之。本來艾瑪一直以為她才是舞會主角，而今只能屈居第二，她首次有了「結婚真好」的念頭。

雖然有些絲絲不悅，但很快就被會場的歡樂氣氛沖淡。艾瑪像隻優雅的花蝴蝶，在人群中飛舞著，吸引許多目光。唯一令她遺憾的是——奈特先生不肯跳舞，他立在旁觀者中顯得有些突兀。他挺拔的身軀，剛毅穩重的神氣，和那些當了丈夫或爸爸的人比起來，他兼具青春活力和成熟氣質。艾瑪覺得除了法藍外，奈特先生真的使其他年輕人相形見絀。他倆的眼神時常相遇，她總是報以甜美的微笑，而他卻老繃著一張臉。艾瑪有種奇妙的感覺，他的目光似乎一直追隨她的身影，她想也不敢想像他會邀請她跳舞。難道他責怪她太輕佻嗎？她和法藍只是合得來的朋友，他們也沒有任何不當的舉止。

舞會進行地很順利，賓主盡歡。艾瑪陶醉在曼妙舞動的韻律中，不料一瞥眼，卻看見海莉還坐在位子上。年輕女客只有她還沒有舞伴，艾瑪開始有些憂慮，再跳兩支舞就要開飯了，到哪去找一個閒著的人呢？艾瑪觀察一會兒，發現只有愛爾敦先生一人在四處晃盪，她知道他一定不會邀請海莉跳舞，絕對不會。

然而他也沒溜到打牌房看熱鬧，只是不停地在海莉四周遊走，一會兒和這個攀談，一會兒和那個說笑，完全刻意忽略海莉。艾瑪把一切看在眼裡，氣憤不已。

當艾瑪與法藍舞到一邊，她看到愛爾敦太太正在不遠處，以意味深長的眼光給她老公壯膽。

「愛爾敦先生，你不跳舞嗎？」溫士頓太太關心地問。

他馬上客氣地問答：「如果妳願意的話，我很樂意。」

「我？我不行，我跳得不好。倒是有一位漂亮的小姐目前正閒坐著，喏，海莉・史密斯小姐。」

「哦，嗯，我沒看見她，謝謝妳的好意，我結婚太久了，跳舞已是年輕人的事，我不太適合。」

艾瑪瞧見溫士頓太太垂頭喪氣回到座位上，她一定很難想像一個好心腸又懂禮貌的人為什麼一結婚就全變了樣。艾瑪發現愛爾敦先生一邊與他太太擠眉弄眼，一邊走向奈特先生那邊，大概想好好宣揚剛才的事。

然而，發生一件令她意想不到的事：奈特先生略過愛爾敦先生嘲弄的笑臉，風度翩翩地擁著海莉跳起舞來了。艾瑪既高興又興奮，為海莉也為她自己。當他們的眼光再度相遇時，她給他一個前所未有的激賞表情。

果然不出她所料，奈特先生舞跳得很好，他帶著海莉翩翩起舞，在舞池中非常出色。儘管海莉剛才遇到難堪，但她現在可說是飛上雲端的幸運女孩，能被奈特先生如此擁著跳舞的女孩並不多。

愛爾敦先生躲進打牌房，艾瑪看得出來，他十分尷尬。她覺得他越來越像他那位沒教養的太太，不過還沒她那麼狠，她竟然大聲地對溫士頓先生說：「可憐的史密斯小姐遇到了今年度第一大好人，奈特先生真有氣量。」

一直到吃飯時間，大家陸續往餐廳走去，貝斯小姐喋喋不休的聲音再度響起。

「珍，珍，妳在哪裡？披肩在這兒，溫士頓太太要妳快披上，她怕走廊會有風。他們想得真週到。哦，法藍先生，你太好了，你幫珍圍得真漂亮，謝謝你，你的舞跳得真好。對了，珍，我剛去接外婆回家睡覺，然後才回到這裡，都沒人發現。外婆和伍德先生又聊天又下棋，高興得很，東西也吃不少呢。她還一直問妳，我說妳一會兒和歐特先生跳，一會兒是喬先生。哎呀，法藍，你真體貼，讓我和珍挽著你走，真好。等一下，我們讓愛爾敦太太先走，她是今晚的皇后。哇，這餐廳真是太豪華太講究了，燭光好美。對了，我剛才說到外婆，有一件小事她不太過癮。伍德先生的烤蘋果和餅乾都很好，另外有一道龍鬚菜炒牛肉片，唉，好心的伍德先生怕龍鬚菜沒煮爛，吃了會消化不良，叫人端回去了。妳知道的，妳外婆最愛吃那道菜，真是可惜。噓，別讓伍德小姐聽見了，否則她會過意不去。這裡真是氣派，我們坐哪兒呢？那邊？喔，法藍先生，恐怕我們不配——，好好好，就隨你吧，你說的話準沒錯。哇！珍，這麼多菜，回去怎麼向外婆描述？這湯好香，我不客氣了。」

等到吃完飯，艾瑪才有機會和奈特先生說話，她真心地感謝他為海莉解圍。他則痛斥愛爾敦先生，像個沒風度的小人，至於愛爾敦太太那副嘴臉，他也是看得一清二楚，今後這對夫婦再也不能被他認為是好朋友了。

「艾瑪，他們不但要海莉難堪，為什麼他們也要敵視妳？」他露出一抹詭異的微笑，見艾瑪抿著嘴不說話，就說：「有一件事妳一直瞞著我，現在妳可以承認了，妳以前一定在撮合他和海莉，是不是？」

「沒錯，」艾瑪囁嚅地說，「他們恨死我了。」

他點點頭，用了然一切的口吻說：「妳自己好好想想吧，我不說妳了。」

「你放心讓我自己想，你不怕我不認錯嗎？」

「我想信妳會用理智告訴自己，妳有足夠的智慧和勇氣自我檢討。」

「唉，我真是錯看了他，你早就告訴我他心眼小野心大，我偏不聽，還以為他愛上海莉，真是苦了她。」

「既然妳這麼坦白，那我也告訴妳，妳幫他找的老婆比他自己挑得強多了。海莉是個天真、單純的女孩，她的品德比愛爾敦太太好太多了。一個有頭腦的男人會寧可要海莉，我本以為和海莉無話可說呢！」

艾瑪喜出望外，奈特先生終於承認海莉也是個值得愛的女孩。

這時溫士頓先生來催大家再繼續跳舞。

「好啊，要跳就跳個痛快。」艾瑪說。

「妳要和誰跳？」奈特先生說。

艾瑪遲疑了一會兒，說：「你邀請我我就和你跳。」

「妳願意嗎？」他伸出手。

「當然。」

39

第二天上午，艾瑪一人在草地上散步，她細細回味昨晚舞會的種種經過。由於愛爾敦夫婦的無禮，讓她幾乎要敗興而歸，幸好和奈特先生交談過，他們對那對夫妻的評價完全相同，再加上他對海莉的印象改觀，所以後來才能興高采烈玩下去。經過昨晚，艾瑪相信海莉對愛爾敦先生已經完全死心，她彷彿睜開了眼，看清楚此人不是她心目中的完美男人。狂熱已過，艾瑪不必再擔心她的癡心和心碎。

艾瑪也了解愛爾敦夫婦昨晚不留情地一鬧，今後必定會明目張膽，更加狂妄，但是海莉已經清醒，不必再讓她操心。另外，法藍對她的感情也似乎在消退中，還有奈特先生與她更加相知，這一切讓她感到今年夏天一定會非常開心。

她一一思量閃入腦海中的事情，然後準備回家陪兩個孩子玩和侍奉父親。突然鐵門打開，兩個大家作夢也不會聯想在一起的人——法藍攙著全身虛弱的海莉走進來。艾瑪一看便知道出事了，她幫忙扶著海莉走到前廳，一碰到舒適的臥椅，海莉便昏倒了。

一個年輕女孩臉色發白，神色慌張，最後竟然暈厥過去，這事必然引起軒然大波。好一會兒，艾瑪才了解緣由。

海莉與同學畢克頓小姐在往利奇孟的小徑上散步，這條路向來人多，一直很安全。只有在距離海柏里半英里的地方有個大轉變，道路兩旁全是茂密的榆樹林，是較偏僻的地方。當兩人走到那裡時，發現前面有一群吉普賽人。一個男孩看見她們，立刻伸手討錢。畢克頓小姐見狀，驚惶尖叫，要海莉跟著她快跑，爬上小土坡，撥開矮樹叢，就可從小路跑回海柏里。可是可憐的海莉根本爬不動，才剛跳過舞的雙腿完全不聽使喚，她全身發軟，跌坐在地上。

沒多久，海莉就被一大群孩子包圍，一個女人和一個大孩子帶領他們，粗魯無禮地叫嚷著要錢。海莉可憐兮兮地掏出錢包拿了一塊錢，求他們別再圍著她。她慢慢站起來，很困難地移動雙腳，可是他們又看上她的錢包，欺她膽小無援，態度越來越惡劣。

就在這時法藍正好經過，因為天氣好，他決定步行到另外一條路上，再搭馬車回利奇孟，就這麼碰巧，他救了正在發抖哀求的海莉。那群吉普賽人見法藍過來，全都嚇得散開了。於是法藍就帶著驚恐萬分的海莉來到伍德家。

事情經過是艾瑪拼湊出來的，其中一部份是法藍描述的，另外一部份是海莉醒來後斷斷續續回憶起來的。艾瑪派人告訴柯達太太海莉已平安，又通知奈特先生注意附近的吉普賽人，忙完後，法藍才告辭。

這真是個奇遇啊！艾瑪心中充滿浪漫的想法，當落難美女遇到救難英雄，即使最古板的人也會認為他們應該碰出愛的火花。艾瑪早先就動過這個念頭，如今更加肯定她的感覺是正確的，法藍可忘記對她的愛，而海莉也可斬斷對愛爾敦先生的眷戀，一個巧合，可以造就完美結局。然而，艾瑪決定三緘其口，讓他們的愛苗自由發展，她已經吃過搧風點火多事的虧，這回可得小心翼翼地走。

起初艾瑪想將此事瞞住，不讓父親知道，怕她那神經衰弱的父親會極度恐慌和焦慮。可惜消息還是傳開了，不到半小時，海柏里已繪聲繪影，尤其一些年輕人和小販，對這種事最津津樂道，一件駭人聽聞的新聞剎時成了茶餘飯後的話題。

由於吉普賽人事件，昨晚的舞會已乏人問津，伍德先生抱著毛氈發抖，艾瑪費盡唇舌安慰他，最後保證以後散步不再走出小林子，他才稍微安心。

至於吉普賽人，沒等村民來，他們便逃之夭夭了，海柏里的太太小姐們又可放心散步。過沒多久，這件事也逐漸被淡忘，只有艾瑪和她的兩個小外甥還掛在心上。她將此事視為法藍和海莉「愛的奇遇」，而兩個孩子則每天要求她說一遍英雄救美的故事，如果內容與第一次說的稍有出入，他們還會嚴格指正呢。

40

在一個風和日麗的上午，海莉拿著一個小盒子到艾瑪房裡。她猶豫了好久，才開口：「伍德小姐，我有個祕密要告訴妳，不過，這個祕密已經要結束了。」

聽她的口氣，認真中的表情又很嚴肅，讓艾瑪以為出了什麼大事。

「這件事我不該瞞著妳，但經過這些日子的風風雨雨，我看透了人世間的情愛，所以我覺得這件事該有個了斷。」

「嗯，我了解。」

「真不敢相信我竟然幻想了那麼久，」海莉激動地哭了。「還沉迷到無法自拔，一直到現在才清醒。他根本沒什麼了不起，我再也不想見到他了。我也不羨慕他太太，長得漂亮又如何？心腸狠毒，沒教養，那一晚的表情我永遠也忘不了。我再也不願意談到跟他們夫妻有關的事了。」她擦乾淚水，勉強鎮定地說：「我把東西帶來了，妳猜猜看，裡面是什麼？」

「喔，太難猜了，他給過妳東西嗎？」

「沒有，不是他給的，只是我傻到把這些東西當寶貝。」

她把小盒子遞過來，是騰布瑞奇著名的小禮盒，蓋子一開，裡面放了一張寫上「無價之寶」的花邊紙，裡面鋪著柔軟的上等棉花，中間放著一小塊橡皮膏。

「妳想起來了嗎?」

「沒有。」

「哎呀,有一次我們在書房裡,用橡皮膏止血。就是我喉嚨痛的前幾天,嗯,對了,就是約翰・奈特先生他們來的前幾天,妳忘了嗎?他被妳的新筆刀割破食指,妳說橡皮膏可以止血,可是妳身上沒有了,要我給他一塊,我就削了一大塊,他說只要一半就可以,然後把剩下的放在手心裡把玩好一會兒才還我。當時我就把那半塊橡皮膏當成寶貝,時時摸著捏著,心裡也高興。」

「我的天,海莉,」艾瑪驀然站起,手拍拍額頭,「我真對不起妳,我當然記得那天的事,只是沒想到妳會這麼做。唉,都怪我,其實當時我口袋裡有橡皮膏,我是故意叫妳給他的,我真是——唉,還有呢?有別的嗎?」她坐下來。

「妳當時真的有?妳裝得好逼真,我都看不出來。」

「妳真的為了他把橡皮膏珍藏起來?」艾瑪不覺得可笑或奇怪,只是心震了一下,她未曾想過要把法藍用過的東西珍藏在小盒子裡。難道她真的不曾動心嗎?

「妳看,」海莉從棉花堆裡又拿出東西,是一根沒有筆心的鉛筆頭。「這東西則是屬於他的。還記得那天嗎?妳大概忘了,我也不確定是星期二或星期三,他想記下針樅啤酒的釀法。奈特先生告訴他怎麼做,當他掏出筆想記下來時,沒想到筆心太短,一削就沒了,妳給他一枝新的,這截筆頭就一直放在桌上,我趁妳們不注意,鼓起勇氣才將這筆頭偷藏起來。」

「我想起來了，是說針樅啤酒，對，奈特先生和我都愛喝，他說他也想要，就問了做法，唔，當時奈特先生就站在這裡，對不對？還有其他東西嗎？」

「沒有，都沒有了，我想把橡皮膏和鉛筆丟到火爐裡，再也不要看到這些東西。」

「傻海莉。」

「我是個大傻瓜，現在好後悔，這些在他結婚時早就想就燒毀的，只是我一直捨不得。」

「不過，橡皮膏也要燒嗎？鉛筆頭就算了，橡皮膏留著還能用。」

「都燒掉吧！我什麼都不想留下，把它們燒掉，也順便把愛爾頓先生從我心中燒掉。」

艾瑪暗想：「和法藍的故事又何時展開呢？」

吉普賽人事件落幕後兩個禮拜，艾瑪在一次閒聊中說：「海莉，以後妳結婚，一定要請我當妳的婚禮顧問。」她只是不經意地說，不料，海莉卻一臉篤定地回答：「我一輩子都不結婚。」

艾瑪抬頭一望，只見她滿臉心事，遂又說：「我以前從來沒聽妳這麼說過。」

「我不會改變的。」

「該不會是因為……因為愛爾敦先生吧？」

「什麼?! 憑他？哼，」海莉大聲說，她又嘟囔了幾句，但艾瑪只聽見「比愛爾敦先生強多了。」

艾瑪沉默不語，她該袖手旁觀嗎？如果她問都不問一聲，海莉可能會急著全盤托出。她不願像以前一樣，談論一些虛構的事，替海莉製造一個海市蜃樓。她思慮過後，決定不能不關心，但也不能直接說破，最明智的做法就是做個旁觀者，立場要客觀，才能公正地當個觀眾。於是她問海莉：「我不懷疑妳的決心，但是，海莉，妳要想清楚，妳說妳不結婚是不是因為妳喜歡的人高不可攀？」

「哦，伍德小姐，妳真是太——我不會癡心妄想嫁給他的，他太完美，太高貴，太好了，我只能衷心敬仰他，愛慕他。」海莉嘆著氣說。

「那是當然的，他幫助妳，妳感激他是很正常的。」

「我永遠也忘不了那一幕，如果不是他慷慨伸出援手，我真不知道該如何是好。因為他的拔刀相助，那一刻讓我從一個可憐蟲變成全世界最幸福的女人了。」

「他的確很了不起，妳感謝他也是應該的。但是，海莉，妳要盡量克制好自己的感情，如果不能確定他也同樣愛妳，千萬不要一頭栽下去。這些話我以後不會再多說，所以現在提醒妳要注意自己的言行舉止。往後，我會當個局外人，不能再重蹈覆轍。那個人的名字，妳只要放在心上就好了，妳要比以前更小心謹慎。雖然，他的地位和條件比妳好，但也不表示相愛是不可能的，即使別人都反對，但愛情的力量會戰勝一切，有情人終成眷屬的例子不是沒有，所以妳別灰心。只是妳一定要小心，別讓人察覺到妳的感情。無論結果如何，妳會看上他表示妳有欣賞能力，比以前進步了。」

海莉緊緊握住艾瑪的手，眼神中流露出無盡的感激。

41

轉眼間已是六月了，海柏里沒有什麼大事。愛爾敦太太仍不停地炫耀她姊夫的四輪敞篷馬車；珍仍佇足住在外婆家，坎貝爾夫婦的歸期又延至八月。如果珍能擺脫愛爾敦太太的熱心，不要逼她去哪個富貴人家當家庭教師，或許她還能安心再住兩個月。

奈特先生一直很討厭法藍，至於什麼原因，只有他自己明白。他開始懷疑法藍不是真心追求艾瑪，雖然從表面上，種種跡象都很明顯，有意或無意之間，都讓人以為法藍想追求艾瑪，只有他發現法藍想勾引珍。他覺得很可疑，法藍和珍之間似乎有一點曖昧。

他第一次懷疑是在愛爾敦家吃飯時，溫士頓夫婦、法藍和珍都在場。他無意間看到那位頻頻向艾瑪放電的男人正深情款款地望著珍，那一眼包含的感情似乎很複雜。他立刻起了疑心，更加留意那兩人的一舉一動。

又有一天傍晚，他陪著艾瑪與海莉一起散步，途中遇到溫士頓夫婦、法藍、珍及貝斯小姐，他們也是路上偶遇。艾瑪邀請所有人到她家陪她父親喝茶，大家都欣然同意，貝斯小姐在說了一大堆廢話後，也歡歡喜喜地跟著進去。

他們正要走進大門時，正巧佩理醫生騎著馬經過。於是幾位男士就聊起他們的馬。

過了一會兒，法藍回頭對溫士頓太太說：「佩理醫生不是說要買馬車嗎?現在不知這怎樣了。」

只見她大吃一驚地說：「我從來沒聽說他要買馬車。」

「怎麼可能？三個月前妳在信上告訴我的。」

「不可能，我完全不知道此事。」

「真的，我記得很清楚。還說是佩理太太的意思，她怕他吹風淋雨，擔心他受不了，想起來了嗎？」

「不可能，我才第一次聽到這件事。」

「第一次，怎麼可能，難道是我在做夢？——唔，史密斯小姐，妳累了嗎？妳看起來不是很有精神。」

「怎麼回事？」溫士頓先生大聲地說。「佩理要買馬車？法藍，你是聽他說的嗎？」

兒子笑笑道：「這麼看來，好像沒有人對我說過，怪了，我明明記得繼母在信上提過，可是現在她卻又否認，那就是我在做夢了。我這個人最多夢了，離開海柏里後，這裡的人我幾乎都曾夢過哩！」

「哎，老實說，」貝斯小姐趁大家說話的空隙，大聲地說：「我想，法藍可能是做夢夢到的，我也常常夢到真實的事呢。不過，老實說，佩理太太今年春天的確打算買輛馬車，是她親口告訴我媽媽的。珍，那天我們去散步回來，外婆還興沖沖地告訴我們，是不是？佩理太太和我媽媽是老朋友了，她什麼祕密都願意告訴我媽，只叫我們別四處張揚，否則萬一佩理醫生改變主意，面子掛不住。我記得我沒告訴別人，不過，我也不敢保證，也許不知道哪時說溜了嘴。我不像珍，她一向守口如瓶的，咦，珍在哪兒？妳怎麼走到後面去了？」

奈特先生早就發現法藍一臉尷尬相，他忍不住也想看看珍，可是珍的臉上毫無表情，隨著她姨媽走進伍德家氣派的客廳。

大家圍在一張新式大圓桌喝茶吃點心，說說笑笑，都捨不得先離開。法藍看看牆邊的方桌，說：「艾瑪，妳外甥把字母卡片拿走了嗎？平常不是放在小方桌上，上一次我們玩猜字遊戲滿有意思的，怎麼樣，敢不敢接受挑戰？」

「誰怕誰呀？」艾瑪笑著拿出字母卡片，兩人互相出題給對方猜，也讓旁邊有興趣的人猜。伍德先生最喜歡看人猜字謎，大家斯斯文文的，不會吵得他頭疼。

法藍挑了幾個字母放在珍的桌前，她掃了一眼，很認真地想著。一會兒，她猜到了，微微一笑，看了法藍抿抿嘴。海莉對每個字都有興趣，可是什麼也猜不出來。她拿起珍桌前那堆字卡，央求奈特先生幫忙，原來答案是「粗心犯錯的人」，海莉興奮地喊出答案，而珍卻霎時間羞紅了臉，似乎有什麼祕密暗藏其中。奈特先生把一切看在眼裡，他直覺這個答案和法藍的夢有關，可是究竟有何關聯，他還摸不清頭緒。謹慎沈穩的珍和法藍之間有什麼不可告人的事嗎？他頗為珍擔心。

他看到法藍又擺了一個字讓艾瑪猜，還露出一臉狡猾惡作劇的笑臉，而艾瑪才看一眼就知道答案了，她說：「別鬧了！」法藍望望珍，說：「也讓她猜吧？」艾瑪咯咯笑著說：

「不行，不行，別鬧了！」

然而，法藍還是把字母卡片推到珍面前，非要她猜不可。此刻奈特先生對法藍的反感簡直漲到了頂點，他覺得這個風流男子要談戀愛沒真情，要交朋友也沒禮貌。他瞄了那堆字一眼，馬上看出是「迪克生」。就在此時，珍也猜出來了，她一抬頭，見幾個人全盯著她看，臉又一紅，很不高興地說：「我不知道人家的姓也可以拿來當謎底。」她怒氣沖沖地把字卡推到一邊，表示不玩了。

此時，貝斯小姐大聲地說：「喔，是啊，我們也該走了，我媽媽還等著我們回去，伍德先生，謝謝您。」

珍連忙起身，想趕快離開，可是同時站起來的人太多了，她只得留在原地。奈特先生忽然瞥見法藍趁慌亂之際，揀了幾個字母塞到珍手裡，可是她卻不接，推開他的手，然後快速離去。

所有客人都走光了，只剩奈特先生還在。他喉中有如哽著一根刺，不吐不快。

「艾瑪，妳老實說，妳和珍猜的最後一個字有什麼意思，那個字我看到了，為什麼妳笑得那麼樂不可支，而珍卻滿臉憤怒？」

艾瑪慌了。這其中的隱情不便對他說，因為那只是她的揣測，並未證實，而且她也後悔以前的失言。

她尷尬地笑著說：「沒有，只是我們以前開過的玩笑。」

「哦，這個笑話似乎只有妳和法藍可以心領神會。」他板著臉孔。

他等著她開口，可是艾瑪卻不肯再說。他有一些不祥的預感，可是艾瑪緊閉雙唇，顯然不願多談。她的慌張模樣，還有與法藍毫不避諱的親熱，都讓他覺得心痛。但是他覺得自己有責任保護她，寧可現在得罪她，也不願她將來吃虧上當。

「艾瑪，」他把聲音放軟，「我只想平心靜氣地和妳談談，妳確定妳完全知道他們的關係嗎？」

「你是指法藍和珍？我當然知道了，你為什麼這麼問？」

「妳不認為他們之間有些怪怪的嗎？」

「哦，拜託，我從來沒發現有什麼異狀。倒是你，沒想到也當起偵探了，不過你放心，我敢打包票，他們之間絕對沒有私情。就算你偶爾看到幾個動作或眼神，也絕不是你想像的那樣。這個太複雜了，我也說不清楚，反正我就是知道，他們之間沒有你所謂的那種感情。」

她說得十分有把握，讓奈特先生的肯定態度動搖了。艾瑪還想追根究底，有何證據說他們之間有曖昧關係，可是他卻沒有心情了。他覺得意興闌珊，似乎成了多餘的人，而伍德先生的火爐也快將他烤乾了，於是快快告別，回到他那冷冷清清的窩。

42

沙丁夫婦要來海柏里的消息傳了又傳，然而始終不見人影，人們只在茶餘飯後約略再惋惜一番。反而是邱契爾太太的身體近況和溫士頓太太的懷孕，成了左鄰右舍關心的焦點。

愛爾敦太太最失望了，姊姊和姊夫不能來，她大吹大擂的事就不能兌現，所有的遊玩計畫全成了空談。後來她想開了，既然他們暫時不能來，為何不自己去玩呢？應該趁著春日時光去踏青才對。

嚷了好一陣子的伯克斯山之旅，也觸動艾瑪年輕的心，她想看看被人譽為「海柏里之山」的伯克斯山。她與溫士頓先生商量，要找一個天氣晴朗的早上去玩，就只要親密好友二三人，不用大張旗鼓，講究排場，否則勞師動眾，不能隨心所欲，反而喪失遊興。

本來兩人已決定好，不料溫士頓先生說，他已向愛爾敦太太提起，既然她姊姊和姊夫不能來，何妨大家作伴一起去。愛爾敦太太爽快地答應，只要艾瑪不反對即可。艾瑪聽了又驚又氣，溫士頓先生明明知道她非常討厭愛爾敦太太，卻又出這種餿主意。為了溫士頓太太，艾瑪沒和他發脾氣，只有無奈地同意了。她還有個不自在的原因：從此讓人抓到把柄，說她是跟隨著愛爾敦太太去的。這個原因讓她生了好久的悶氣。

就在他們定下日期的時候，愛爾敦家的一匹馬跌傷了腿，全盤計畫因此耽擱下來，大家只好垂頭喪氣等待了。

「真掃興，本來說好一起去玩的，一拖再拖，白白浪費美好時光，討厭死了。」愛爾敦太太在一次聚會向奈特先生埋怨。

「妳可以來唐威爾玩，」奈特先生說。「不需要騎馬，散散步就到了。我家的草莓快熟透了。」他說時不一定當真，可是後來卻非兌現不可。

唐威爾除了蘋果以外，草莓和大白菜都是遠近馳名。牧師太太把唐威爾主人的邀請，當成一種愛慕和榮耀。

「我一定要去，你說個日子，我一定去，也帶珍一起去。」

「我決定了日期再通知妳，有些人我還得問問看。」

「喔，那你不用擔心，交給我全權處理。這個活動我是主角，我會把好朋友都帶去。」

「妳別忘了帶愛爾敦先生就好了，至於別人，還不敢麻煩妳。」

「什麼話！傻瓜，我是個結過婚的女人，做事你還不放心嗎？我可不像那些行事輕率，不用大腦的年輕女孩，放心，所有客人由我挑選，我替你邀請。」

他不肯讓步：「不行，只有一個結過婚的女人可以在唐威爾請客，就是——」

「是溫士頓太太，對吧？」她酸溜溜地說。

「是奈特太太，除非有她，否則一切事情都由我自己打點。」

「哎呀，你真固執！」她心中竊喜還是沒有人能勝過她。「你還真幽默呢，好吧，我只帶珍和她姨媽，其餘的人由你負責。我知道你和伍德家的交情，我不反對邀請他們。」

「只要請得到，我一定會請。待會兒我回去會順便拜訪貝斯小姐。」

「別麻煩，我每天都會碰到珍，我再告訴她。對了，奈特，我戴頂小花帽，手提綁著粉紅絲帶的小籃子，不錯吧！我們在果園裡隨意走走，午餐就在樹下吃好了，一切簡單自然，你看如何？」

「餐桌還是擺在屋內，否則讓佣人和家具閒著，那就不叫簡單自然了。你們吃夠了草莓，再回屋內吃點冷食。」

「好吧，不過記得，不用準備得太豐盛。還有，要我的管家也幫忙出主意嗎？或是你們霍吉斯太太需要我指點？」

「不敢當，謝謝好意。」

「喔，我的管家挺聰明的，好點子不少。」

「我想我的管家也自認聰明，用不著別人幫忙。」

「我想你一定會令大家滿意，親愛的好朋友，雖然你表面上說話犀利，但是我知道你心腸最好，而且最體貼，我相信你一定猜出我喜歡什麼，討厭什麼。」

奈特先生不願把餐桌放在戶外，主要原因是：他想請伍德先生和艾瑪來。他了解伍德先生，如果讓他們坐在露天的環境裡吃東西，老先生準會生病。他必須考慮好一切。

果然伍德先生聽到邀請，毫不考慮地答應了，他信得過奈特先生。「我有兩年沒去唐威爾了，我把艾瑪和海莉都帶去，我可以和溫士頓太太待在屋內坐坐，讓兩個女孩出去散步。我還想再去看看你家那棟老房子。你做事我放心，一切就聽你安排，嗯，在屋內吃飯比野餐好，吹到冷空氣會得傷風。」

奈特先生的邀請，得到所有人歡喜的答案。大家都像愛爾敦太太一樣，以為自己是奈特先生的主客。他還主動邀請法藍，溫士頓先生很高興，立刻提筆寫了一封叫人都難以推辭的信。

就在那幾天，受傷的馬已復原，要跑去伯克斯山看來是沒問題了。大夥兒商量結果，先去唐威爾玩，第二天再去遊山。

在仲夏的午日，伍德先生坐著舒適的馬車出門。奈特先生在唐威爾最豪華的房裡，生起了一早上暖烘烘的爐火，老先生受到了無比尊榮的款待，加上溫士頓太太特地留下陪他聊天，他滿意極了。

艾瑪很久沒到唐威爾了，而今舊地重遊，又見父親被安頓妥當，心情格外輕鬆，裡裡外外，逛了又逛，她對這老房子有著深厚感情。

這房子建造得很氣派，後院接著果園，一直沿伸到一條小河邊，河邊大樹如蔭，風景優美。不論現在或未來，艾瑪與此地主人都有姻親關係，為此她覺得十分得意。屋內裝潢考究，房間寬大且舒適，可以看出主人的聲望地位。雖然約翰・奈特的脾氣有些古怪，但他和依莎實在相配，無論血統或名望，都是實至名歸。

艾瑪想像小亨利將來要繼承這裡，心中著實為依莎高興。她東張西望，最後才來到種草莓的地方。所有客人都忙得不亦樂乎，眼裡望的，口中吃的，心裡想的，全是鮮豔欲滴的草莓。

只差法藍還沒到，溫士頓太太頻頻望向大門，她擔心是否馬出問題了。

大家蹲累了，就坐在樹蔭下乘涼。愛爾敦太太拉著珍咬耳朵，但她的聲音大到讓所都有人聽見。原來愛爾敦太太早上接到一封信，是布雷格太太的表妹家要請家庭教師，而他們與沙丁太太相識。他們的生活和地位雖然不及沙丁先生，但在梅布爾也算財力雄厚的有錢人。愛爾敦太太一如往常的熱情和耐心，緊盯著珍不放，不管珍拒絕的理由，她仍一遍又一遍強調去那裡的好處。最後，她甚至堅持第二天就替珍回信答應。艾瑪看在眼裡，不相信珍還能忍得住。果不其然，珍寒著一張臉，拒絕聲也更堅決，最後她說道：「奈特先生，我們去走走吧，帶我們參觀果園，我想四處看看。」說完，馬上起身向前走。

天氣有點兒熱，大家在果園裡三三兩兩閒晃著。好一會兒，大家全都走到河邊小徑，路旁是兩排菩提樹，沿著樹蔭走，吹拂著暖暖的微風，令人心曠神怡。這裡是典型的英國田園風光。

艾瑪和溫士頓先生邊走邊聊，無意間看見奈特先生和海莉並肩地在前方走著，多令她訝異的畫面！過去奈特先生甚至不願多談海莉，如今他們竟能一起散步。艾瑪本來還煩惱海莉沒機會欣賞唐威爾美麗的風光，而今盡在她眼底，她為海莉萬分高興。走到小路盡頭的矮牆邊，艾瑪才趕上他們。她發現奈特先生正告訴海莉如何分辨一年四季的農作，他見到艾瑪便微微對著她笑，好像在說：「我只是在談農務，可不是在幫馬丁牽紅線。」艾瑪也報以微笑，她知道海莉心裡早就沒有馬丁先生的位子了，至於馬丁，說不定也早忘了海莉。

大家陸續回到屋內吃飯，法藍至此時尚未出現，溫士頓太太又擔心又失望，反倒是溫士頓先生一副自在模樣，他有信心他兒子一定會平安到達。他們在談論時，艾瑪仔細盯著海莉，卻沒發現她有任何異狀。

一頓飯吃得客人們十分盡興，飯後有人提議去看養魚池，順便去看準備要收割的三葉草。伍德先生不想再動，他在飯前去果園的山坡地散步過，艾瑪執意要陪他，好讓溫士頓太太可以出去散散心。

奈特先生把他的收藏品都拿出來給伍德先生欣賞，無論是畫冊、珊瑚，雕像或是貝殼，都顯示出主人的品味與格調。這些東西本來是由溫士頓太太一件一件展示給他看，而今他準備再一件件拿給艾瑪觀賞。艾瑪從餐廳出來，正想仔細看看房子的平面圖，忽然遇到神色慌亂的珍，她恰好要找艾瑪。

「請幫幫我！」珍說。「我想先回去了，我們玩得太久，我擔心外婆一個人等門，所以要先離開了，請妳替我說一聲。」

「沒問題，只是妳一個人走得回去嗎？」

「可以，我不怕，最多走個二十分鐘就到了。」

「用走的太遠了，妳等一下，我叫馬車送妳。」

「謝謝，不用了，不用叫車，我一個人可以走的，過不了多久，我還要去伺候別人。」她說得有些激動。

艾瑪無限同情地說：「那也不用冒險，讓我叫馬車吧，太陽還大得很，況且妳也累了。」

「是累了，但再累也比心煩好。伍德小姐，老實說，我實在覺得很煩。妳若真心幫忙就別管我，有人問起就說我先回家了。」

艾瑪不再堅持，只像好朋友般目送她離去。她臨走前，感激地說：「唉，伍德小姐，能夠擁有自己的片刻寧靜，是多不容易的事！」這句話像是發自一顆長期抑鬱的心，即使在家人身邊，她也沒真正快樂過。

「我真的很同情妳，珍，妳越是真情流露我越喜歡妳。」艾瑪無限感慨地說。

珍走後不久，伍德先生父女剛欣賞完威尼斯的聖馬克教堂畫作，法藍正巧走進來。雖然艾瑪已沒將他放在心上，但仍十分高興見到他。原來邱契爾太太的病情加重，她的神經痛得很厲害，鬧了老半天才睡著。本來他不打算來的，太陽還很大，他騎馬趕得很急，從小嬌生慣養的他，怕熱不怕冷，全身散不去的熱氣，加上屋內爐火餘溫，讓他吃足了苦頭。

「心情放輕鬆，你坐一會兒就會覺得涼快了。」艾瑪安慰他。

「等天涼了我又得回去了。本來就沒空，還把我叫來，你們就要散會了，唉！真是瘋狂。」

艾瑪靜靜瞅著他，發現他是那種因為太熱會發火的人，她建議他去餐廳喝些冷飲，壓壓火氣。

「不用了，我吃不下。」幸好過了一會兒，他心靜下來，說要喝針樅啤酒，就自行離去。艾瑪又開始陪父親欣賞畫，但心裡嘀咕：「幸好我沒真的愛上他，否則一個天熱就要發脾氣的人，我才受不了。海莉個性溫和，應該不會介意。」

他去了很長一段時間，吃飽喝足後，心情開朗許多，又恢復平日溫文儒雅的俊俏模樣，把椅子挪到伍德父女身邊，陪他們一起欣賞瑞士風景圖。

「等我舅媽的病一好，我想出國旅遊，有些地方不親眼目睹，感受不到那種震撼力。或許妳以後會有機會看到我的寫生、遊記或是手札之類的東西。」

「我拭目以待，但是你別想畫瑞士寫生了，你舅媽不會讓你離開。」

「醫生建議她去溫暖的地方，出國也許有可能。我應該去旅行，無所事事讓我悶得發慌，妳別瞪我，我真恨不得明天馬上離開英國。」

「你太幸福了，該找個工作，好好奮鬥一番。」

「我幸福?!才怪。沒有一件事我能自主，無法隨心所欲，那才叫做可憐。」

「我們明天去伯克斯山，你要去嗎？那裡雖然不是國外，但去欣賞風景，也很不錯，怎麼樣？」

「不行，我要趁晚上天涼了回去。」

「那明天一大早再來。」

「不行，來了我也會發脾氣。」

「好，那你就待在利奇孟別來了。」

「更不行，缺了我，你們會玩得不盡興。」

這時，客人們陸續進來，看到法藍都很高興，尤其是溫士頓太太。對於第二天的遊玩活動，大家再約略討論，就各自回家了。

法藍本來不想去，突然又改變主意，他低聲對艾瑪說：「如果妳留我，我明天就一起去玩。」

艾瑪笑著點點頭。除非利奇孟有人來催，否則明天天黑前，他是不會走的。

43

第二天風和日麗，適合出外遊玩。溫士頓先生奔波於伍德家和牧師府，盡力打點大小事宜。溫士頓太太陪著伍德先生在家，好讓艾瑪可以玩得痛快。七英里的路程，大家還興緻高昂，到了目的地，所有人便有意識無意識地成了小團體。愛爾敦夫婦手牽著手，奈特先生陪著貝斯小姐和珍，艾瑪、海莉及法藍走在一起，即使溫士頓先生再三鼓吹，仍然無法將三組人馬合而為一。於是，只好各自活動，在山上消磨了兩個小時。

艾瑪最先感到無聊。她第一次發現法藍如此心不在焉，言語無味，而且明顯地無心欣賞美景。由於他的無精打采，海莉也遊興全無，在一旁的艾瑪也跟著難受起來。

直到所有人都坐下，準備吃點心時，法藍的情緒突然高漲。他的熱情緊緊隨著艾瑪旋轉，他對她曲意逢迎，極盡諂媚，就是想逗她開心。而她也樂得由他吹捧，有意無意給他暗示，讓他更肆無忌憚，大膽與艾瑪調笑。雖然她自認對他無心，但也不反對他的放縱舉止。然而在旁觀者眼中，這對青年男女正在眾目睽睽之下「調情」。

其實，艾瑪不是滿心喜悅接受他的調情，她覺得很不痛快，只想用笑聲來掩飾她的不滿。她覺得法藍在演戲，他的目的是什麼她不知道，但剛好她悶得發慌，就把他的殷勤和奉承當成是逢場作戲，她心裡明白，她再也不可能愛上他了。

「幸好妳要我今天來，否則就錯過這好山好水了。」

「當時你心情不好，大概是想說遲到了，好的草莓都被採光了吧，還好你要我為你作決定，你才有機會來伯克斯山。」

「我不是心情不好，只是太熱了。」

「今天更熱呢！」

「哦，不會啊，我覺得好舒服。」

「舒服？那是因為你的心中有了想法。」

「妳的想法嗎？噢，沒錯。」

「拜託，我的意思是你自己的想法。昨天你因為太熱，心靜不下來，才會不知所措。我不能永遠和你一起，你的事要自己決定。」

「如果精神沒有寄託，當然就無法順利處理事情。妳就是我的主宰，在我心中，妳永遠是我的主宰。」

「從昨天下午三點才開始吧？」

「昨天？那是妳說的時間，我們第一次見面是在今年二月。」

「真拿你這油嘴滑舌的沒辦法。」艾瑪低聲說。「大家就看著我們倆說話，免費耍猴戲給大家看，不值得吧！」

「我又沒說什麼見不得人的話。」他反倒大聲地說。「我第一次見到妳是在今年二月，山上的人都能聽見最好，我還要大喊，讓山腳下的人也都能聽到，我第一次見到妳是在今年二月。」然後他低聲說：「這群傻瓜，不知要盡興開懷，讓我來逗逗他們說話吧。——各位女士，各位先生，我奉艾瑪・伍德小姐之命，她是世界的主宰，她想知道各位現在心裡在想什麼。」

有人笑了，附和兩句；愛爾敦太太心裡老大不服氣，全寫在臉上；只有奈特先生開口說話。

「伍德小姐真的想知道我們在想什麼嗎？」

「哦，沒有，我哪有這種本事，我才不敢過問諸位的想法，不過，或許有一、二位吧！」她瞅了瞅愛爾敦先生和海莉，「我倒有興趣知道他們的心裡在想些什麼。」

「我可不敢這麼囂張，」愛爾敦太太一臉的不悅大聲地說。「今天只能算是陪客……從來都是主角的……哼……年輕女孩……結過婚的女人……」

她含含糊糊的話是說給她先生聽的，而他也立刻回應：

「沒錯，沒錯，沒聽過這樣的……不過有的女人就是愛吹牛……妳的身價……開玩笑……誰都知道。」

「哇，有人不服從命令，」法藍輕聲對艾瑪說。「給他們一點顏色瞧瞧。各位，奉伍德小姐之命，她決定不追究你們的想法，但是每個人要說一段有趣的話。除了我以外，共七個人，念詩、背誦、創作皆可，精彩的只要一則，次一等的，要說兩則，沒意思的要罰三則，聽完了伍德小姐會大笑三聲。」

「好呀，好呀，」貝斯小姐笑道，「我先認罰了，先說三個沒意思的故事，怎麼樣？」她自信滿滿地看大家一眼，以為會得到滿堂喝彩。

艾瑪終於忍不住，說：「嗯，小姐，那可不行，妳一次只能說三句，不能說個沒完沒了。」

貝斯小姐一時被她假客氣的模樣矇騙，不察她的真意，等好一會兒，才驀然漲紅了臉，雖然沒生氣，但也看得出她很難過。

「哦，算了吧，我知道她的意思，」她轉身對奈特先生低語。「我把嘴巴縫起來好了，連她都嫌我，可見得大家都看我不順眼了。」

這時，愛爾敦太太開炮了，她說：「別怪我說話太直接，我們出來遊山玩水，就是想要圖個輕鬆自在，我也是個愛說笑的人，但什麼時候開口閉口，總有自己的自由吧！況且，伍德小姐，我最不會的就是隨便吹捧，我也不屑去拍人家馬屁，邱契爾先生，你就放了我們一馬吧，我們沒你嘴甜，說不出逗人的話。」

「對，對，放過我吧，」她丈夫不屑地幫腔。「結婚那麼久，我也說不出逗女孩子開心的話了。我們去那邊走走，老婆。」

「嗯，老待在這兒，怪沒意思的。來，珍，一起走吧。」

然而，珍沒跟他們一起走，夫妻倆只好自己走了。

「他們真是絕配，」法藍等他們走遠後說。「居然能在玩樂的地方找到伴侶，他們在巴斯認識不過幾星期，就能結婚，真不容易。要了解一個女人應該在家裡，或是看她與別的女人的相處情形。要不然，就要靠運氣了，多少男人是因為一見鍾情而悔恨一生。」

極少開口的珍，竟然說話了：「沒錯，很多女人也是一樣，憑第一眼愛上的人，不一定是良緣。」

「哦！」法藍轉身盯著她。

「遇到這種倒楣事的男女都有，但我想不會太多，有誰真的那麼相信自己第一眼的直覺？即使匆忙結了婚，以後又一輩子痛苦悔恨，像這些意志不堅的人，無法掌握自己的命運。」

他不語，望著她鞠個躬，又用俏皮的語氣對艾瑪說：

「唉，我真不敢相信自己的判斷力，如果真要結婚，妳願意幫我挑個新娘嗎？只要妳滿意，我一定會喜歡的。請妳先收留她，栽培她。」

「把她變成像我這樣的人嗎？」

「那就太完美了。」

「沒問題，一切包在我身上，你一定會滿意。」

「她要活潑大方，還要有一雙淡褐色的眼眸，其他的就無所謂了。等我從國外遊玩幾年回來，我就要跟妳要老婆了，別忘了。」

他的話正合艾瑪心意。除了淡褐色的眼眸這個條件不算外，還要再栽培兩年，豈不是正指海莉嗎？

「姨媽，我們去愛爾敦太太那裡走走吧。」珍神色有些黯淡。

「好呀，走吧。本來我剛才就想走的，現在或許還趕得上她。咦，她在那兒嗎？哦，不是她，是另一位小姐，喔，我覺得……」

奈特先生也隨著她們離去，剩下溫士頓父子及艾瑪、海莉。法藍覺得索然無味，失了興頭。而艾瑪也大為掃興，她只希望能靜靜欣賞眼前美景。

好不容易佣人來問是否打道回府，她連忙點頭同意，只覺得很想回家休息，忘記該快樂又不快樂的一天，她再也不敢領教與一大群心意不合的伙伴同遊了。

在等馬車時，奈特先生忽然走過來，他瞧瞧近處沒有他人，便對艾瑪說：「艾瑪，有件事情我過去曾經說過妳，現在還是要說妳，妳愛聽也好，不愛聽也罷，我都要說。只要妳做錯事，我都非管不可。貝斯小姐是妳的長輩，妳怎麼能用那種口氣跟她說話？妳是個聰明人，但是怎麼能就憑這點，去嘲笑一個年紀比妳大，家境比妳差，反應又沒妳靈活的人？我覺得很失望。」

艾瑪頭一低，雙頰緋紅，心中雖有愧疚，但嘴巴仍不肯輸。

「我只是隨口說說，又沒有惡意，而且也不是什麼大不了的事，她聽不懂！」

「妳大錯特錯了，她完全懂，而且明白妳的意思。她說她自己又囉唆又討人厭，能承蒙妳爸爸和妳熱情照顧，她感激不盡。她的話既坦白又有氣量，真可惜妳沒有親耳聽見。」

「我知道她是個老好人，」艾瑪大聲說。「她有美德，可是你也必須承認，她實在囉唆地讓人生厭。」

「我不否認，可是如果她是個有錢的幸運兒，如果她與妳家境相當，我會多少注意她可笑的性格，而不去計較妳態度隨便；可是艾瑪，這是個多麼遙不可及的假想。她出生時家道中落，或許以後還會更窮途潦倒，妳應該同情她。她看著妳出生，看著著妳成長，對待妳一如往昔，而妳卻逞一時口舌之快，嘲笑她，而且還當著她外甥女和外人的面，妳自己心裡明白，有些人是用妳對她的態度來同樣對待她的。這些話不管妳愛聽不愛聽，總之我是說了，就算妳現在不明白我的苦心，我相信總有一天妳會了解。」

馬車已備好，奈特先生扶著她上車，雖然她還有話想說，但不爭氣的淚珠正在眼眶打轉，她覺得真正的想法被誤解了，她既懊惱又悔恨，喉頭像哽著什麼似地，完全發不出聲音。她沈靜了一下，才想到還未向奈特先生道別，她連忙探出窗外想大叫，可是他已經離開了。

馬車跑得很快，一會兒功夫就下了山，可是艾瑪的苦惱和傷心還積滿胸口。從小趾高氣昂，從不認輸的伍德小姐，徹底被打垮了。她完全接受他的指控，她竟然無知到對貝斯小姐如此傲慢無禮，她怎能在眾人面前做出蠢事。而且，她還沒有說半句感謝或懺悔的話，他會原諒她嗎？

她越想越傷心，身邊的海莉不知為何，也是同樣不吭一聲，滿臉無神。淚不聽使喚地流下，她不知道自己為什麼這麼在乎。

44

艾瑪與父親下了一整晚的四六棋，一天下來，只有此時心情最平靜。她希望自己永遠是父親心中完美的女兒，理智、堅強、不會犯錯，也不會有人對她說：「妳怎麼能丟妳爸爸的臉？」啊！貝斯小姐，如果未來的殷勤能夠彌補過去的錯誤，她希望能得到貝斯小姐的寬恕。捫心自問，艾瑪知道自己太自大狂妄，太瞧不起人了，即使有些只是表現在思想上而非行動上。她決定要痛改前非，打算第二天一早就去拜訪貝斯小姐，以後更要持平待之，體貼體諒。

隔天上午，她早早出門，還盼望能遇到奈特先生，她想對他懺悔，對於這樣亦師亦友的人，她不想失去他。可惜她往唐威爾的路上瞧了半天，也沒見到半個人影。

以前當佣人說「太太小姐都在家」時，她從未有過快樂或期待，因為只有萬不得已她才會來，她刻意不去注意她的光臨帶給這家人的歡喜。然而，這次她有了迥然不同的感受。

一進門，艾瑪覺得氣氛緊張而混亂，好像發生什麼大事。女佣神情為難又不知所措，好一會兒才領她進客廳。她一眼瞥見貝斯小姐攙著面有病容的珍躺回床上，嘀嘀咕咕不知說些什麼。

艾瑪擔心貝斯小姐故意躲她，幸好不久，她便走出來，雖然口裡說「謝謝，感謝光臨」

之類的客套話，但艾瑪感覺得出來，她的動作和表情有些不自然，連聲音中的熱情也沒有了。艾瑪熱心地問起珍，想藉此拉近距離，果然這招見效。

「噢，伍德小姐，妳真是好心，妳是來向我們道喜的吧，」兩滴淚珠已在眼眶中打轉。「我們都捨不得她走，可是，唉，她一早起來就給坎貝爾上校和迪克生太太寫信，邊寫邊掉淚。馬上就要去工作了，我們運氣好，珍一個年輕女孩可以找到那麼好的工作，我們不是不知足，只是，哎！」強忍住即將滑下的淚水。「可是珍的身體很不好，頭痛得要命，即使有喜事也高興不起來。她沒出來，妳別介意，我勸她躺會兒，沒見到妳她很抱歉，我告訴她：『伍德小姐是好心人，不會介意的。』我剛才正忙著勸她，讓妳在門口等很久，抱歉，我本來以為是科鄂太太，珍也說沒人會這麼早上門，沒想到是妳，我想珍願意和妳聊聊，可是她精神太差了，不能和妳會面，真不好意思，我對她說：『珍，妳別起來，我就說妳在床上起不來。』」

艾瑪聽得心酸，她對珍早已沒有反感，現在又知道她如此痛苦，所有成見已化成同情。想起往日的猜忌和冷漠，艾瑪能體諒珍不願見她，反而願意見科鄂太太的心態。她真心誠意地祝福珍工作順利，並且一切如意。

「謝謝妳，妳總是那麼體貼。」

這個「總是」讓艾瑪覺得慚愧，她怕貝斯小姐再說什麼感激的話，連忙問道：

「珍要去那戶人家？」

「史莫爾太太家，看管三個可愛的小孩。史莫爾太太和沙丁家很熟，距離也不遠，聽說他們家的房子很大，過得很舒適。」

「是愛爾敦太太幫忙的吧？」

「是的，是我們的好愛爾敦太太，她真是太熱心了，還是她幫珍決定的。前天我們在唐威爾採草莓時，珍說什麼也不肯答應，她說要等見過坎貝爾上校再說，她對愛爾敦太太說得很肯定，還勸人家寫信回絕。可是昨天晚上，珍卻說她想通了，想到史莫爾太太家那麼好，她決定先去了。幸好我們的愛爾敦太太有主見，她還沒寫信回絕，所以就這麼定下來了。」

「妳們昨晚在愛爾敦家？」

「是啊，在伯克斯山她就邀請我們了，她也請奈特先生一塊兒去。」

「他也去了嗎？」

「沒有，奈特先生沒答應，愛爾敦太太還說不會輕易放過他呢！嘻，結果他沒去。只有我媽媽、珍和我去了，妳知道，和好朋友在一起，再累也值得。雖然早上遊山也挺累的，但朋友邀請，我已經感激不盡了。」

「我們都會捨不得珍，但願那家人很好相處，對珍好一些。」

「謝謝妳，伍德小姐。愛爾敦太太認識的人中，就他們家的育嬰房最大了。孩子們懂事乖巧，她說珍去了，肯定是享福的。還有薪水，伍德小姐，妳大筆鈔票見慣了，可是大概也難以相信，像珍這樣年輕女孩能賺那麼多錢吧！」

「嗯，如果她家小孩也像我小時候那麼難帶，那薪水加五倍給珍也是應該的。」

「對，有道理。」

「珍什麼時候離開？」

「還有兩個星期，史莫爾太太希望她早點去。我媽傷心極了，不知道要多久才能再見面，我就一直勸她別傷心，免得珍難過。」貝斯小姐感嘆地說。

「我也捨不得珍走，坎貝爾夫婦一定很難過。」艾瑪長嘆了一聲。

「珍也這麼說，不過長痛不如短痛，天下無不散的宴席，況且史莫爾家不錯，拒絕了可惜。當珍告訴我她的決定時，愛爾敦太太也來向我道賀，這太突然了，我簡直要嚇暈了。那是在喝茶前，嗯，不對，是在打牌前。但是我記得——對了，喝茶前也發生了一件事，那時有人來拜訪愛爾敦先生，就是罕布迪的兒子。可憐的老罕布迪，他當我爸爸的祕書二十七年，現在得了風濕性關節炎，唉，他兒子只是個旅社馬車夫，根本養不起他爸爸，他想請愛爾敦先生幫忙，讓他領教區救濟金。愛爾敦先生把他的話告訴我們，還順便說利奇孟派馬車來接法藍回去，這些是吃飯前的事，珍和愛爾敦太太談則是喝茶以後了。」

對於法藍離去的事，艾瑪沒聽說，也不大關心，她只想到自己和珍年齡相仿，命運卻差那麼多，而自己還常常人在福中不知福，她楞楞地想著。

「伍德小姐，我知道妳在想什麼，一定是想鋼琴該怎麼辦，唉，珍剛才也在說，她對我說：好姨媽，還是先留著，擺到倉庫也可以，等坎貝爾上校回來，我再請他幫忙，他總是在我困難時伸出援手。』不過我知道，珍到今天還不確定鋼琴是他送的，還是他女兒送的。」

艾瑪看了那架鋼琴一眼，想到以前和法藍的胡亂猜測，深深懊悔，覺得不好意思再待下去，就再說了一些好話，又是安慰又是祝福，然後匆匆離去。

45

艾瑪邊走邊想，唏嘘感歎不已，才進大廳，就見著奈特先生和海莉都來了。奈特先生見她進來，立刻起身，用很嚴肅的表情說：「我要見到妳才能走，我馬上要去倫敦，到布斯維克廣場住一陣子，妳有信要我替妳帶去嗎？」

「你是臨時起意的嗎？」艾瑪沒有回答他的問題，只是奇怪他為何要匆匆離去。

「我是剛才才決定的。」

他不像平常那樣溫柔，艾瑪知道他仍在氣頭上。他站起來，可能正要離去，那時伍德先生開口了。

「親愛的，我那老朋友和她女兒好嗎？妳一早跑去，她們一定很開心。奈特先生，我剛才對你說了，艾瑪跑去看貝斯太太和貝斯小姐，她很照顧她們。」

後面那句誇獎讓艾瑪燒紅了臉，她抿著嘴朝奈特先生笑笑。他深情地望著艾瑪，完全了解並肯定地對她一笑，而他竟拉起她的手，艾瑪也說不上是不是她自己先伸出手的，反正他緊緊握住她的小手，像是想親吻的樣子，可是一個轉念，就鬆開手了。艾瑪不懂他為何放手，為何猶豫，如果他真的吻了她的手，她會很樂意。可能是他不習慣對女人有親膩動作吧，艾瑪替他找理由，不過他小小的動作已經證明：他倆已重修舊好。

艾瑪不後悔去貝斯小姐家，只懊惱該早十分鐘回來，至少要告訴他珍已經決定去工作了，他應該會很關心。他這一次似乎離開得太意外了。

為了使父親忘記奈特先生突然去倫敦的煩惱，艾瑪告訴他珍的事情。

「她能找到一個有錢的好心人家，我也替她高興。愛爾敦太太熱心又和氣，我想她的朋友也和她一樣。但願那個地方環境好，那家人也照顧她的身體；就像可憐的泰勒小姐，她照顧我們，我們也要體貼人家，所以大家才能相安無事住這麼久。」

第二天，利奇孟傳來噩耗——邱契爾太太病逝。消息一傳開，海柏里人人神情嚴肅，內心哀傷，感觸良多。邱契爾太太引人爭議至少二十五年，直到死後才獲得好評，而且洗刷了一個不白之冤。以前誰也不相信她真的重病，如今離開人世，再也沒人說她是無病呻吟，裝腔作勢。

「可憐的邱契爾太太，她一定很痛苦，唉，長時間的病魔腐蝕了她的心靈，可憐！雖然她有自私的一面，可是她一走，邱契爾先生怎麼辦？」溫士頓先生決定要隆重悼念死者，他太太也不停嘆息，深表同情。這件事將會帶給法藍什麼影響，他們不禁開始憂慮。

艾瑪也想過此事，邱契爾太太的死和她先生的哀傷，只在她腦海中一閃而過，她真正在意的是法藍能得到的好處和自由，她只看到好的一面。如果，他對海莉有愛意，那他們終於能夠沒有阻饒，可以大膽相愛了。邱契爾先生耳根軟，又寵愛法藍，一定不會拒絕外甥的請求。只是不知道法藍對海莉的情意有多少。

海莉對這件事表現得很好，沈著穩定。艾瑪見她日漸成熟理性，心裡為她歡喜，也更加肯定她和法藍會是適合的伴侶，這回，她準沒看錯。

海莉的未來出現了曙光，而珍卻陷入了黑暗泥沼中。海柏里凡是對她有好感的人，都毫不吝惜地付出關心。艾瑪也不落人後，她深深後悔這幾個月對珍的冷漠，心想在剩下不多的日子裡，要給珍全部的關心和同情。她寫信請珍來家裡玩，不料被拒絕了，有人帶口信，說：「斐爾小姐身體不好，無法動筆。」

那天下午，佩理醫生到伍德家來，他說珍病得不輕，雖然她不願意，但她姨媽還是請佩理醫生去了。珍不但劇烈頭疼，還發著高燒，佩理醫生也不敢說她能如期去史莫爾太太家。其實他私下認為她是受了嚴重刺激，她自己也知道，只是不願承認。她外婆家能活動的地方只有一個客廳，對於一個心煩意亂的人來說，空間實在太小了。而且佩理醫生也不得不承認，即使他與貝斯小姐有多年情誼，一個有心病的人與她住在一起，的確很不合適，她的關心體貼，可能會導致病情的加重。

艾瑪越聽越替珍擔心，她幫忙出主意，決定每天用馬車載珍出去玩一、兩個小時，只要多呼吸新鮮空氣，不再聽她姨媽的囉唆，或許珍的病很快就會有了起色。第二天上午，她寫了一封充滿真情真意的信，說願意在任何時間坐馬車去接她，無論珍要去哪，都可以陪她去，還再三聲明佩理醫生贊同這個做法。然而，回信卻是：

「承蒙美意，可惜目前無法行動。」

艾瑪本以為會得到一個好的回覆，但看到珍的字跡細細抖抖的，顯然相當虛弱，她也不便計較。所以，儘管她收到拒絕信，她仍坐著馬車去貝斯小姐家，希望珍能與她出去逛一逛。貝斯小姐進進出出傳達艾瑪的話，可惜全都徒勞無功，珍十分堅持出外散步會讓她病情加重。艾瑪想親自出馬，試試自己的本事，不料貝斯小姐說她答應珍不讓艾瑪進門。

「珍說她沒辦法見任何人，真的。只有愛爾敦太太、科鄂太太和佩理太太，除了她們是她拒絕不了的以外，否則她不想見人。」

那幾位太太是什麼德性，艾瑪當然不願與她們相提並論，因此只好讓步。她又問起珍的飲食情況，不問還好，這麼一問，貝斯小姐急得眼淚都快掉出來了。原來珍幾乎什麼都不吃，不管佩理醫生建議要添加什麼營養，珍一概說沒胃口，病奄奄地不肯吃任何東西。

艾瑪回家後，立刻吩咐管家去察看儲物室，送一些上等葛粉給貝斯小姐，還附上一封情意深厚的信。才過了半小時，葛粉被退回，貝斯小姐託人回覆說：「珍說她不能吃葛粉，堅持要送回，什麼都不能要。」

後來艾瑪聽人說，有人看到斐爾小姐在海柏里附近林子散步，而且就在拒絕她用馬車載她出去遊玩的那天下午。艾瑪前思後想，她明白珍故意要與她撇清關係。她非常難過，感到前所未有的難堪。她費盡心力要去關心照顧珍，不料卻四處碰壁。她自忖：如果奈特先生知道她為珍做了那麼多事，即使珍都不領情，她也算盡心了，應該不會再指責她了。

46

在邱契爾太太病逝後的第十天，溫士頓先生來到伍德家。他向艾瑪使眼色，到大廳門口，他以小到她父親聽不到的聲音說：「今天妳能到我家一趟嗎？我太太想見妳，她無論如何要見妳一面。」

「她哪裡不舒服嗎？」

「沒有，只是有一點兒——心事，她本來想自己來找妳，但是，嗯，」他望了望她父親。「妳能來嗎？」

「沒問題，現在就走吧，你都親自上門了，我還能不去嗎？到底怎麼了？」

「噓，小聲一點。」

「妳別問了，到時候妳就知道了。」

艾瑪是個聰明人，看溫士頓先生的樣子，她知道一定有要緊的事，只是她猜不透。她告訴父親要去散散步，就跟著溫士頓先生走了。

出了大門，艾瑪迫不急待地問：「你先告訴我發生什麼事。」

「別急，」他一本正經地說。「妳別問我，我答應她這件事由她告訴妳比較合適，艾瑪，別急，再過一會兒就到了。」

「由她告訴我比較合適？」艾瑪大吃一驚，連忙直直站住。「天哪！到底是什麼事，你別嚇我。難道是我姊姊他們出事了，是不是？現在就說。」

「聽我說，艾瑪——」

「是誰發生意外嗎？溫士頓先生，別吞吞吐吐，喔，那你發誓，保證不是我姊姊他們。」

「好，我發誓，我保證，根本和奈持家的人無關。」

艾瑪這才鬆了一口氣，繼續往前走。

他又說：「這件事與妳無關，呃，我希望無關，只和我有關，唉，總而言之，妳別急，艾瑪，妳到我家自然會明白。」

艾瑪這下不再心急，也不再多話，只是苦心猜測。她想可能是和邱契爾家財產有關，說不定邱契爾先生不知道從哪裡多了幾個私生子，那法藍不就完了。如果真是這樣，當然不是好事，但也不關她的事，頂多引起她的好奇心罷了。

他們走得很快，大約十分鐘就到了。他一推開門，就朝裡面喊：「艾瑪來了，艾瑪來了，妳別再著急了，妳們單獨談談，我就在外邊。」他出房門前又說：「我是言而有信，她什麼都還不知道。」

溫士頓太太面色凝重，看起來很沒精神，這使艾瑪又焦急了。等溫士頓先生一離去，她上前拉住溫士頓太太的手，問道：「怎麼了？有什麼天大的事發生了？妳就直說吧，我都快急瘋了。」

「妳真的一點兒也沒猜出來嗎？」她的聲音明顯地在發抖。

「我猜是和法藍有關。」

「沒錯，妳猜對了，是和他有關。」她絞著手帕，低著頭。「他今天早上來過，為了一件很重要的事，我和他爸爸都大吃一驚。他說，他說他愛上了……」

艾瑪首先想到自己，繼而想到海莉。

「其實不止是愛上，」溫士頓太太頓了頓。「已經訂婚了。唉，艾瑪，這叫我們怎麼相信，法藍和珍訂婚了，他們早就私訂終生。」

這些話把艾瑪驚得從椅上跳起，她大聲地說：「和珍‧斐爾？妳別開玩笑了，太誇張了。」

「唉，是呀，」她仍不敢正視艾瑪，自顧自地說下去。「可是這是千真萬確的，他們去年十月在溫墨市彼此默許。沒有半個人知道，連坎貝爾上校和他女兒都不知道。我真不敢相信，他們竟然瞞所有人那麼久。我真是錯看他了。」

此刻，艾瑪腦袋中閃過兩件事：第一是她曾和他批評珍的事，第二是可憐的海莉。

艾瑪深深吸口氣才穩住情緒。「這件事的確出人意料，他們竟然訂婚一年了，那不是在他們來到海柏里之前嗎？」

「沒錯，艾瑪，我和他爸爸都很失望，我們不能原諒他的某些行為。」

艾瑪想了一會兒，微笑道：「對於你們，我不能說不了解。不過，你們放心，他對我雖然特別殷勤，可是我卻沒有愛上他。」

溫士頓太太不可置信地抬頭，然而艾瑪一副神色自若，讓她不得不信。

「我可以老實告訴妳，我真的不在乎他。或許剛開始時有些心動，可是不知道為什麼，我就是沒有愛上他。幸好我沒有，最近這段時間，我根本沒去想他。妳放心吧，我沒有受到什麼傷害。」

溫士頓太太擁住艾瑪，流出欣慰的淚水，然後說：「溫士頓先生也可以放心了。我們本來是好意，希望你們能在一起，而你們的表現也確實讓我們相信……，幸好。」溫士頓太太深深嘆了一口氣。

「我是沒事，對你們和對我而言，都值得慶幸。可是，這不等於他沒有錯，溫士頓太太，我覺得他犯了不可饒恕的罪。明明就已經訂了婚，還要裝成若無其事，千方百計討好別的女人，這分明就是欺騙，難道他不擔心我真的愛上他嗎？太過份了。」

「艾瑪，我想他……」

「而珍竟然像局外人般，在一旁跟著演戲！眼看心上人對別人百般溫柔體貼，她也不吭一聲，這種度量我無法理解，更是不欣賞。」

「艾瑪，這之中有誤會，他來不及解釋，他只匆匆坐了十幾分鐘就離開了。他也說他和珍之間有誤會，原因大概是他的行為失檢，珍已經和他鬧翻了。」

「哼，行為失檢，溫士頓太太，這個罪名太輕了！他豈止是行為失檢，簡直是人格有問題，這件事要是傳出去，他肯定會被別人瞧不起。他根本就不是正人君子，欺瞞、虛偽，還愚弄大家的感情，太過份了。」

「好了，艾瑪，我們認識他又不是一朝一夕的事，他還有其他優點，而且……」

艾瑪不願聽她替他的辯白，又大聲地說：「妳看，他還連累了史莫爾太太，珍都答應要去當家庭教師了。他真是惡劣，簡直在玩弄人，先和她私訂終生，然後又棄人不顧，太沒人性了。」

「艾瑪，別這麼說。那件事情他事先完全不知情，我敢肯定，他說他是前天才突然知道這個消息，就是因為她的決定，他才毅然決然向他舅舅坦誠，於是這件事情才真相大白。」

艾瑪認真聽她解釋。

「他臨走前答應會寫信告訴我們詳細始末，先聽聽他怎麼說再定他的罪吧。說不定經過澄清，他真有苦衷。艾瑪，我真的不能不愛他，雖然他不是我親生兒子，但我是真心疼愛他，妳懂的，對不對？我希望有個好結局，他倆瞞我們這麼久，心裡也一定不好受。他天剛亮就從利奇孟趕來，先去貝斯小姐家，看到珍病得奄奄一息，他心都要碎了。」

「他們的事，真的連坎貝爾夫婦和迪克生夫婦都不知道嗎？」當艾瑪說到迪克生時，不禁臊紅了臉。

「嗯，他說除了他們，再也沒人知道了。」

「我現在想想也不覺得奇怪了，但願他們能白頭偕老。不過，坦白說，我還是覺得法藍太過份了，在我們當中，他裝得多麼坦白單純，暗地裡笑我們全是傻瓜，騙了半年多，把我們唬得團團轉。」

這時，溫士頓先生頻頻探頭進來，想來已等不急要知道她們的談話結果。溫士頓太太向他招招手，趁他還未進來前，小聲地對艾瑪說：「好艾瑪，求求妳講話要留意，他已煩惱得不知所措了。為了讓他放心這門親事，我們要幫珍說說好話。雖然是身份懸殊，可是邱契爾先生不計較，我們也沒話好說。也許娶到珍，是法藍有福氣。她是個沈穩又有智慧的女孩，即使他們犯了錯，我仍然覺得珍情有可原。」

「我也同意。」艾瑪嘆口氣說。「她的處境太值得同情了，我也不願怪她。」

當溫士頓先生一進門，艾瑪就開朗地大笑，道：

「你是在考驗我的耐心嗎?溫士頓先生，神祕兮兮地讓我猜了半天，還讓我嚇出一身冷汗。鬧了半天，原來是件喜劇。我要好好恭喜你了，你兒子娶到一個才貌雙全，全天不再也找不到的姑娘了。」

他楞了一下，彷彿不能相信自己的耳朵，他太太握住他的手，給他一個微笑，他才恍然大悟，恢復平日的興高采烈。溫士頓太太和艾瑪又說了不少法藍的好話，替他開脫罪過，終於讓溫士頓先生完全相信，他兒子做了一件本年度最令人滿意的事。

47

「海莉，可憐的海莉，唉！」知道祕密後，艾瑪為海莉的不幸而苦惱不已。雖然法藍在許多方面對不起她，但讓她真正埋怨的，他讓她再次害了海莉。由於她的自以為是和識人不清，可憐的海莉恐怕要再度心碎了。艾瑪不得不承認奈特先生說過的話：「艾瑪，妳算不上是海莉的好朋友。」

雖然這次的責任不該全部由她扛，在她進行暗示前，海莉已坦誠對「某人」有愛慕之心，她並不是憑空亂湊合的，但是她躲不過火上加油之罪。如果她夠理智，應該叫海莉別妄想高攀：法藍不可能會愛上她。

艾瑪恨自己糊塗，真想鑽到洞裡藏起來算了。不過幸好她不必為珍煩惱了。她的痛苦和病源如今已解除，未來將是充滿希望和幸福。艾瑪終於明白珍為何對她有敵意，為何再三拒絕她的關心，原來她將艾瑪視為頭號大情敵，是嫉妒心使她不斷讓艾瑪吃閉門羹。而今真相大白，艾瑪也不去計較那些，她真心誠意祝福珍的好運。

相較於珍的快樂，海莉的不幸才真要讓艾瑪欲哭無淚。她要海莉把愛埋在心底，而今她的愛就要頓失所依，那種深埋的愛意，可能使海莉傷得比第一次還嚴重。艾瑪決定要早點告訴海莉事實，即使溫士頓先生要求暫時保密，但是對於海莉，她責無旁貸。

她覺得頭痛，但她想到要扮演剛才溫士頓太太扮演的角色，既尷尬又難堪。當她聽到海莉的腳步聲時，心情十分緊張，她想到，之前去溫士頓家時，溫士頓太太大概也是這樣揣踱不安。如果祕密揭穿後，結局也是相同，那該多好！艾瑪悶悶地想，可惜，全無可能。

海莉匆匆地跑了進來，喘著氣說：「哎呀，艾瑪小姐，那是真的嗎？真奇怪。」

「妳是指什麼事？」艾瑪看不出來海莉是否已得到風聲。

「斐爾小姐的事啊！真是不可思議，哦，妳不用瞞我，剛才我在路上碰到溫士頓先生，他一五一十告訴我了。但他說這還是祕密，只有妳知道而已。」

「溫士頓先生告訴妳什麼？」艾瑪覺得奇怪。

「咦，就是珍和法藍先生要結婚的事啊！他們早就祕密訂下婚約了，奇怪，我怎麼都看不出來？」

海莉的反應讓艾瑪吃驚得說不出話來。她似乎變了一個人，知道這件事後，竟然沒有傷心欲絕，還能處之泰然。

海莉好奇地問：「妳猜過他愛她嗎？或許妳早就知道了。」她的臉忽然紅了起來。「妳總是能看透別人的心思。」

「哦，海莉，老實說，我已經開始懷疑我沒有這份才能了。我是猜過法藍看上了誰，但是我完全沒料想到他愛上了珍，如果我早就起疑心，一定會叫妳小心的。」

「叫我小心？妳以為我愛上了他？」

「妳這句話讓我放心不少，不久之前，妳讓我相信妳愛上他了，不是嗎？」

「不是，妳誤會了，不是他……」海莉急得皺緊眉頭。

好一會兒，艾瑪才恍然大悟：「海莉，妳說我誤會了，喔，天哪，難道妳——」

她再也說不下去，因為嗓子有些啞了，七上八下的心，怦怦地等著海莉的回答。

海莉背對著艾瑪，用顫抖的聲音說：「沒想到妳竟然誤會了。唉，我們曾經說好不提他的名字，可是我怎麼也沒料到，妳會猜法藍先生。他和那人相比，他簡直是微不足道，我才不會……看上法藍先生。如果不是妳鼓勵我愛他，起初，我是想都不敢想的，我們差太多了。要不是妳說愛情不分貴賤，奇蹟會降臨有情人，我一定不敢放心去愛他的。」

「海莉，」艾瑪深深吸一口氣，勉強鎮定地說：「我們把話說明白吧，妳指的人——是奈特先生嗎？」

「沒錯。除了他，我心裡已經容不下另外一個人了。我以為妳知道。」她小聲地說。

「我不知道。」艾瑪力求冷靜。「我一直以為妳是指法藍，妳說他救了妳，把吉普賽人趕跑。我還記得很清楚，妳說妳對他感激不盡，還提到妳看到他來救妳時的心情，我記得很清楚。」

「哎呀！」海莉大叫。「不對，當時我指的是另外一件事，不是指吉普賽人，完全錯了。我指的是奈特先生請我跳舞，那時候愛爾敦先生擺明不願和我跳，奈特先生見義勇為，免除了我的尷尬，從那天起，我就再也忘不了他。」

她們倆都沈默不語。

「伍德小姐，」海莉先開口。「妳一定認為我和法藍還有可能相配，可是和那人，唔，簡直是天壤之別。可是，妳說過，奇蹟是會發生的，比我差更多的人都可能和法藍結婚，那我……，如果我的命運夠好，他，我是說奈特先生他不嫌棄，妳不會反對，不會阻撓我們吧？是不是？」

艾瑪先是一楞，轉而問道：「妳確定奈特先生對妳也有意思嗎？」

「對，我知道。」她輕聲卻肯定地說。

艾瑪全身動彈不得，太多思緒全部湧上，震得她疲憊不堪。她重新審視全部事實，而且也不得不承認，她非常痛心。為什麼海莉愛上奈特先生比愛上法藍還糟呢？一個念頭閃過她的腦海：奈特先生是屬於她的，只有她艾瑪才能和他結婚。

短短時間內，她已大徹大悟：她的魯莽和荒唐，她的自以為是，不但害了海莉，也將斷送自己的幸福。她恨不得捶胸頓足，好好痛罵自己一頓，然而，在海莉面前，她不能太貶低自我，也不該失去公正客觀立場。於是艾瑪平心地坐下，海莉並沒有錯，她不能因為海莉愛上奈特先生就拒絕關心她，因為一切都是她——艾瑪種下的因，如今要自己想辦法解決。

她仍親切地和海莉閒聊，並詢問海莉心中的祕密。海莉的美夢被點醒了，她反而大方地全盤托出，因為她知道艾瑪•伍德小姐既聰明又理智，是值得信任的好朋友。海莉的話常常辭不達意，有時又語無倫次，但艾瑪有辦法將她的話組織，再加以想像，那些對話和情節在艾瑪腦中交織著，像一張無情的網，讓她無處遁逃。

海莉認為她與奈特先生關係的轉捩點，就是在溫士頓先生舉行的舞會上。再經過艾瑪•伍德小姐的鼓勵後，她仔細觀察奈特先生，發現他的態度親切多了，而且經常主動與她噓寒問暖。一群人一起散步時，他也會刻意走到她身邊。艾瑪知道這些都是實情，因為她也注意到奈特先生對海莉的評價提高很多。海莉把奈特先生的稱讚、誇獎，一字不漏地說給艾瑪聽，有時一個關愛的眼神，頗有弦外之音的話，甚至一個換椅子的動作，每個小細節都能留給海莉深深的眷戀，她說了半小時的例子，讓艾瑪越聽越不是滋味。

其中有兩件事讓艾瑪印象最深，第一是去唐威爾採草莓那次，他和海莉單獨在樹下散步。海莉認為他是故意拉她過去的，他問她是否有看中的對象，後來艾瑪追上他們，他才改變話題，談起農作物。另一件事是他要去倫敦那天早上，艾瑪回來時他們已經聊了半小時，可是艾瑪一進門，他卻說連五分鐘也不能久留。他還說他根本捨不得離開家，但又不得不去。這些話他也沒跟艾瑪提過，由此可知，他信得過海莉。想到此，艾瑪的心就隱隱作痛。

「他問妳是否看上誰，會不會是指馬丁先生？他是馬丁先生的好朋友。」艾瑪試探地問。

「馬丁先生？怎麼可能，他從來沒有提過馬丁先生。而且我的腦子比以前清楚了，才不會看上馬丁先生，也不會有人懷疑我會看上他。」

海莉說完，就央求艾瑪分析看看，她的美夢能否成真。

「要是沒有妳，伍德小姐，我是完全不敢奢望他的。妳叫我觀察他的言談舉止，我覺得我似乎可以得到他的愛，如果他真的看上我，我也不會奇怪。」

海莉的話如萬箭穿心，使艾瑪痛得想落淚，她強自鎮定，說：

「海莉，我只能說：奈特先生如果沒有愛上哪個女人，他是不會有意造成她的錯覺的。」

海莉聽到一個滿意的答案，一雙眼都亮了起來，而她此刻的快樂正是艾瑪無可言喻的痛楚。幸好此時響起伍德先生的腳步聲，海莉一驚：「我先走了，我太興奮了，完全靜不下來，還是別讓伍德先生覺得奇怪才好。」她匆匆從另一扇門離去。艾瑪注視著她的背影，心想：「天啊！我從來沒見過她那個樣子。」

短短的一個早上，艾瑪聽了許多完全料想不到的事，錯綜複雜的情節全攪成一團，她越來越覺得自己愚蠢，她受人欺瞞而不自知；她自作自受，自毀前程；更令她感到屈辱的：她還自欺欺人；她覺得一生的不幸彷彿就從今天開始。

艾瑪自我省思，自己到底是何時愛上奈特先生的？她曾經短暫地愛上法藍，是什麼原因讓她的愛轉向奈特？她比較兩人在她心中地位，顯而易見地，奈特先生佔了大部份的位置。向來自詡聰慧過人的艾瑪，不得不承認自己是聰明反被聰明誤。現在唯一叫她問心無愧的事，就是她真心愛奈特先生。

最讓她後悔的是幫助海莉。當初要不是愚蠢的自尊心作祟，如果她聽從奈特先生的勸告，不要破壞海莉與馬丁先生的婚姻，讓他們各得所屬，海莉會有與她地位相符的幸福快樂，也不至於產生一連串的煩惱了。

而讓艾瑪氣結的是：海莉竟然膽大妄為到想高攀奈特先生。她已今非昔比，如今是眼高手低，看不清自己卑微的地位和不夠聰敏的大腦。艾瑪越想越可怕，這一切都是她一手造成的。她培養了海莉自傲自大的心理，還教她努力躋身上流社會，說她有資格匹配名門貴族，這一切轉變，讓海莉由自卑成了自大，全是她艾瑪一人的過錯。

48

如果不是因為現在她的幸福出現了危機，艾瑪不會意識到，她認為的幸福，有很大部分是因為奈特先生對她特別地親近和關愛。她一直習慣他對她的好，也沒想過測量其中份量，而今有可能失去這樣一個亦師亦友的男人，她才驚覺生命中根本少不了他。

她自小任性，自以為是，仗著點小聰明，常故意與他作對鬥嘴，而奈特先生卻甘之如飴，依然愛護她，幫助她，教訓她。即使她有不少缺點，他仍與她親近，可以說，非常親近。想到此，艾瑪不禁升起一絲希望，或許海莉神經過敏，高估了奈特先生對她的關懷。

當然，艾瑪也明白奈特先生對她的愛，絕對沒有摻雜什麼柔情蜜意，否則在貝斯小姐事件時，他完全直言無諱地訓斥她，即使她罪該如此，但他的責備也太過嚴厲了，所以艾瑪也不敢想像他對她會有「那種」感情。但只要他不娶，她不嫁，他們就能維持現狀，只要伍德家與奈持家仍保有可貴的信任和情誼，她就安心了。實際上，她也不能結婚。她爸爸還得靠她養老頤年，所以就算奈特先生向她求婚，她也不可能答應。

目前唯一的希望就是奈特先生快點回來，她要加倍仔細觀察他對海莉是否動情。雖然以往的觀察全都證明她的有眼無珠，但艾瑪相信，這一次不會再有失誤了，因為她不能眼睜睜看著奈特先生拱手讓給別的女人，而且是讓給海莉那樣的女孩。她決定暫時不和海莉見面，只要事情未經證實，她都不願再和海莉談論下去，說越多只會讓她越氣餒。她寫了封信給海莉，說她們暫時不宜單獨見面，而且也不要再談「那件事」。海莉順從地答應了，還表示深切感謝。

第二天上午，溫士頓太太來了，她先去探望未來的媳婦，然後再上伍德家，她覺得有責任要告訴艾瑪她們的會面經過。

溫士頓太太說她本來是不打算去的，為了避免左鄰右舍的議論紛紛，想等法藍舅父同意公開婚事，他們再去貝斯家拜訪。可是溫士頓先生急著想要表達他的歡欣之意，他說：「好消息是關不住的。」艾瑪微微一笑，心想溫士頓先生的個性就是這樣。結果，他們就去了。珍見到他們，顯得十分不安，緊鎖的眉頭和神情流露出深深的愧疚。貝斯太太欣慰地笑著，而貝斯小姐滿臉喜氣，可能是樂暈頭了，一反常態，話都不知跑哪兒去了；當時情景有些尷尬，有些感人，讓人幸福得想落淚。

溫士頓太太邀請珍坐馬車去散散心，本來珍不願意，後來拗不過溫士頓太太的好言相勸，她才答應。在馬車上，珍表示歉意，並且傾吐埋在心中的感激之情，接著他們又談到婚事及未來生活。珍長期苦心隱瞞的心事終於得到抒發，吐完苦水，臉色較為紅潤，病似乎也好了大半。

「這件事瞞了將近十個月，她也算是有毅力的女孩。」溫士頓太太說。「她告訴我：『私自訂婚後，不能說沒有快樂，可是，心裡沒有片刻寧靜。』妳知道嗎?艾瑪，她說這句話時雙唇是發抖的。」

艾瑪回答：「可憐，她偷偷許婚，心中有愧，壓力自然大了。」

「她已經非常自責了，我想別人也不需要再去責備她。她還說：『我長期受到折磨，真是罪有應得。做錯了事應該要受罰，可是受罰並不能抵銷我的過錯，痛苦也不足以贖罪。雖然大家都不忍苛責我，又待我如此寬厚，更讓我內心難安。』她又說：『溫士頓太太，請千萬別責怪撫養我長大的恩人，我沒有被教壞，這件事全是我的錯。雖然目前的處境使我有藉口，但要告訴坎貝爾上校這件事，仍叫我難以啟齒。』」

「我想她一定非常愛法藍，只有真心相愛才敢訂下這樣的婚約，她的理智被愛情沖昏了。」艾瑪感嘆地說。

「我相信他們是真心相愛。」

「不過，我想我造了成珍不少痛苦。」

「艾瑪，這不能怪妳。珍說她自知做錯事，所以常常心煩意躁，脾氣也變大了，總是忍不住要生氣。她說生病時承蒙妳關愛，她是紅著臉說的，要我替她謝謝妳，其實她知道，妳的好意沒有得到她的接納。」

「算了，都是誤會，而且我也有錯，」艾瑪想到她曾猜疑珍和迪克生先生的事，她裝得若無其事，可是心中很激動。「我們算扯平了，而且，都過去了。我希望以後可以當好朋友。」

溫士頓太太又說了許多法藍的好話，艾瑪聽著聽著，心一會兒飛去倫敦，一會兒飛去唐威爾，渾渾噩噩地，根本沒聽清楚溫士頓太太說了什麼，好一會兒，才又聽到她說：「我們等了半天的信還沒收到，應該快了吧！」艾瑪楞了一下才回答，因為她根本忘記他們在等什麼信了。

溫士頓太太離開後，艾瑪細細想過她和珍的關係，她越想越覺得過去不該忽略珍，她們之間的疏離，絕大部分是嫉妒心在作祟。如果她聽從奈特先生的勸告，多與珍親近，而不是海莉，那她現在也不會有那麼多的煩惱了。論教養和資質，她和珍都應該成為好朋友。

艾瑪覺得自己最不可原諒的錯，就是隨便懷疑珍和迪克生先生的關係。瞎猜也就罷了，竟然還告訴法藍，如果哪天他不慎說溜了嘴，不知道珍要多傷心了。自從她回到海柏里，艾瑪成了刺傷她的劊子手，尤其三人在一起時，艾瑪和法藍的嬉鬧肯定讓珍落了不少淚，而伯克斯山之旅，終於讓珍受不了，決定放棄一切。

等溫士頓太太的小嬰兒生下後，艾瑪明白，她在那兒的身價一定暴跌，溫士頓夫婦的心力全會花在小孩身上。法藍和珍結婚後，也會離開海柏里；加上更慘的事，如果奈特先生娶了海莉，他肯定不會天天上她家了，那伍德家不就從此門可羅雀。她越想越悲傷，又想到一切全是她一手造成的，心不禁往谷底下沈了。

七月的午后雷雨，使得夜幕也提早籠罩大地。艾瑪在房內嘆著氣，期許自己今後要更理智，多做少說，要像個成熟女人。

49

第二天早上仍是雨驟風狂，淡淡的憂鬱籠罩在艾瑪心上。直到下午，雨停了，太陽一如往常高掛，夏天的氣氛才又回來。

剛吃過中飯，佩理醫生來訪，艾瑪藉機到小樹林散步。她想好好感受雨後天青的舒暢，消消這兩天的悶氣。也許是雨後乾淨的空氣，讓她的心情和思緒開朗，她來回踱步，精神爽朗多了。突然一個不速之客推開花園的門，直直地朝她過來，她一怔，竟是奈特先生。兩人彆扭地互相問候，艾瑪問起依莎一家，他說一切安好。

她猜不出來他一早冒雨趕路，所為何在，只是為了陪她散步嗎？奈特先生沈默著，艾瑪看他無精打采的模樣，心想他大概是告訴他弟弟娶海莉的計畫，結果遭到反對，他才會如此愁容滿面。

他們不發一言地走著。艾瑪發現他一直打量她，也許他想談談對海莉的愛慕之情，她不願主動提起，但又受不了沈默，只好強顏歡笑，道：「最近發生了一件你意想不到的事。」

「哦？什麼事？」

「一件美好的事——有人要結婚了。」

他等了一會兒，見艾瑪沒再說下去，才接口：

「是指珍和法藍的婚事嗎？我聽說了。」

「你怎麼知道的？」艾瑪驚奇地大叫，立刻又想起或許他已去過柯達太太家了。

「今天上午我收到溫士頓先生一封談教區公會的信，信末他大概提了一下。」

艾瑪稍稍鬆了一口氣，說：「或許最不意外的人就是你了，你早就懷疑過，我記得你曾經提醒我注意，可是我……」她聲音一低，嘆了口氣。「真是個瞎子。」

過了好一會兒，奈特先生忽然握起艾瑪的手，貼在他的胸前，很真摯地說：「艾瑪，時間會治療一切創傷，妳是個孝順的女兒，我了解妳……」他又緊緊握住她的手，提高嗓門，狠狠地說：「那個虛情假意的小人，混蛋。他們不久就要去約克郡了。我替她可惜，那個虛偽小人不值得她委託終生。」

艾瑪恍然明白他的意思，她笑了，平靜地說：

「你真好心，可是你誤會了。我是看不清許多事，所以說了傻話，做了蠢事，難免引起別人懷疑，但是我唯一可以告訴你的，這件事並沒有讓我傷心懊惱。」

「真的？艾瑪，是真的嗎？」他張大眼睛望著她，接著又用一種了然於心的口吻說：「我了解妳，不過，艾瑪，在我面前妳不用偽裝，他不值得妳留戀。幸好妳的感情陷得不深，老實說，看妳的樣子，我也不知道妳到底愛他幾分，只知道妳很喜歡他，不過這種人是所有男人的恥辱，他不值得妳喜歡。」

「奈特先生，真的，你誤會了，可能是我的行為造成許多錯誤印象，可是我可以向你保證：我真的沒有愛過他。」艾瑪心煩意亂地說。

他悶不吭聲地聽著。艾瑪希望他說說話，可是他沒有開口。艾瑪想多解釋，可是又怕被他看不起。

然而，她還是說了：「我不想為自己的行為辯解，我只想說他的大獻殷勤讓我很高興，這種事很平常，任何女人都很樂意接受男人的愛慕。但是我自認是個有大腦的人，那些例子不能成為我的藉口。」她嘆了口氣繼續說：「坦白說吧，是我的虛榮心作祟，他的諂媚讓我覺得很滿足。可是後來我發現他對女人大獻殷勤只是一種習慣，為了好玩，所以我根本不會愛上他。現在，我才知道，他和我故作親熱狀，只是為了掩人耳目，而我是個最明顯的目標，他的目的達到了，他成功地騙了所有的人，幸好我沒有為他動真情，我很幸運。」

奈特先生仍是沈默。她以為他至少會肯定她的行為，但他仍不語。過了好一會兒，他才開口：

「我一直很瞧不起他，不過，我希望是我對他的要求太嚴格了。娶到珍這樣的女人，至少他還有些希望。而且為了她，我也希望他是個君子。」

「他們會很幸福的，我相信他們真心相愛。」

「他是個幸運兒！」奈特先生有些酸酸地說。「他才二十三歲，能娶到一個品德高尚，純潔無私的女人，擁有她一輩子的愛情，他真是太幸福了。而他有能力給珍一個比娘家還好的家，他們的確是相配的。他在海邊贏得美人芳心，即使長期的冷淡也沒有使她變心，雖然他舅媽反對，但她也死了。如今，祕密一公開，所有人都成全他；他欺騙了大家，大家卻心甘情願原諒他。他真幸運。」

「你好像很羨慕他?!」

「不是很，而是非常羨慕，艾瑪，他有一點最讓我羨慕。」

艾瑪不敢答腔，她怕話題會轉到海莉身上，她還不願意太早面對這個答案，不料奈特先生搶先說話。

「妳不問我羨慕什麼嗎？我知道妳是故意不問的，艾瑪，我沒有妳那麼理智，妳不問我也要說，不管會不會後悔。」

「別，別說，」艾瑪有些慌了。「你再考慮考慮。」

他鎖緊雙眉，用十分失落的聲音說：「謝謝。」

艾瑪看了很不忍。看來他是想說出祕密，或許還想請她出出主意。也許她應該幫他的，提醒他單身生活的好處和簡單，不要再三心二意，像他這種人一旦猶豫起來，會比一般人更愁苦煩悶。

他們邊走邊說來到大門邊，奈特先生問：

「妳想進去嗎？」

艾瑪搖搖頭，看他一臉頹喪，知道他的意思。「我們可以再走一會兒，佩理醫生還沒回去。」沒走幾步，艾瑪還是問了：「身為你的朋友，我剛才不該阻止你繼續說下去，如果你有困難或煩惱，我可以為你分憂，或是給些建議，真的，我會盡量幫忙的。」

「朋友?!艾瑪，我不該再猶豫了，妳就把我當成朋友吧！那麼好朋友，請妳告訴我，妳到底愛不愛我？」奈特先生激動地說。

他穩住腳步，用一種攝人心魂的眼神，直直盯著艾瑪，他想知道艾瑪的反應。

他繼續說：「不論妳的答案是什麼，妳永遠都是我最愛的人。馬上告訴我吧，即使是一個『不』字，妳也得讓我死心。」

他看艾瑪沈默不語。「妳不肯回答，那我不會再問了。」他很心急地說。

此刻的艾瑪，雙腿微微發抖，她不敢出聲，深怕一旦說話，美夢就會驚醒。

他充滿柔情的聲音，如夢如幻般在艾瑪耳際響起：「艾瑪，我沒有太多話要說，我太愛妳了，一切只能用心去體會。妳很了解我，妳知道我從來不說假話。我罵過妳，責備過妳，而妳全都接受了，我知道因為妳信任我，那麼再相信我一次，我是真心愛妳的。這麼多年來，我埋藏心底的祕密，我還是說了。如果妳認為我這顆痴心值得回報，就回答我吧，我想聽聽妳的聲音。」

他的話艾瑪一字不漏地聽著，她完全領悟他所有心意。原來海莉所想的，全是空穴來風，因為奈特先生心中只有一個人，那就是她艾瑪。她慶幸沒有洩露海莉的祕密，這是她能為可憐的海莉做的唯一事情。在愛情上，她不能充好漢，不能假裝大方，有氣量不等於瘋狂，她不能將自己心儀的男人拱手讓人。至於海莉，她覺得既抱歉又同情，但愛情不能勉強，她希望海莉明白這個道理。

在奈特先生真摯又熱切的眼神要求下，她說話了。在這種情況下，任何女人都有自己的一套本領。她給他一個直接而明確的答案，並且要求他繼續說。

每個事實都有可能被誤解，或被假象掩飾，然而，彼此相愛的心是不變的，就像奈特先生和艾瑪，誤會冰釋後，就剩下兩個坦誠相見的心了。

其實，今天的結局並非他意料之中。他趕回來見艾瑪，只是擔心她無法承受法藍與珍的打擊，他擬了好多開導及安慰的話。後來艾瑪矢口否認對法藍有意，他才燃起一絲希望，說不定贏得芳心的人是他。在一時衝動下，他僅僅希望她不要斷然拒絕他的愛意，不料，他得到一個超乎滿意的答案。短短三十分鐘，他從一個垂死的天鵝變成一隻昂揚的大鷹。

這半小時，兩人了解彼此愛慕之情，化解了誤會、嫉妒和猜疑。從他知道法藍，知道溫士頓夫婦的心意開始，他就一直吃法藍的醋。從那時開始，或者更久之前，他就深深愛戀著艾瑪。伯克斯山之旅使他離開，是因為他再也看不慣當時他們打情罵俏的樣子。然而他去錯地方了，他弟弟家的天倫之樂反而更刺激了他，尤其女人在那裡顯得格外動人。依莎和艾瑪有許多相似之處，但無論風采和外貌，艾瑪無疑更勝過姊姊。他越待越痛苦，他拿出毅力，度日如年。直到今天上午，他接到溫士頓先生的信，他又高興又擔心，決定冒雨騎馬趕回來，要看看那位最可愛，又最不服輸的心上人，是否承受得了打擊。

剛開始，他發現艾瑪滿面愁容，情緒低落，因此狠狠地責怪法藍。後來聽說她沒愛上他，法藍變得沒那麼糟糕。當他們一起走進屋子，艾瑪已和他心心相印，如果此刻他還想得到法藍，恐怕他自己也會認為他是一個正人君子了。

50

同樣的圓桌，喝茶人數也依舊不變，然而艾瑪覺得，今天要當個稱職的女主人很不容易，要專心侍候父親更難。

可憐的伍德先生，作夢也想不到那個騎馬淋雨前來的人，正計畫著一項不利於他的事，否則他不會熱情相待，更不會在乎他的肺是否有問題。眼前的兩個人，無論表情或舉止都一如往昔，絲毫沒有半點異樣。老先生還興緻高昂地敘說佩理醫生傳來的新聞，完全沒料到他們叛變的心。

經過一下午的折騰，艾瑪度過一個失眠夜。雖然她尋到了幸福，可是她放心不下爸爸和海莉，一定要想個完美又妥善的解決之道。關於父親，她早已決定只要他仍健在，就絕不離開這個家。雖然她還不知道奈特先生有何計畫，但她也許只能訂婚而不能結婚，訂婚仍然可以住在家裡，這樣她父親或許會贊成。

真正的燙手山芋是海莉，該怎樣減少她的痛苦和如何彌補她的傷痛，是艾瑪最傷腦筋的地方。終於，艾瑪決定讓她暫時離開海柏里，去依莎家住一陣子。以她的個性，逛逛街，買買東西，或是照顧孩子，都能讓她快樂好久。而且這麼做，能證明她對海莉的關懷，她不想虧欠她。

她一早就起來寫信給海莉，寫後心情更加沈重，幸好奈特先生過來陪他們吃早餐。飯後，他們倆又抽空去小樹林散步半小時，重新回味昨天下午的幸福。

他走後不久，溫士頓太太叫人送來一封很厚的信，她立即猜到信的內容，雖然她已原諒法藍，信的內容是什麼也引不起她的興趣，現在她滿心只想到奈特先生，但不看又不好意思，她只好暫時停止思緒，拆開信來瞧瞧。

親愛的艾瑪：

展信愉快。很高興能將法藍的信轉給妳，妳看完後一定會發現，他仍是我們心中想的那個人，即使發生那麼多事，相信妳會同情並原諒他。我們一切安好，我的心情在看完信後，完全舒坦開了。星期二下午的那場大風雨，著實讓人感受到東北風的寒氣，我很擔心妳爸爸的健康，幸好晚上聽佩理醫生說妳爸爸完全沒事，我的一顆心才踏實些。

妳的安・溫士頓

另外有一封長信，是寫給溫士頓太太的。

親愛的夫人：

我相信您一定焦急地等待這封信，像您這般仁慈的人，我想看完信後，您一定會饒恕我的某些行為，有了這個信念，我才有勇氣寫下去。如今我已取得舅舅和珍的諒解，我也熱切懇求您和您身邊的朋友能原諒我。由於當初是懷抱著重大祕密前來海柏里，對於每對虎視眈眈的眼睛，我都懷有戒心。當時我和珍一見鍾情，但我身不由己，根本無法公開求婚，於是我想了一個辦法，在她離開溫墨市之前，我的誠意感動了她，我們祕密訂下了婚約。

或許妳會問，既然明知不可為卻為之，豈不傻嗎?沒錯，雖然可愛的珍答應了我的求婚，我卻沒有把握何時能實現諾言，也許要等到海枯石爛，才會有好事降臨。不過珍的允諾，無疑是一劑強心針，而身為您丈夫的兒子，我可以自豪地說，我繼承了父親開朗樂觀的天性，所以即使前景茫茫，我仍懷抱著美好希望。就在這種情況下，我第一次來到海柏里。說起這件事，我也是深深愧疚，因為我的再三拖延，這是對您的不敬，懇請原諒。我相信父親會體恤我的，因為只有他知道我有多麼渴望見到您。

在海柏里短短的十四天，我真的非常快樂，只除了我犯了一個大錯。對於伍德小姐，我是既尊敬她又喜歡她，或許爸爸會說：我也最對不起她。那天他的話裡有這個意思，我也承認我該罵，我對伍德小姐有失分寸。為了保住祕密，我有心機地利用我們自然而然的親密關係。在眾人眼中，艾瑪儼然成了我追求的對象，但是請您相信我的話：若不是知道艾瑪對我沒有那種感覺，我是不會為了個人目的而與她親熱。她完全沒有愛上我的樣子，也沒有把我的親熱當真，只是對我很友好，這一點剛好符合我的需求，我們就像心靈相契的老朋友一樣。我不知道那兩個星期她是否真的了解我，我只記得我在向她辭行前，差一點忍不住說出祕密，而同時我也發現她已經起了疑心。雖然她猜不出什麼，但她是個聰明人，肯定已略窺一二了。她曾暗示我，在開舞會那天，她說我該謝謝愛爾敦太太對珍的照顧。所以希望你們能諒解我對艾瑪的態度，並且代我向艾瑪致歉，乞求她的寬恕和祝福。我對她只是兄妹之情，希望她能像我一樣，找到生命中的摯愛。

現在，您可能不難理解我在那些日子裡有點反常的言行了。那一架讓人議論紛紛的鋼琴是我送的。我只想說：珍事先完全不知情，否則她不會接受。訂婚後，她所表現出來的毅力和堅持，讓我十分佩服，我希望將來能由您親自了解她，認同她。我知道您會迫不急待去看她，請您無論如何把她的健康狀況告訴我，我非常著急，上次見面時，她面黃肌瘦，奄奄一息，而她有病從不實說。

這些天，我處在狂喜狂悲的極端情緒中，頭一直昏昏沈沈的。只要想到舅舅的慷慨恩賜，珍的體貼包容，還有大家對我的諒解和祝福，我就像飛上了天堂；然而一想到我帶給珍的痛苦及誤會，我就不能原諒自己。我真的很思念她，可是我不能得寸進尺，現在舅舅最需要我，我不能再任性。

上個月二十六日發生的大事，雖然令人傷心，卻也給我一個大好機會。由於情勢緊急，就是那個女人，她竟然聽了那個女人的建議——

親愛的夫人，由於心情大過激動，我不得不暫時擱筆，現在已平靜下來了。往事不堪回首，我對艾瑪的態度引起珍的不滿，我實在是錯得一塌糊塗，早就應該適可而止，可是我卻沒有，我還怪她多心，怪她對我大冷淡，是我錯了！您還記得在唐威爾採草莓那天嗎？我來晚了，遇到她一個人走路回家。我想陪她，可是她不肯，她怕洩露祕密。當時我很生氣，以為她再三拒絕我，因此懷疑她變心了。所以第二天去伯克斯山遊玩時，我故意和艾瑪親暱，因此深深地刺傷了她。愛情讓我盲目，憤怒使我失去理智，我竟然對心愛的人，做出如此殘忍的愚蠢行為。

那天晚上我回到利奇孟，就是心裡氣她對我的冷淡，希望她先認錯，我才願意和解。卻不曾預料她一聽說我離開，馬上聽從了愛爾敦太太的話。說起愛爾敦太太，我心中的確充滿氣憤，她對待珍的方式，簡直讓我快瘋掉了。他們夫婦左一句「珍」，右一聲「珍」，自以為是她的尊長。如果不是顧全禮貌，我真想令他們難堪。

我快停筆了，請您再耐心看下去。當她決心與我分手，準備去當家庭教師。第二天寫了一封信給我，說我們不必再見面。「這個婚約成了彼此痛苦和懊悔的深淵，我決定解除婚約。」這封信就在我舅媽去世的那天上午寄到，我又慌又亂，連忙寫了回信。可是由於煩瑣事過多，那封信被鎖進抽屜，忘了寄出去，後來我又和舅舅前去溫澤。唉，我的個性就是太樂觀了，並沒往壞處著想。等到我收到她寄來的大包裹，裡面全是我以前寫給她的信，我才知道事情已經到了不可收拾的地步了。她還附了一封信，說她的前一封信沒有收到隻字片語的回覆，看來結果應該很明顯了。她要求我一星期內把她的信寄回她外婆家，不然就寄到布里斯的史莫爾先生家。我赫然驚覺，馬上猜到她的決定，她是個倔強的女孩，我心急如焚，責怪郵局弄丟我的信，後來才發現信根本就沒寄出去。這一切全是我的錯，面對窮途末路，我只好向舅舅坦白。還好，他的喪偶不幸使他心軟，他直接了當地答應我們的婚事，並且祝福我像他一樣婚姻幸福，嗯，那句話我只能由另一個角度來理解了！

您可能會同情我向舅舅坦白時，那種既尷尬又不安的情緒。其實，真正需要同情的是珍，當我趕去海柏里看她時，她的瘦弱病容將我刺得心痛不已。我們單獨談過後，我承認一切的過錯，最後她終於綻開笑顏，我們互相諒解，比以前愛得更深更沈了。

親愛的夫人，您對我的種種包容和厚愛，我銘感於心，只願在未來的日子裡，有機會報答萬分之一。艾瑪曾說我是個幸運兒，她的話我一點兒也不懷疑。其中最大的幸運，就是信末能簽上——

您的愛子

法藍・溫士頓・邱契爾

七月於溫澤

51

他的信完全打動了艾瑪的心。本來她以為這封信並不重要，看完以後，她反而十分慶幸。第一次見到自己的名字，她便愛不釋手，有關她的部份，句句動聽，讓她再度燃起對法藍的好感。雖然他有過錯，可是已罪輕一級。他有他的難處，而且也後悔了，他知道對溫士頓太太要心存感恩，對珍的愛情要專一，加上她自己也是喜事臨門，所以也不會太苛責法藍。此時如果他走進來，她一定會熱烈相迎。

奈特先生來時，她也曾拿給他看。她知道溫士頓太太希望大家都知道事情原委，特別是奈特先生，因為他曾經評論法藍的行為太不像話。

「我願意看，可是太長了，等晚上我回去時再看。」

「不行，溫士頓先生晚上會過來拿信。」

「好吧，既然妳認為值得看就看吧！我本來是找妳談事情的。」

他拿起信，才看了幾行，便笑著說：

「這小子，他總是一開始就是華麗的恭維話，難怪女人都喜歡他。不過，每個人習慣不同，我也不能苛求他。」

看沒幾行，他又開口了：「我要邊看邊評論，才不會忘記妳在我身旁，妳不介意吧？」

艾瑪嫣然一笑：「隨你。」

他認真看下去，加快了速度。

「什麼!他自知有錯，還要強找理由辯解，『繼承父親開朗樂觀的天性』——他這麼說他爸爸是不公平的。溫士頓先生心胸寬闊，行為坦蕩，才不像他。」

「我記得你曾經說過，他如果有心要來，一定可以來，還是你真知灼見。」

「艾瑪，我對他的批評的確不算完全公平，不過，如果不是看在妳的份上，至今我還是不會相信他的話。」

看到有關艾瑪的那一段，他大聲唸出來，有時點頭，有時搖頭，有時瞅著艾瑪笑。最後，他嚴肅地說：

「他實在是太糟糕了，簡直在玩火，而且還拿妳當火種。只考慮自己，真是自私。他以為妳看穿了祕密，是啊！一個詭計多端的人，也會以為人家跟他一樣，滿懷心機，結果害人害己，這種人稱得上是聰明嗎?艾瑪，我們平日坦誠相見，結果不是更好?」

艾瑪點頭稱是，可是想到她為海莉做的好事，臉不禁微微一紅。

他繼續看了沒幾行就放下信，說：「這個年輕人行事魯莽，他以為人家收到鋼琴會很高興，完全沒考慮珍的心情。他也知道她如果事先曉得的話，一定會拒絕，那他還幹這種事。」

這之後好一會兒，他都沒再吭聲，艾瑪記得接下去是說到遊伯克斯山的事，不禁心涼涼的。她自知那天她的行為有失檢點，很怕奈特先生再度提起。然而，他只是專心看信，偶爾掀動眼皮，似乎想瞧瞧她，又唯恐她難堪，只得繼續看下去。

「唔，說愛爾敦夫婦多管閒事，這個我不反對，他的確有理由生氣。什麼！決心一刀兩斷，她覺得『婚姻成了彼此痛苦和懊悔的深淵』，是因為認清他的為人吧！唉，這個男人真是……」

「你別這樣，他也有他的困難和痛苦。」

「是嗎？」奈特先生冷冷地說。「布里斯的史莫爾先生，這是怎麼回事？」

「珍答應去他家當小孩子的家庭教師，史莫爾是愛爾敦太太的好朋友。」

「原來如此。哼，他說他看到珍生病很痛心，還算有良心。『比以前愛得更深更沈了』，但願他珍惜得來不易的一切。開口閉口不是讚美，就是感謝，說這些話倒是毫不吝嗇。『艾瑪說我是幸運兒』，是嗎？嗯，結尾寫得很好。總算看完了，妳真說他是幸運兒嗎？」

艾瑪點點頭：「嗯，你覺得信寫得怎樣？我對這封信很滿意，你呢？對他應該沒那麼反感了吧？」

「當然。不過，他這種做事欠缺考慮的毛病必須改一改，希望他們結婚後，他能受珍的薰陶感染，由一個輕浮的人變成一個成熟穩重的男人。艾瑪，我們別談法藍，我來是要跟妳商量一件事，關於妳爸爸。」

雖然他們倆已坦誠相愛，可是奈特先生說起話來仍是小心翼翼，字斟句酌，他想要艾瑪願意與他結婚，但又不能讓她父親傷心。

「只要爸爸還在，我是絕對不能離開他，不能改變生活現狀。」這些話她早就在心裡想過千百遍。

他也認為艾瑪不能丟下爸爸不管，可是不接受「不能改變生活現狀」的說法。他絞盡腦汁，想要找個兩全其美的辦法。本來他想把伍德先生接到唐威爾一起住，但以他對老先生的了解使他不能欺騙自己，要伍德先生換個地方住，簡直會要了他的老命。於是奈特先生又想到另一個法子，就是他自己搬去和他們住。

艾瑪未曾想過這個辦法，她完全能理會奈特先生這麼做的好意，然而她擔心他一旦住進她家，終日陪著她父親，既不能自由自在，也不能隨意發號施令，像是寄人籬下的孤兒。艾瑪要他三思，他卻堅定地表示他已經決定。

艾瑪答應再想一想，至少多考慮這個法子帶給大家的好處。

說到好處，艾瑪以前常維護外甥在唐威爾的繼承問題，她打從心底反對奈特先生與珍或別人結婚，她以為是出於對於對姊姊和外甥的關心。現在她卻把這些事全拋到九霄雲外，她追想起來，原來自己早就愛上奈特先生了。

既然他願意搬到她家，艾瑪越想越覺得完美，有了他在身旁，她每天可以高枕無憂，侍奉父親再長再久也不會厭煩。

52

艾瑪一想到海莉，便覺得全身發軟，頭也痛起來了。幸好她發現海莉也似乎在躲她，才鬆了一口氣。

她替海莉爭取到依莎的邀請，理由她也想好了。她知道海莉最近有顆蛀牙，一直想找牙醫。依莎對病痛是最有心得，忙拍著胸脯保證幫海莉找個好牙醫。果然海莉馬上答應。她坐上伍德先生的馬車，按照計畫去依莎家住兩個星期。

終於，艾瑪可以毫無負擔地和奈特先生相處。她盡情地享受戀愛的滋味，恣意領略前所未有的感受。唯一還有一件麻煩事，就是如何告訴爸爸這件事。她決定等溫士頓太太平安生下孩子再說，目前暫時將快樂保留給他們自己。

艾瑪計畫去探望珍。她們現在處境相同，她很想去分享珍的心情。雖然她的情事還不便公佈，但她相信她們倆有相同的快樂。

她曾經在貝斯小姐家門外，吃過閉門羹，現在雖然誤會已經冰釋，她仍擔心不受歡迎。她在走廊上報上了姓名，只聽見一聲清脆的「請進」，就見到珍親自走到樓梯口去迎接她，彷彿期待很久的老朋友。

艾瑪訝異地發現，珍像是變了模樣，她健康有勁，熱情動人。她伸出手來緊緊握住艾瑪，充滿情感地低聲說道：「伍德小姐，真是太感謝妳了，我——我真不知道說什麼好，原諒我這麼不會說話。」

艾瑪歡欣得笑顏逐開，正想說話時，卻聽見客廳傳來愛爾敦太太的聲音，她立刻閉上了嘴，只親熱地與珍手挽著手走進去。

貝斯小姐出去了，貝斯太太正陪著愛爾敦太太坐著。艾瑪雖然心中暗叫「倒楣」，但愛爾敦太太對她十分有禮，使她產生一絲希望：或許今天能和平相處。

坐了一會兒，她立刻明白為何愛爾敦太太像她一樣高興。原來珍告訴她祕密了，而她以為只有她一個人知道實情。

愛爾敦太太一邊和貝斯太太說話，一邊神祕地折疊起一封信，顯然她剛剛才朗誦過，她把信放進紫金網袋，含蓄地點點頭，說：「那件事我們有機會再說吧，妳我有的是時間。史莫爾太太不但同意妳的決定，也沒有生氣，她很有氣量，如果妳真去她家，妳一定會喜歡她的。好了，我們不要再提了，小心『隔牆有耳』珍，我們說的事，啊！噓……，要小心，別說溜嘴了，知道嗎？史莫爾太太的事妳別擔心了，只要我幾句話，她能諒解的。」

她又趁艾瑪看貝斯太太織東西時，壓低嗓音說：「妳放心，我會很小心，絕對不會提起某人的名字，我最守口如瓶了，信任我，一切沒問題。」

艾瑪看在眼裡，笑在心裡，多麼愛賣弄的女人！

聊過天氣和溫士頓太太的預產期後，愛爾敦太太突然說：「伍德小姐，妳看我們珍恢復得很快，是不是？又是一樣年輕漂亮，佩理醫生的醫術可真能起死回生！」她頗有深意地瞧了珍一眼。「假如妳跟我一樣，在她病得最嚴重的時候看到她，哇，她那時瘦得很！」等艾瑪和貝斯太太說話之際，她又悄聲對珍說：「只好把功勞都歸給佩理了，其實在溫澤那位醫生才是功不可沒，可惜不能說，只得歸功佩理了！」

好不容易貝斯小姐回來了，才打破愛爾敦太太一直自問自答的窘境。

「喔，伍德小姐，太謝謝妳了，我真不知說什麼才好，唉，珍的幸福——嗯，我是說她的身體很好。妳爸爸好嗎？喔，我太高興了，妳看，大家都歡歡喜喜的，那個年輕人真是人見人愛，喲——我是說佩理醫生，多虧了他照顧珍。」

她和愛爾敦太太又嘟嘟噥噥一陣子，最後，愛爾敦太太大聲宣佈：

「我也來坐好久了，要是換作別人家，我老早就走了。其實，我在等我丈夫，他說要來接我，順便看看妳們。」

「哇！愛爾敦先生要來？太不容易了，他是個大忙人，我們真榮幸。」

「的確，他真的是從早忙到晚，芝麻小事也要煩，不管是地方官員、教會委員都找他商量事情。唉，能者多勞，有什麼辦法呢？我就笑他：『好老公，我可不能像你那麼厲害，如果找我的人有找你的一半多，那我的鋼琴、畫筆，都可以丟進倉庫了。』不過，現在也沒有太閒，這兩個星期我倒是一個音符也沒彈。他說會來就會來，專程來看妳們。」她用手擋住唇邊，擺明了不想讓艾瑪聽到她的話。「他是專程來賀喜的，這種喜事，非來不可。」

貝斯小姐被她逗得笑得合不攏嘴。

「他說和奈特先生談完就過來，他們關起門來有大事要談。他是奈特先生的得意助手！」

艾瑪淡淡地說：「這種天氣走去唐威爾，太熱了吧？」

「他們是在客朗旅社碰面，溫士頓和科鄂也會去，不過他們是配角，依我看，決定權在奈特和我老公。」

「不對，客朗旅社的聚會是明天。昨天奈特先生在我家才提起，說是星期六。」

「不可能，就是今天沒錯。」她肯定地回答，反正她永遠也不會有錯。「這裡教區的麻煩事最多了，像我們梅布爾，我就沒聽說有這些亂七八糟的雜事。」

「你們那兒教區小。」珍突然開口。

「喔，那可不見得！」

「我聽妳說那裡只有一間小小的學校，還是妳姊姊和布雷格太太幫忙辦成的，學生才二十五人，可見得教區很小。」

「哦，妳這個小鬼靈精，腦筋還動得挺快的。珍，要是我們能變成一個人，那可是『真善美』了！我聰明活潑，妳機智沈穩，可以互補長短。不過妳別誤會，我的意思不是說妳不完美，唉呀，算了，不說了。」

艾瑪心想，愛爾敦太太也太多慮了，珍其實是要對她說話，是想把她當貴客，可惜愛爾敦太太在場，她們只能以眼傳情了。

愛爾敦先生終於來了，他的太太說了一通俏皮話。

「好老公，看你幹的好事，讓我在這兒等你，等得快發霉，人家都厭煩了，你才慢慢走來。你知道你老婆最聽話，根本不敢先走，我只好一直坐在這裡，給這兩位小姐做個榜樣，讓她們了解什麼叫做『夫唱婦隨』，這一套說不定她們很快就會用到。」

愛爾敦顯得又熱又累，把她的俏皮話扔到一邊。見過禮後，他熱得想發火，因為他剛剛白跑了一趟。

「我去唐威爾時，奈特先生已經不在了。奇怪，太不可思議了，我早上才差人送信，他也寫了回信，應該會在家裡等我才對?!」他邊擦汗邊說。

「唐威爾？」他太太大叫。「你不是去客朗旅社嗎?你說去那裡和他碰面。」

「不是，那是明天，我今天是有另外重要的事要去找他。天氣熱得像火在烤一樣，我還跑了那一大段路，真是活受罪。」他越說越火大。「他竟然不在家，事先也不通知，連管家太太也說不知道，氣死了，你們說奇不奇怪?很反常!沒人知道他去哪裡?伍德小姐，奈特先生平常不是這樣的人，妳知道他怎麼了嗎？」

艾瑪在心裡偷笑，只說太反常，卻不知何以如此。

作為妻子的，自然要為丈夫打抱不平，她氣憤地說：「我無法想像，奈特會這樣嗎？我不相信，我想大概是佣人糊塗了，把他的留言忘了，唐威爾的佣人會不小心，這我早就看出來了，他們又笨又遲鈍，我看了就討厭。那個霍吉斯太太，說要給我們管家收據，結果連個影兒也沒見到。」

愛爾敦先生接著說：「我還遇到了管理帳目的威廉，他好像不太高興，說主人最近不知道在忙什麼，一點兒消息也不透露。不過，找不到人才令人生氣，大熱天還害我白跑一趟。」

艾瑪覺得她應該趕快回家，奈特先生可能正在家裡等她。且先不管威廉，但不能讓他再得罪愛爾敦先生。

珍親親熱熱地陪她下樓，艾瑪很高興，抓住機會便說：「剛才我沒機會開口，不過也許這樣比較好，否則我可能會自制不了，追問妳許多問題，反而讓妳難堪。」

「嗯，」珍紅著臉，欲言又止，她那害羞的模樣，讓艾瑪覺得比平常的拘謹更動人。「我不會介意，我只怕怠慢了妳。伍德小姐，我是真心謝謝妳。」她放慢了聲音，「明明是我做錯事，可是大家不但不責怪我，還寬宏大量地原諒我——沒有人嫌棄我，唉，我真不知道還能說什麼。總之，謝謝妳的諒解，我——」

「別說了，妳別想太多。」艾瑪忘情地握緊她的手。「妳別再向我道歉了，我和大家一樣，十分滿意，也衷心祝福你們。」

「我知道我以前不討人喜歡，我對不起妳，冷淡、虛假、矯情，我一直過著自欺欺人的生活。」

「別再說這種話了，我才覺得該向妳道歉，我們誰也不欠誰，重新當好朋友吧！他現在好嗎？」

「還好吧！」

「妳大概不久就要離開我們了，可是我才剛要了解妳呢！」

「還早，我還要待在這裡等坎貝爾上校的信。」

「有什麼計畫嗎？」艾瑪笑著問。

珍也笑瞇瞇地回答：「老實說，我們會和邱契爾先生住在英士庫，這一點已經確定了。守孝至少要三個月，至於其他的，就再說了。」

「謝謝，知道這些就夠了。唉，可惜妳以前不了解我，我就喜歡乾脆爽快。走囉，再見。」

53

溫士頓太太平安產下一名女兒，朋友們都很高興，特別是艾瑪。她不僅是想為依莎的兒子牽紅線，而且她認為女兒比較貼心。十年後，溫士頓先生老了，到時膝下有個活潑可愛、愛唱愛跳、天真逗趣的女兒在身邊，那將是天大的安慰。溫士頓太太更不用說，看看依莎和艾瑪，誰都知道她管教孩子的本事。

艾瑪說：「我想她一定能教出一個出色的女兒。」

奈特先生笑著說：「恐怕寵女兒會比寵妳更加厲害，而且還自以為根本沒有寵愛！」

「可憐的孩子，那她將來怎麼得了？」艾瑪嘆氣。

「那也沒什麼，反正世界上太多這種嬌生慣養的小孩了。小時候惹人嫌，但長大受了教育之後，會慢慢改正，其實，我也不再那麼討厭從小被寵壞的人了。艾瑪，妳是被嬌寵慣的，而我的幸福又都掌握在妳手中，妳說，我能不改變想法嗎？」

艾瑪大笑，說：「別人寵壞我，你卻一直在我身旁指點我，如果沒有你，我很難變成現在的我。」

「妳真的這麼想嗎？上帝給妳聰明，泰勒小姐給妳知識，我只是在一旁默默守候罷了。其實妳大可說：『誰要你管？』可是妳的雅量包容了我，也使我從妳身上找到了感情的歸宿。妳大概不知道，我在妳十三歲時就愛上了妳。」

「我知道你是我的良師益友，你說的話經過證實，到最後都是真理，只是我當時都不服輸。現在不和你逞口舌之辯。我看如果小安娜被寵得無法無天，大概也只有你能教好她，不過，你可別在她十三歲時又愛她了。」

奈特先生大笑，他握緊艾瑪的手，感動地吻著。良久，他才繼續說話：

「妳小時候常常頑皮地跟我說：『奈特先生，你別管我，我爸爸說可以了！』或是『泰勒小姐答應了！』這樣一來，好像我不贊成，就得罪了兩個人。」

「那時候的我一定很可愛。」

「妳總是喊我『奈特先生』，或許是習慣了，可是以我們現在的關係，似乎太正經了。妳該改口叫我……叫什麼好呢？」

「我記得以前有一次我故意叫你『喬治』，我原本以為你會很生氣，沒想到你竟然一點也沒有不高興，我就不想再作怪了。」

「那為什麼現在不喊喬治？」

「還不行，我還是叫你『奈特先生』吧。我也不要像愛爾敦太太一樣，叫你『奈特』。」過一會兒，艾瑪紅著臉，笑著說：「就等到進教堂後再叫你喬治吧！」

他們很少談到海莉。艾瑪後悔沒有聽從他的勸告，不要和海莉走得太近，否則害人害己。這是她成年以後，犯下最嚴重的錯誤。現在她們暫時分手，卻沒有半封書信往來，全靠依莎的消息。或許奈特先生根本沒有想到，可是她想到必須對他隱瞞部份事實，就覺得痛苦萬分。

「這是約翰的信，他沒有提起妳的朋友，妳要看嗎？」

奈特先生把他和艾瑪的事告訴他弟弟，艾瑪急著想知道她姊夫的看法。

「他很高興我得到幸福，作為兄弟，我很了解他，他不愛說恭維的話，也不把『愛』字掛在嘴邊，但我知道他很愛妳。」

「他是個頭腦冷靜的人。」艾瑪看完信後說。「我喜歡他的誠實。很明顯地，他認為這件婚事是我佔了便宜，當然，他也認為我以後一定會有所長進。」

「艾瑪，他的意思是……」

艾瑪打斷他的話：「其實我跟他的評價差不多，對於我們婚姻的看法，我們應該更坦誠，不需要客套了。」

「艾瑪……」

「你等著看吧！如果你認為你弟弟對我不公平，那麼，你不妨猜猜爸爸聽到這個消息的反應會是什麼，他會對你更不公平，甚至於說是你佔了便宜，而我則成了吃虧的小可憐。唉，他一定會叫我『可憐的艾瑪』，所以結了婚的女人都被他貼上『可憐』的標籤。」

「哎，我希望你爸爸比約翰更好說話。他的信有一段讓感到我很高興，他說我要結婚這件事，他一點也不意外。」

「我了解他，他是猜到你想結婚，可是完全沒有想到會是和我，他無法將我們聯想在一起。」

「沒錯，可是他能猜中我的心事，那還真不容易，我的言談舉止和平常沒有不同。」

艾瑪一直醞釀著該如何向父親開口，她很怕他承受不了打擊，所以遲遲不敢開口。直到溫士頓太太身體康復，她才覺得時機成熟了。本來她是想自己對他說，可是卻沒有勇氣，只好央求奈特先生先說開場白，她再使出渾身解數，又是撒嬌，又是哄騙，只要他不反對就好。

她先笑顏逐開、聲音甜甜軟軟地宣佈她有個好消息，這個天大的好消息需要他的同意：她和奈特先生打算要結婚。這樣一來，家裡多個人作伴，而且還是個他喜歡的人。

可憐的伍德先生，他像是被人從後背暗捅一刀，先是愣了一會兒，接著苦口婆心相勸。一輩子不結婚是她自己掛在嘴邊說的，單身生活的好處說不完，不要像可憐的依莎和泰勒小姐埋在婚姻的墳墓裡。

艾瑪笑著告訴他「大局已定」，又耐心地分析：依莎和泰勒小姐之所以會不幸，是因為她們離開了家，而她不同，她會和奈特先生永遠守在他身邊，家裡只會變得更熱鬧，更快樂。她又反問她父親：難道不喜歡奈特先生嗎？可憐的老人不知道已經逐漸掉入陷阱。他不否認喜歡奈特先生，而且也需要他代他寫信，陪他聊天，幫他出主意，老先生不得不承認希望每天能看到奈特先生，並且早已把他當成親人看待。

雖然伍德先生沒有馬上讓步，但祕密已經公開，艾瑪鬆了口氣，只要假以時日，憑她的本事，一定可以說服爸爸。奈特先生在一旁敲邊鼓，讚美艾瑪，又將伍德先生捧得心花怒放。加上依莎每封來信都表示全力支持，溫士頓太太也順水推舟，再三鼓吹他們倆結婚的好處，所有讓老先生信任的人都贊成，聽久了，他心裡也終於同意了，並且答應一、兩年以後結婚可能無妨。

當溫士頓太太第一次聽到艾瑪說出婚事時，她完全呆了，一楞一楞直盯著艾瑪笑盈盈的臉，彷彿聽見這輩子最不可思議的事。然而，她很快地同意艾瑪的決定，並且加入說客行列。對於奈特先生，她向來敬重他，無論從哪一點說起，他和艾瑪都是門當戶對，尤其是最麻煩的問題，可以妥善解決，艾瑪只有嫁給奈特先生才是最完美的結果。她罵自己是大傻蛋，怎麼沒有早點想起哪個配得上艾瑪的男人願意搬來伍德家？除了奈特先生有耐心和老先生相處，一般年輕人沒有人肯這麼做。

早在她和丈夫有心撮合法藍和艾瑪時，就一直覺得可憐的伍德先生很難安置。他們討論了半天，仍然沒有想出可行之道，溫士頓先生最後總說：「船到橋頭自然直，年輕人自會有辦法。」而今這麻煩不存在了，艾瑪可以高高興興結婚，而她爸爸也可安安心心度過晚年，這樁婚姻實在是完美無缺。

溫士頓太太越想越興奮，手中懷抱著小寶貝手舞足蹈，一時間，她覺得自己成為了天下最幸福的女人了。

這個消息讓溫士頓先生足瞪呆呆了五分鐘。五分鐘過後，他才恍然茅塞頓開，歡喜不已。過了不久，他就覺得不足為奇，等過了一小個時之後，他就認為全是理所當然，早就在他意料之中。

第二天上午，他去做了他想做的事。他把消息告訴珍，珍是兒媳，自然可以說。但因為貝斯小姐也在場，所以又傳到科鄂太太和佩理太太耳中，接著就是愛爾敦太太。奈特先生和艾瑪就曾估算過消息傳遍海柏里要花多少時間，他們也有心理準備，將成為茶餘飯後的男女主角。

大致上，人們對這件婚姻的評價都很好，只是看法略有不同。有人認為男方幸運，有人認為女方佔便宜；有人認為應該搬去唐威爾住；也有人預言兩家佣人會大鬧糾紛。真正吃驚且掃興的只有一家——牧師府。愛爾敦先生心想：「哼！那個女人更有驕傲的本錢了。」「她大概早就想攀上奈特了！」他也批評奈特先生：「只有他那種傻瓜願意搬去她家，打死我都不幹。」至於愛爾敦太太，她完全沈不住氣，不斷地大放厥辭：「哎呀！可憐的奈特，他怎麼那麼倒楣？我真是同情他，他雖然呆板些，可是為人還不錯，上了那個女人的當。唉！以後別想再和他來往了，他真是可憐。有了奈特太太，我也不想去唐威爾玩了，真討厭。簡直莫名其妙，什麼兩家合一，真是亂來。聽說在梅布爾也有人試過，沒幾天就分居了，我倒要看看他們能撐到幾時。」

54

夏天很快就過去了。依莎一家人就快要回來，一天早上，艾瑪正計畫安排一些煩人的瑣事，奈特先生就來了。她立刻拋開煩悶的事，陪他說說笑笑。突然，他沈默下來，換了張嚴肅的臉，說道：「艾瑪，我必須告訴妳一個新聞。」

「好事還是壞事？」她馬上盯著他的臉問。

「我不知該算好事還是壞事。」

「那一定是好事，我感覺到你在偷笑。」

「哦？」他竭力不讓自己露出馬腳，「我只怕妳聽到後，就笑不出來了。」

「我不相信有什麼事會讓你高興而讓我失望的，太難想像了。」

「只有一件事，我們意見不一。」他直直盯著艾瑪的眼，笑著說：「忘了嗎？海莉．史密斯！」

艾瑪赫然嚇紅了臉，心裡有些害怕，不知他想說什麼。

「今天妳沒收到她的信嗎？我以為妳已經知道了。」

「沒有，什麼都沒有，你直接說吧。」

「對妳來說，是件糟糕的事。海莉已經答應了羅伯特．馬丁的求婚。」

艾瑪驚訝地說不出半句話。她瞪大了眼，雙唇緊閉，但她的表情像是在說：「不可能！」

「羅伯特・馬丁親口告訴我的，我們分手不到半小時。」

她仍不發一語，維持剛才的表情和姿勢不變。

「艾瑪，妳真的不高興，不過沒關係，即使我們現在看法不一，將來一定會改變的，我們先不談這件事。」

「不，不，你誤會了，」她吃力地開口。「我不是不高興，我只是不相信，你確定海莉已經答應了？還是一切只是馬丁先生的計畫？」

「他已經做了，而且成功了！」他笑得很肯定。

「喔，我的天！」艾瑪興奮地尖叫，但又怕奈特先生察覺她不尋常的喜悅，連忙低頭假裝拿針線盒，說：「請你詳細告訴我全部經過，我真的沒有想到，海莉這麼快就有喜事了。」

「嗯，三天前他說要去倫敦辦事，我託他帶幾件公文給約翰。約翰邀請他晚上去艾恩特劇院，他們夫妻打算帶海莉及兩個大孩子去，羅伯特也很高興地去了。第二天我弟弟又請他吃飯，他和海莉有了更多的接觸機會，果然沒有白費工夫，當晚她就答應了他的求婚，昨天他坐公共馬車回來，今天一早他就來找我，先說了我交待的事，然後告訴我他的喜訊。大概就是這樣，這種事要從女人那聽來才有趣，我相信海莉的描述一定比羅伯特的有意思多了。」

他不再說話，瞅著艾瑪。她不敢答腔，深怕一開口會暴露過度興奮的模樣，她努力深呼吸，調息自己的情緒。她的沈默讓他覺得高深莫測，觀察了一會兒，他說：

「艾瑪，妳剛才說不會不高興，可是妳現在……羅伯特‧馬丁雖然沒有地位，但我敢保證，如果妳認識他，妳會發現他的聰明和優良品性。妳的朋友找不到比他更強的對象了。至於地位問題，在可能的範圍內，我會拉他一把，這樣可以吧？艾瑪，妳就別再難過了。」

他要她抬頭笑笑；艾瑪已經平靜許多，她滿心喜悅地笑著說：

「你不必擔心我會反對，我相信海莉做了一個明智的決定。我沒出聲不是因為生氣，而是感到太意外了。我完全沒有料到，因為我最近發現海莉很瞧不起他，怎麼可能會答應他的求婚？」

「妳應該最了解才對，她那麼溫柔、善解人意，不會瞧不起一個深愛她的男人。」

艾瑪輕輕皺了眉頭，說：「你真的確定你清楚他們的關係嗎？」她腦中浮現海莉最近所做的事，還有她曾宣誓般地大聲說：「我比以前清醒多了，我才不會看上馬丁先生！也沒有人會懷疑我的。」

「我完全確定。」奈特生先用十分沈穩的語調，一字一字說得清楚。「他告訴我，海莉‧史密斯答應嫁給他了，沒有絲毫含糊。而且他還問我，除了柯達太太，有誰可以打聽到她親人的消息。我告訴他，我也不知道，他說他今天就去找柯達太太。」

「我相信，我完全相信！」艾瑪開心地笑了。「我衷心祝福他們！」

「咦，妳的態度轉變很大?!」

「過去是我太糊塗了。」

「其實我的想法也改變了，我覺得海莉的一些美德都是妳的功勞。我常找機會接近她，一方面是為了妳，一方面是為了羅伯特，我相信他一直深愛著海莉。或許妳以為我和她聊天是為了替羅伯特等說情，其實不然，我了解她是個心地善良，純潔單純的女孩，她嚮往有個幸福的家庭，有人疼她愛她。要說起來，她還是得謝謝妳的栽培。」

「我？」艾瑪搖搖頭，不敢接受他的過獎。

不久，伍德先生進來喚她，準備去溫士頓家，履行每日一趟的探視。艾瑪如釋重負般地跳起來，她的心裡有太多的驚奇與快樂，恨不得大聲尖叫，才能發洩即將滿溢的狂喜。海莉的婚事，解決了她一個多月來的苦惱，所有一籌莫展的事都有了皆大歡喜的結局。她邊走邊笑，還差點撞上門柱。

今後，她真可說是心滿意足了。若要嚴格問她還有何其它希望，恐怕就是不要丟奈特先生的臉了，他的觀察力和判斷力都遠遠在她之上，她勉勵自己要牢記過去所犯的錯誤，要向他學習，並且更加謙遜謹慎。

尤其讓艾瑪感到欣慰的是，從此她對奈特先生不必再有任何隱瞞。當初為了保護海莉，以及掩飾她自己的教唆之罪，她只得保守祕密。現在她終於可以無所隱藏，用一顆完整無瑕的心去愛他了。

她愉悅地隨著父親出發，一路上不管他說什麼，艾瑪一律點頭稱是，她覺得從來沒有如此寬心。

到了目的地，客廳裡只坐著溫士頓太太一人。她先談到孩子，然後再三感謝伍德先生的關心。忽然窗外閃過兩個人影。

「是法藍和珍。」溫士頓太太笑著說：「我才想告訴你們，他今天早上突然來了，說可以待到明天下午，我們又驚又喜，他去接珍來家裡坐坐，應該要進來了。」

艾瑪一見到法藍，非常高興，可是兩人都有些手足無措，經過許多風風雨雨後，他們第一次見面，還是覺得尷尬。幾個人坐了下來，因為各有心病，竟一時語塞。幸好溫士頓先生抱著小寶寶進來，頓時氣氛活絡起來。法藍鼓起勇氣走到艾瑪身邊，說：

「伍德小姐，我想該好好謝謝妳。我繼母告訴我，妳已經原諒我了，但願妳還沒反悔。」

「別這麼說，」艾瑪淘氣地笑。「能當面向你道喜，還是我的榮幸。」

兩人相視而笑，法藍又說了一些表示感謝和高興的話。

「她的氣色不錯吧！」他瞄了珍一眼。「比以前好多了，我爸媽很疼她，他們很滿意。」

過了一會兒，他就故態復萌，先擠擠眼，說坎貝爾夫婦快回來了，又提到迪克生夫婦。

艾瑪紅著臉，要他別再說了。

「一想到這件事，我就覺得慚愧。」

「慚愧的人應該是我，妳後來還是有懷疑我吧?!」

「坦白說，我完全沒有懷疑你。」

「要是我早一點告訴妳實情就好了。我常常做錯事，而且都是嚴重的事。如果我早些告訴妳，罪惡感就不會那麼重了。」法藍感嘆地說。

「別這麼說，事情都已經過去了。」

「我舅舅說他會盡快來看珍，他想見見她。等坎貝爾夫婦回來，我們會去倫敦住一陣子，然後再一起回英士庫。現在我們只能暫時分開。我是不是很可憐？」

艾瑪說了幾句同情的話。他忽然興高采烈地說：

「對了，」他壓低聲音，裝出正經樣子。「奈特先生好嗎？」艾瑪不置可否地笑了，還瞪了他一眼。「現在該換我向妳道喜了。老實說，他真是個君子，我真為妳高興。」

艾瑪聽了滿心喜悅，希望他多說幾句。不料他又把話題轉回自己，大談他的珍。「妳看她的皮膚，光滑柔嫩，雖然不算上白皙，但是配上她的烏溜秀髮，襯托出她迷人的頸子。我好喜歡那樣的膚色。」

「我還記得有人挑剔過說這樣沒有血色，和我爭辯半天，是不是？」艾瑪調皮地嘲笑他。

「嗯，這個嘛……，我哪有……」

他接不下去，反而大笑起來。艾瑪忍不住又說：「你當時一心想騙過大家，我猜你內心一定在竊笑，笑我們全都上當了，是不是？如果換成是我，我也會在心裡竊笑，本質上，我相信我們倆有些行為相似。」

他滿臉感激得行了一個禮。

「雖然我們的個性不同，但我們的命運卻相似。」艾瑪感慨地說。「我們都擁有比我們強的另一半。」

「對！」他熱烈表示贊同。「但不盡然，妳不同，沒有人比妳強了，我才是真的，她就像老天爺恩賜給我的天使，她的一顰一笑，舉手投足之間，像不像個天使？對了，還有個好消息，」他壓低聲音說：「我舅舅說要把舅媽的珠寶都送給她，我想重新鑲嵌，有一個珍珠髮飾很適合她，戴起來一定很美。」

「我相信你的眼光。」艾瑪誠心附議。

其他人在談論小安娜。溫士頓太太說昨晚小孩好像不太舒服，他們夫妻倆緊張半天，本來想請佩理醫生，後來發現是虛驚一場。伍德先生聽得最起勁，他大大誇她想到佩理醫生。「小心才是上策，常請佩理來準沒錯。可惜昨晚沒請他來，孩子現在雖然看起來不錯，可是，要是佩理來了，孩子會更好。」

「佩理醫生！」法藍對艾瑪眨眨，他一面說一面想引起珍的注意。「他們在說佩理什麼事？他現在出門還是走路嗎？馬車買了沒？」

艾瑪立刻想起以前的事，明白他的用意，也跟著笑了。而珍似乎也聽到他的話，只是假裝沒反應。

「我那個夢，說起來真是可笑，嘻，她聽到我們的話了，艾瑪，妳看她的表情，想笑又不敢笑，還皺眉頭！那件事是她寫信告訴我的，我不小心說溜了嘴，當時急得瞎掰。妳看她好像在聽別人講話，其實心不在焉，都在注意我們，是不是？」法藍頑皮地笑著說。

珍終於忍不住「噗哧」一聲笑了起來，轉身對法藍害羞地瞪了一眼，說：「這些糗事你還記得那麼牢，真是神經。」

他們倆展開機智又有趣的鬥嘴，艾瑪在一邊笑看，心裡多半偏袒珍。她忍不住將法藍與奈特先生做個比較，再次看到法藍，的確讓她很開心，而且多了一種前所未有的深切感受：奈特先生的人品和成熟度都遠遠勝過他。越比感觸越強，艾瑪安心、甜蜜地度過有些緊張，有些尷尬，又有些釋懷的一天。

55

雖然艾瑪仍擔心海莉，怕她對奈特先生眷戀依舊，只是勉強答應羅伯特•馬丁先生的求婚。不過，這些疑慮在約翰全家回來後，完全解除。她和海莉足足談了一個小時，確定羅伯特•馬丁已經取代了奈特先生的地位。艾瑪才終於完全放心。

起初海莉還有些苦惱和羞澀，可是等她承認自己不該異想天開，她忽然像醒悟般，不再懷念過去，只企盼將來。也多虧艾瑪一見面就向她深深祝福，讓她不再有有所顧忌。她眉飛色舞描述去看戲那晚和第二天吃飯的情景，每個細節，每個眼神，再再說明海莉仍是喜歡馬丁先生，而他也始終不渝地愛她。這種體認，讓艾瑪感動不已，尤其在經過那麼多波折後。

更讓艾瑪欣喜的是，海莉的家世已打聽清楚。她爸爸是個有錢有名望的商人。艾瑪早料到海莉應該是名門望族之後，只是非婚生的污點一輩子也洗刷不掉。奈特先生曾經看輕她，愛爾敦先生更是不把她放在眼裡，而邱契爾家的人也不會要她，即使地位或金錢都無法彌補。

海莉的父親沒有異議，他們的婚事已無阻礙。馬丁先生終於成了伍德家的貴客，經過相處後，艾瑪不得不相信奈特先生的好眼光，馬丁先生的確是個聰明，又有品德的好男人，配得上海莉。其實海莉嫁給任何個性溫和的男人都會幸福的，可是嫁到馬丁家去，她會更幸福。她不會受到冷落，也不會誤入歧途，會被家中的愛團團包圍住。艾瑪認為海莉是世界上最幸運的女人，或者說除了她艾瑪外，最幸運的女人了。

海莉去馬丁家的時間和次數越來越多，相對地就越來越少找艾瑪了。她們並不覺得難過，一切是自然且合理的。九月底，艾瑪陪著海莉上教堂，看著她把手伸給馬丁先生，儘管愛爾敦先生就站在眼前，卻沒有勾起她絲毫回憶，只有滿臉嬌羞喜悅。三對新人中，羅伯特與海莉訂婚在後，卻是最早結婚。

珍已依依不捨離開海柏里，回到坎貝爾上校家裡，過著大小姐的生活。法藍和他舅舅也在倫敦，他們的婚事訂在十一月。

艾瑪與奈特先生大膽地把婚期訂在十月，他們希望趁約翰一家回來度假時完婚，不要打斷他們的海邊旅遊計畫。所有家人和朋友都贊成，只有伍德先生例外，他一直自我暗示婚期尚遠。

他第一次聽到那個日期，哀傷至極；再次聽到，已經沒那麼痛苦，因為他自知無力挽救，只有贊同了。可是，他表現出很不開心的樣子，他那麼地不開心，讓艾瑪幾乎喪失堅持下去的勇氣。她不忍心看爸爸如此難過，儘管兩位奈特先生都認為婚禮結束後，他的憂愁也會自動消失，可是艾瑪仍是猶豫不定。

正當進退兩難之際，突然好運來了。不是伍德先生福至心靈，也不是神經系統恢復正常，而是他有了新的煩惱。溫士頓家的雞舍被洗劫一空，左鄰右舍也難逃命運。伍德先生的注意力全部轉移至此，他慌張又著急，幸好女婿們都在身邊，才免除他夜夜驚魂。兩位奈特先生都機智鎮靜，而且孔武有力，值得他完全信賴。

有了這件煩心的事，他終於爽爽快快答應艾瑪的婚事。在羅伯特・馬丁與海莉完婚後一個月，愛爾敦先生又被邀請主持奈特先生和伍德小姐的婚禮。

他們的婚禮簡單雅緻，沒有鋪張排場。愛爾敦太太聽了丈夫詳細說明後，下層地說：「真是寒酸，連蕾絲和花邊帳幔都捨不得用，太可憐了吧！我姊姊要是聽到了，準會大吃一驚。」

雖然有一些小缺失，但是這對新人卻是心滿意足，因為親人好友的祝福和期望都已美夢成真。

GOBOOKS & SITAK GROUP©